Diogenes Taschenbuch 21668

Bernhard Schlink

Die gordische Schleife

Roman

Diogenes

Umschlagzeichnung von
Hans Traxler

Originalausgabe

Alle Rechte vorbehalten
Copyright © 1988
Diogenes Verlag AG Zürich
40/97/43/5
ISBN 3 257 21668 8

I

Georg fuhr nach Hause. In Aix verließ er die Autobahn und nahm die Landstraße. Von Marseille bis Aix ist die Benutzung der Autobahn umsonst, von Aix nach Pertuis kostet sie fünf Franc. Das ist ein Päckchen Gauloises.

Georg zündete eine an. Die Fahrt nach Marseille war ein Fehlschlag gewesen. Der Chef des Übersetzungsbüros, von dem er manchmal Arbeit bekam, hatte keine für ihn gehabt. »Ich habe Ihnen doch gesagt, daß ich Sie anrufe, wenn was für Sie da ist. Zur Zeit kommt nichts rein.« Monsieur Maurin hatte sorgenvoll geschaut – vielleicht stimmte, was er sagte. Das Büro gehörte ihm, lebte aber von den Aufträgen der Flugzeugwerke Industries Aéronautiques Mermoz s.a. in Toulon. Wenn das europäische Gemeinschaftsprojekt eines neuen Kampfhubschraubers, bei dem Mermoz den französischen Part spielte, stockte, gab es für Maurin auch nichts zu übersetzen. Oder Maurin hatte wieder einmal bessere Konditionen aushandeln wollen, und Mermoz hielt ihn zur Strafe knapp. Oder hatte die alte Drohung wahr gemacht und eigene Übersetzer eingestellt.

Als es hinter Aix den Berg hochging, stotterte der Motor und ruckte der Wagen. Georg brach der Schweiß aus. Nur das nicht, nur das nicht auch noch. Erst vor drei Wochen hatte er den alten Peugeot gekauft, seine Eltern aus Heidelberg hatten ihn besucht und ihm das Geld gegeben. »Wenn du's für die Arbeit so nötig brauchst, mein Junge«, hatte sein Vater gesagt, als er die zweitausend Mark in die Dose auf dem Küchenschrank tat, in der Georg sein Geld verwahrte. »Du weißt, daß Mutter und ich dir gerne helfen. Aber jetzt, wo ich in Rente bin und deine Schwester das Kind hat…«

Dann kam, was Georg schon tausendmal gehört hatte: Ob er keine andere Arbeit finden könne, nähere und bessere, warum er den Beruf als Rechtsanwalt in Karlsruhe aufgegeben habe, ob er nun, wo es mit Hanne aus war, nicht nach Deutschland zurück könne, ob er seine Eltern im Alter im Stich lassen wolle, daß es im Leben noch etwas anderes gebe als Selbstverwirklichung. »Soll deine Mutter alleine sterben?« Georg schämte sich, weil er über die zweitausend Mark froh und ihm alles, was sein Vater sagte, egal war.

Der Tank war fast voll, und erst unlängst hatte Georg Öl nachgefüllt und den Filter ausgewechselt. Es durfte nichts kaputt sein. Georg hörte beim Weiterfahren auf den Motor wie eine Mutter auf den Atem ihres fiebernden Kindes. Der Wagen ruckte nicht mehr. Aber war da nicht ein Klopfen? Ein schleifendes, knirschendes Geräusch? Drei Wochen lang hatte Georg es genossen, ohne Angst vor kleinen wie großen Pannen zu fahren. Jetzt ging das wieder los.

In Pertuis parkte Georg, kaufte auf dem Markt ein und trank in der Bar ein Bier. Es war Anfang März, noch blieben die Touristen aus. Der Stand mit provençalischen Gewürzen, Honig, Seife und Lavendelessenz, im Sommer bis zum Ende des Markts von Deutschen und Amerikanern umringt, war schon abgeschlagen. In anderen Buden wurde die Ware weggepackt. Unter schweren Wolken war die Luft warm. Wind kam auf und knatterte in der Markise. Es roch nach Regen.

Georg lehnte neben dem Eingang der Bar an der Mauer, das Glas in der Hand. Er trug Jeans, eine abgewetzte braune Lederjacke über blauem Pullover und eine dunkle Mütze. Die Haltung war entspannt, von weitem hätte er ein junger Bauer sein können, der auf dem Markt seine Geschäfte abgewickelt hat und den Mittag genießt. Von nahem zeigte sein Gesicht harte Falten auf der Stirn und um den Mund, eine tiefe Kerbe im Kinn und nervöse Müdigkeit in den Augen. Georg nahm die Mütze ab und fuhr mit der Hand über den Kopf. Das Haar war dünn geworden. Georg war in den letzten Jahren gealtert. Davor hatte er einen Bart getragen und hätte alles zwischen fünfundzwanzig und vierzig sein können. Jetzt sah man ihm die achtunddreißig an und noch ein paar Jahre mehr.

Die ersten Tropfen fielen. Georg ging nach innen und traf Maurice, Yves, Nadine, Gérard und Catrine. Auch sie schlugen sich mehr schlecht als recht durch, nahmen Gelegenheitsjobs, lebten von Frau oder Freundin, Freund oder Mann. Gérard und Catrine waren am besten dran, er hatte ein kleines Restaurant in Cucugnan und sie Arbeit als Buchhändlerin in Aix. Als draußen der Regen rauschte und einer nach dem anderen eine Runde Pastis bestellte, wurde Georg wohler. Er würde es schon schaffen, sie alle würden es schaffen. Immerhin waren zwei Jahre vergangen, seit er Karlsruhe verlassen hatte. Die hatte er durchgehalten. Und er hatte die Trennung von Hanne verkraftet. Als Georg die Berge hochfuhr, die das Tal der Durance im Norden begrenzen, brach die Sonne durch. Von der Höhe geht der Blick in die weite Senke, in die das Gebirge des Lubéron nach Süden ausläuft, Weinberge, Obst- und Gemüsefelder, ein Weiher, einzelne Bauernhöfe, ein paar kleine Städtchen, nicht größer als Dörfer, aber mit Schloß, Kathedrale oder den Resten einer Befestigung. Eine kleine Welt, wie man sie als Kind träumt und mit Spielzeug baut. Georg liebte sie auch im Herbst und im Winter, wenn das Land braun liegt und der Rauch über die Felder zieht und aus den Kaminen steigt. Jetzt freute Georg sich auf das Grün des Frühjahrs und das Leuchten des Sommers. Auf dem Wasser des Weihers und auf den Gewächshäusern blitzte die Sonne. Ansouis tauchte auf, trutziges Städtchen auf einsamem Bergkegel. Über eine zypressengesäumte Rampe und eine hohe steinerne Brücke führt ein Weg zum Schloß. Georg fuhr unter der Brücke durch, bog nach rechts und später noch mal nach rechts in einen überwucherten, geschotterten Weg. Sein Haus lag vor Cucugnan in den Feldern.

2

Vor zwei Jahren waren Georg und Hanne eingezogen. Der Abschied von Karlsruhe war nicht gut gewesen; Streit mit dem Rechtsanwalt, mit dem Georg zusammengearbeitet hatte, Tränen und Vorwürfe von Hannes Ex-Freund, Krach mit den Eltern, Angst vor dem Abbruch aller Brücken. Was ein befreiender Aufbruch aus der heimatlichen Enge und den Zwängen des Berufs hätte sein sollen, wurde fast zur Flucht. In Paris, wo sie zunächst Fuß fassen wollten, fanden sie keine Arbeit, wohnten in schauerlichen Absteigen, und ihre Beziehung schien am Ende. Cucugnan war ein neuer Anfang. Georg kannte und liebte das Städtchen von einer Urlaubsreise und hoffte auf einen Job in Aix oder in Avignon. Die ersten Wochen wurden wieder schlimm. Aber dann bekam Georg eine Aushilfsstelle als Filmvorführer in Avignon, und sie fanden das Haus.

Ihnen gefiel, daß es einsam lag, an einem Südhang, umgeben von Kirsch- und Zwetschgenbäumen, Melonen- und Tomatenfeldern. Daß Balkon und Garten von morgens bis abends Sonne hatten, daß es unter dem Balkon, der über die ganze Breite des ersten Stocks führte, aber schattig und kühl war. Daß zwei Zimmer unten und drei oben viel Platz boten. Daß am Haus ein Anbau war, den Hanne als Atelier nehmen konnte. Sie zeichnete und malte.

Sie holten ihre Möbel und Hannes Staffelei aus Karlsruhe. Georg legte einen Kräutergarten an, Hanne richtete das Atelier her. Als Georg im Kino nicht mehr gebraucht wurde, fand Hanne eine Aushilfsstelle in einer Druckerei. Dann halfen beide bei der Ernte. Im Winter bekam Georg die ersten Übersetzungsaufträge von Maurin. Aber das Geld reichte nicht hinten und nicht vorne, und Hanne fuhr für zwei Monate zu ihren Eltern nach Karlsruhe. Die waren reich und wollten ihre Tochter gerne unterstützen, aber nicht in Paris oder in Cucugnan und nicht mit Georg. Aus den zwei Monaten wurden vier; Hanne kam nur über Weihnachten zurück und dann noch mal, um ihre Sachen zu holen. Den Lieferwagen, in den sie Schrank, Bett, Tisch und Sessel, vierzehn Kartons und die Staffelei lud, fuhr der neue Freund. Hanne ließ Georg die zwei Katzen.

Georg hatte mit fünfundzwanzig seine Heidelberger Schulfreundin und Jugendliebe Steffi geheiratet, war mit dreißig geschieden und in den nächsten Jahren mit dieser und jener Frau mal kürzer und mal länger zusammen gewesen. Mit fünfunddreißig hatte er Hanne getroffen und gedacht: Sie ist die Richtige.

Er entwickelte gerne Theorien. Über das Heiraten von Schulfreundinnen und Jugendlieben, die Zusammenarbeit zwischen Rechtsanwälten, über Raucher und Nichtraucher, Macher und Grübler, natürliche und künstliche Intelligenz, über die Anpassung an gegebene Verhältnisse und das Aussteigen aus ihnen, über das richtige Leben. Besonders gerne über Beziehungen. Ob sie besser werden, wenn sich beide Knall auf Fall ineinander verlieben oder wenn die Liebe langsam wächst. Ob sie nach dem Gesetz ablaufen, nach dem sie antreten, oder ob tiefgreifende Veränderungen möglich sind. Ob ihre Qualität sich daran zeigt, daß sie halten, oder daran, daß sie sich gewissermaßen erfüllen und enden. Ob es im Leben die richtige Frau beziehungsweise den richtigen Mann gibt oder ob man mit verschiedenen einfach verschiedene Leben lebt. Ob beide ähnlich sein sollen oder gerade nicht.

Theoretisch war Hanne die Richtige. Sie war ganz anders als er, nicht intellektuell und diskursiv, sondern spontan und direkt, eine wunderbare Geliebte und zugleich eine anregende und selbständige Partnerin bei der Planung gemeinsamer Projekte. Sie hilft mir, dachte er, alles das zu machen, was ich immer machen wollte, mich aber nicht getraut habe.

Allein mit zwei Katzen, dem Projekt eines Buchs, bei dem

er die Geschichte schreiben und sie die Bilder hatte zeichnen wollen und das in den Anfängen steckengeblieben war, einem zu großen Haus und zu großen Kosten war Georg nicht mehr nach Theorien. Als Hanne ihn verließ, war Februar, die Nachbarn erinnerten sich an keinen kälteren, und oft wußte Georg nicht, woher das Geld für das Heizöl kommen sollte. Manchmal hätte er sich gerne mit Hanne über das Scheitern ihrer Beziehung auseinandergesetzt. Aber sie antwortete nicht auf seine Briefe, und das Telefon hatte man ihm abgestellt.

Er schaffte es über den Rest des Winters und durch das nächste Jahr. Vielleicht hätte er von dem, was er an Maurins Aufträgen insgesamt verdiente, gerade leben können. Aber darauf, ob und wann die Aufträge kamen, war kein Verlaß. Er schrieb Briefe an Gott und die Welt, bewarb sich um literarische Übersetzungen, technische Übersetzungen, irgendwelche Übersetzungen, bot französischen Rechtsanwälten seine deutschen Rechtskenntnisse und deutschen Zeitungen Berichte aus der Provence an. Nichts. Daß ihm dabei reichlich Zeit blieb, nützte ihm auch nichts. Zwar hatte er Reportagen, Erzählungen und Krimis im Kopf, die er schreiben wollte. Aber im Kopf war stärker als alles andere die Angst: Wann ruft Maurin wieder an? Oder, wenn das Telefon gerade abgestellt war: wann soll ich anrufen? Übermorgen, hat er gesagt. Aber wie, wenn er morgen Aufträge bekommt und mich nicht erreicht? Hält er sie für mich bis übermorgen oder gibt er sie sonstwem? Also doch morgen anrufen?

Er wurde unleidlich wie alle unglücklichen Menschen. Als bleibe ihm die Welt etwas schuldig und als müsse er sie das spüren lassen. Manchmal haderte er mit ihr mehr und manchmal weniger. Wenn er drei Briefe an potentielle Auftraggeber geschrieben und zur Post gebracht hatte, drei unwiderstehliche Briefe, wenn er einen Auftrag erledigt und das Geld in der Tasche hatte und abends bei Gérard im ›Les Vieux Temps‹ saß, wenn er Freunde fand, die sich ähnlich durchschlugen

und ihre Hoffnungen nicht verloren, wenn er seinen Kräutergarten versorgte, wenn das Feuer im Kamin brannte und das
Haus nach dem Lavendel roch, den er draußen geschnitten
und in den Abzug gehängt hatte, wenn Besuch aus Deutschland kam, richtiger Besuch, nicht jemand, der sein Haus als
Absteige auf der Durchreise nach Spanien benutzte, wenn
ihm eine Idee für eine Geschichte einfiel, wenn er nach Hause
kam und der Briefkasten voll war – nein, er war nicht immer
unglücklich und unleidlich. Im Herbst warf die Katze des
Nachbarn, und Georg holte sich einen kleinen schwarzen Kater mit vier weißen Pfoten. Dopy – die anderen beiden hießen
Schneewittchen und Sneezy. Auch Schneewittchen war ein
Kater, ein ganz weißer.

Als Georg von Marseille nach Hause kam und aus dem
Auto stieg, strichen ihm die Katzen um die Beine. Sie fingen
genug Mäuse in den Feldern. Aber sie brachten die Mäuse ihm
und wollten das Futter aus der Dose.

»Hallo, Katzen. Da bin ich wieder. War nichts mit Arbeit,
war heute nichts und ist morgen nichts. Interessiert euch
nicht? Stört euch nicht? Schneewittchen, du bist so groß und
so alt, du solltest verstehen, daß es ohne Arbeit kein Futter
gibt. Dopy, bei dir ist das etwas anderes. Du bist klein und
dumm und weißt nichts.« Georg nahm ihn auf den Arm und
ging zum Briefkasten. »Schau dir das an, Dopy, wir haben einen dicken, fetten Umschlag bekommen, und den dicken, fetten Umschlag hat uns ein dicker, fetter Verleger geschickt.
Jetzt muß nur noch eine dicke, fette, gute Nachricht drin-
stehen.«

Er schloß die Haustür auf, die zugleich Küchentür war. Im
Kühlschrank standen eine halbvolle Dose Katzenfutter und
eine halbvolle Flasche Weißwein. Georg gab den Katzen und
schenkte sich ein, stellte die Musikanlage an, machte die Tür
vom Kaminzimmer zur Terrasse auf und nahm Glas und Umschlag nach draußen zum Schaukelstuhl. Dabei redete er weiter mit den Katzen und mit sich. Er hatte es sich im letzten

Jahr angewöhnt. »Der Umschlag kann einen Moment warten. Er läuft nicht davon. Habt ihr schon mal einen Umschlag gesehen, der läuft? Den es stört, wenn er warten muß? Wenn eine gute Nachricht drinsteht, soll der Wein zum Feiern zur Hand sein und bei schlechter Nachricht zum Trost.«

Georg hatte einen französischen Roman gelesen, der ihm gefallen hatte und von dem es keine deutsche Übersetzung gab. Ein Roman, der das Zeug zum Szene- und Kultbuch hatte. Ein Roman, der bei eben diesem Verlag ins Programm paßte. Georg hatte das Buch und eine Probeübersetzung hingeschickt.

»Sehr geehrter Herr Polger, besten Dank für Ihre Sendung vom... Mit Interesse haben wir... greifen Ihre Anregung gerne auf... paßt in der Tat in das Programm unserer Reihe... Verhandlungen mit Flavigny... Was Ihr Angebot einer Übersetzung angeht, müssen wir Ihnen leider... Seit vielen Jahren sind wir einem Übersetzer verbunden, der... bitten um Ihr Verständnis... In der Anlage reichen wir Ihnen die freundlicherweise überlassene...«

Schweinehunde. Nehmen meine Idee und servieren mich ab. Fühlen sich nicht verpflichtet, mir Geld zu geben, eine andere Arbeit anzubieten oder auch nur in Aussicht zu stellen. Zwei Wochen habe ich an der Probeübersetzung gesessen, zwei Wochen für nichts und wieder nichts. Schweinehunde.

Georg stand auf und gab der Gießkanne einen Tritt.

3

Mit den Schulden, dachte Georg, ist es wie mit dem Wetter. Ich fahre von hier nach Marseille, fahre hier bei strahlender Sonne los und komme dort in strömendem Regen an, und dazwischen sind über Pertuis einzelne Wolken, über Aix ist eine geschlossene Wolkendecke, und bei Cabriès fallen erste Tropfen. Oder ich sitze hier auf der Terrasse, und zuerst scheint die Sonne vom klaren blauen Himmel, dann ziehen einzelne Wolken auf, dann viele, dann tröpfelt und schließlich schüttet es. Beidemal vergeht eine Stunde, eine Stunde im Auto oder eine Stunde auf der Terrasse. Und für mich ist völlig gleichgültig, ob ich vom guten ins schlechte Wetter fahre oder ob ich bleibe und das Wetter schlecht wird. Die Wolken sehen nicht anders aus, und ich werde so oder so naß. Sie haben gut reden, die Eltern oder die Freunde, wenn sie mich warnen, weitere Schulden zu machen. Stimmt. Manchmal mache ich sie. Aber meistens wachsen sie einfach über mir und türmen sich zu einem höheren und höheren Berg. Wie sie mehr werden, ist für mich völlig gleichgültig. Der Effekt ist derselbe.

Er kam von Gérard und Catrine nach Hause. Er hatte schon oft bei ihnen anschreiben lassen. Aber er hatte ihnen auch schon oft zurückgezahlt. Wenn er einen Auftrag erledigt und sein Geld bekommen hatte, ließ er mehr liegen als den Betrag der Rechnung. Wie kleinlich Leute sein können, ärgerte sich Georg. Gérard hatte ihm Fettucine mit Lachs und Wein, Kaffee und Calvados gebracht, als Georg nach der Enttäuschung ins ›Les Vieux Temps‹ kam. Dann hatte er die Rechnung gebracht und sich zwar nicht geweigert anzuschreiben, aber ein Gesicht gezogen und eine Anspielung gemacht. Das ließ Georg nicht auf sich sitzen; er legte alles und noch mehr auf den Tisch. Es war Geld, mit dem er eigentlich die Telefonrechnung hatte bezahlen wollen.

Am nächsten Morgen machte er sich daran, das Atelier aufzuräumen. Er hatte Holz für den Kamin bestellt, das am Nachmittag gebracht und hier gelagert werden sollte. Bestellt und zum Glück schon bezahlt. Er konnte sich nicht mehr erinnern, aus welcher dummen Laune heraus er die Bestellung aufgegeben hatte. In den Wäldern um Cucugnan lag mehr als genug Bruchholz.

Georg ging nicht gerne ins Atelier. Hier war die Erinnerung an Hanne besonders gegenwärtig und schmerzhaft. Hannes großer Arbeitstisch am Fenster, den sie zusammen gebaut und auf dem sie zusammen geschlafen hatten, zur Einweihung und zur Prüfung der Standfestigkeit. Die Skizzen zum letzten großen Ölbild an der Wand. Hannes vergessener Arbeitskittel am Haken. Da im Atelier auch der Heizungskessel stand und Bücherkartons lagerten, konnte Georg es nicht gänzlich meiden. Aber er hatte es einstauben und verkommen lassen.

Das wollte er ändern. Er kam nicht weit. Am Ende waren die Bücherkartons akkurat aufeinandergeschichtet, war Platz für das Holz geschaffen und lag Hannes Arbeitskittel im Abfall. Aber sonst – was sollte er auch mit dem Atelier?

Als ein Auto kam, war es weder das Holz noch die Post. Herbert, ein anderer Deutscher, der in Pertuis wohnte, eigentlich malen wollte, aber durch immer neue widrige Umstände daran gehindert wurde, schaute vorbei. Sie tranken eine Flasche Wein und redeten über dies und das. Über die neuesten widrigen Umstände.

»Übrigens«, sagte Herbert beim Abschied, »ich wäre froh, wenn du mir mit fünfhundert Franc aushelfen könntest. Da ist diese Galerie in Aix, und…«

»Fünfhundert Franc? Tut mir leid, aber da ist gar nichts drin.« Georg zog die Schultern hoch und zeigte seine leeren Hände.

Herbert reagierte pikiert. »Ich dachte, wir wären Freunde.«

»Selbst wenn du mein Bruder wärst – ich kann dir schlicht nichts geben, ich habe nichts.«

»Na, die nächste Miete und den nächsten Wein wirst du schon zahlen können. Sei wenigstens ehrlich und sag, daß du mir nichts geben willst.«

Das Auto mit dem Holz kam. Ein verkratzter und verbeulter Lieferwagen mit offener Ladefläche und Fahrerhäuschen, bei dem die Türen fehlten. Ein Mann und eine Frau stiegen aus, beide schon alt, er hatte nur einen Arm.

»Wo möchte Monsieur sein Holz geschichtet haben? Gutes Holz, trocken und duftet. Haben wir dort drüben gesammelt.« Der Mann wies mit der Hand auf die Hänge des Lubéron.

»Was bist du doch für ein verlogenes Arschloch.« Herbert setzte sich ins Auto und fuhr davon.

Das alte Paar mochte Georg nicht für sich arbeiten lassen. Aber er konnte die Frau nicht davon abhalten, das Holz an den Rand der Ladefläche zu schleppen, und den Mann nicht, es im Atelier zu schichten. Er hetzte mit vollen Armen von ihr zu ihm.

Über Mittag fuhr er nach Cucugnan. Es erstreckt sich über zwei benachbarte Hügel, den einen krönt die Kirche, den anderen die Ruine der Burg. Um das halbe Städtchen führt noch die alte Mauer, Häuser lehnen sich daran oder stützen sich darauf. Wenn Georg mit dem Auto über die holprigen Wege fuhr und mehr noch, wenn er den halbstündigen Marsch durch die Felder machte und Cucugnan dann in den Blick kam, ocker in der Sonne leuchtend oder grau unter die Wolken geduckt, immer behäbig, heimelig, verläßlich, dann stellte sich wieder das gute Gefühl ein, das er vor Jahren bei seinem ersten Besuch gehabt hatte.

Vor dem Stadttor liegt der *étang*, ein großer, rechteckiger, ummauerter, von alten Platanen gesäumter Teich. An der stadtzugewandten Schmalseite ist der Marktplatz, daneben stellt die ›Bar de l'Etang‹ vom Frühjahr bis zum Herbst die Tische raus. Hier ist es im Sommer kühl; im Herbst lassen die Platanen die Blätter rechtzeitig fallen, und man kann noch in der letzten Sonnenwärme draußen sitzen. Auch dieser Platz war heimelig. In der Bar gab's Sandwiches und Bier vom Faß und trafen sich alle, die Georg kannte.

Diesmal stellte sich das Behagen auch nach dem dritten Bier nicht ein. Georg ärgerte sich immer noch über Gérard und

Herbert. Überhaupt die ganze Misere. Er fuhr nach Hause und legte sich mit schwerem Kopf zum Mittagsschlaf. Ob ich auch so werde wie Herbert? Oder bin ich schon so?

Um vier Uhr weckte ihn das Telefon. »Bulnakof Traductions. Spreche ich mit Monsieur Polger?«

»Ja.«

»Monsieur Polger, wir haben vor einigen Wochen hier in Cadenet unser Übersetzungsbüro eröffnet, und die Geschäftsentwicklung ist, Gott sei Dank, stürmischer als erwartet. Wir suchen Mitarbeiter und sind auf Sie aufmerksam gemacht worden. Sind Sie interessiert?«

Georg hatte den Hörer verschlafen abgenommen. Jetzt war er hellwach. Nur die Stimme stolperte noch. »Sie meinen... ich soll für Sie... ob ich interessiert bin? Ich glaube schon.«

»Schön. Unsere Adresse ist Rue d'Amazone, gleich über dem Platz mit dem Tambour, Sie finden das Schild am Haus. Schauen Sie doch in den nächsten Tagen mal vorbei.«

4

Georg wäre am liebsten sofort hingefahren. Er verbot es sich, verbot sich auch den Mittwoch und den Donnerstag und beschloß, am Freitagmorgen um zehn Uhr dort zu sein. Jeans, blaues Hemd und Lederjacke, eine Mappe mit Papieren und Materialien von Maurin unterm Arm, sich an Aufträgen interessiert, aber nicht darauf angewiesen zeigen – er entwarf seinen Auftritt.

Alles klappte. Georg rief am Freitagmorgen an, vereinbarte zehn Uhr, parkte auf dem Platz mit dem Denkmal für den kleinen Tambour, ging die Rue d'Amazone hoch und klingelte um fünf nach zehn unter dem Messingschild mit der Aufschrift ›Bulnakof Traductions S. A. R. L.‹.

Im zweiten Stock stand die Tür offen, es roch nach Farbe, und im frisch gestrichenen Vorzimmer arbeitete eine junge

Frau an der Schreibmaschine. Braunes Haar bis auf die Schultern, braune Augen, beim Hochschauen ein freundlicher Blick und ein leichtes Lächeln.

»Monsieur Polger? Nehmen Sie doch kurz Platz, Monsieur Bulnakof empfängt Sie sofort.« Sie sagte ›Polschär‹ und ›Bülnakof‹, aber ein Akzent war nicht zu überhören, Georg konnte ihn nur nicht einordnen. Kaum saß er auf einem der fabrikneuen Stühle, ging die andere Tür auf und platzten zwei Zentner lärmende Geschäftigkeit und Leutseligkeit in den Raum, Bulnakof mit rotem Kopf, spannender Weste und schreiender Krawatte.

»Wie schön, daß Sie den Weg zu uns gefunden haben, mein junger Freund. Ich darf doch ›mein junger Freund‹ zu Ihnen sagen? Wir kommen kaum nach mit der Arbeit, und ich sehe, auch Sie haben Ihren Packen Arbeit und tragen ihn mit sich und plagen sich mit ihm – aber nein, Sie plagen sich nicht, Ihnen geht die Arbeit leicht und schnell von der Hand, Sie sind jung und ich war's auch, nicht wahr?« Dabei hielt er Georgs Hand in seinen beiden, drückte sie, schüttelte sie, ließ sie nicht los, als er ihn ins Zimmer zog.

»Monsieur Bulnakof...«

»Lassen Sie mich die Tür zu meinem Boudoir schließen und einige Worte zur Einführung – ach was, gehn wir gleich medias in res: technische Übersetzungen, Handbücher zur Textverarbeitung, Buchführung, Kunden-, Mandanten-, Klientenverwaltung und so fort, kleine, handliche, freundliche Programme, aber dicke Bücher. Sie verstehen? Sie haben Erfahrung mit der Technik, mit dem Computer, gehen vom Englischen ins Französische und vom Französischen ins Englische, arbeiten schnell? Schnell arbeiten, das ist das A und O bei uns, und wenn Ihr Diktiergerät und unsere nicht kompatibel sind, geben wir Ihnen eins von uns mit, und Mademoiselle Kramski tippt, und Sie schauen's durch und dann geht's raus – cito, cito, war das nicht das Motto Ihres großen Friedrich? Sie sind doch Deutscher, aber vielleicht war's auch nicht

Ihr großer Friedrich, sondern unser großer Peter, ist auch egal, Sie sagen gar nichts, stimmt was nicht?«

Bulnakof ließ Georgs Hand los und schloß die Tür. Auch hier der Geruch frischer Farbe, neuer Schreibtisch, neuer Schreibtischstuhl und neue Sitzgruppe, zwei gemauerte Simse über die lange Wand, darauf hohe Aktenstöße und darüber mit Reißzwecken aufgehängte Konstruktionszeichnungen. Bulnakof stand vor dem Schreibtisch, schaute Georg wohlwollend und besorgt an und fragte noch mal: »Stimmt was nicht, mein junger Freund? Sie zögern wegen der Bezahlung? Ah, das ist ein heikles Thema, wem sagen Sie das, und mehr als fünfunddreißig Centimes kann ich auch nicht zahlen. Ich weiß, damit wird man nicht reich, wird kein Krösus, aber bleibt auch kein Diogenes, nicht daß ich meinte, Sie wären einer, ist nur so eine Redensart.«

Fünfunddreißig Centimes pro Wort – soviel zahlte ihm Maurin allerdings erst jetzt nach einem halben Jahr, und dazu würden die Fahrten nach Marseille wegfallen, und tippen sollte er auch nicht selbst. »Monsieur, Sie haben mir einen überaus liebenswürdigen Empfang bereitet, und ich freue mich über Ihr Interesse an meiner Arbeit. Ich will die Kapazitäten gerne frei machen und frei halten, müßte Ihnen allerdings fünfzig Centimes in Rechnung stellen. Sie können sich das überlegen und mich bei Gelegenheit wieder telefonisch kontaktieren, gegenwärtig scheinen Ihre und meine Vorstellungen über die Modalitäten einer Zusammenarbeit nicht zu harmonieren.« Was für eine gestelzte Antwort, aber Georg war zufrieden mit sich und stolz, daß er sich nicht billig machte. Hol's der Teufel, wenn's nichts wurde.

Bulnakof lachte. »Man kennt seinen Wert? Man fordert seinen Preis? Das gefällt mir, mein junger Freund, gefällt mir. Fünfundvierzig Centimes sag ich da doch einfach, und darauf biete ich Ihnen meine Hand und geben Sie mir Ihre, und wir sind im Geschäft. Topp.«

Georg bekam einen Packen mit den Seiten vom Umbruch

eines Handbuchs. »Erste Hälfte nächsten Montag und Rest am Mittwoch? Und da ist noch was, eine IBM-Konferenz in Lyon am nächsten Donnerstag und Freitag, und wenn Sie mit Mademoiselle Kramski hinfahren und die Feder und die Ohren spitzen, mithören und mitschreiben, uns dar- und vorstellen könnten, tausend Franc pro Tag und die Spesen, und diesmal wird nicht gefeilscht und nicht gehandelt, das geht in Ordnung? Und Sie entschuldigen mich jetzt bitte?«

Im Vorzimmer sprach Georg mit Mademoiselle Kramski über die Fahrt. Er hatte es vorher nicht bemerkt oder seine gute Laune sah es jetzt in sie hinein – sie war hübsch. Eine weiße Bluse mit weißer Stickerei, weißer Paspel über der Brust und kurzen Ärmeln, der eine hochgeschlagen, der andere aufgeknöpft. Sie trug keinen Büstenhalter, hatte kleine, feste, hohe Brüste und auf den braunen Armen schimmerten die Härchen golden. Die Kragen waren abgerundet, lieb, und die oberen Knöpfe waren offen, frech, und wenn sie lachte, lachten die Augen und die Kehle gluckste hell. Wenn sie nachdachte – nehmen wir den Zug oder das Auto, und wann fahren wir los, am besten am Mittwochabend, wenn das Tippen und die Korrekturen vom Handbuch fertig sind –, hatte sie über der rechten Braue, gleich neben der Nase, ein kleines zitterndes Grübchen. Georg machte einen Witz, ein dicker Sonnenstrahl fiel zwischen den beiden Türmen der Kirche durch, und in seinem Licht schüttelte Mademoiselle Kramski lachend den Kopf, und im schwingenden Haar tanzten die Funken.

5

So wie in den nächsten Tagen hatte Georg noch nie gearbeitet. Nicht vor den Staatsprüfungen, nicht als Anwalt. Nicht nur weil das Handbuch dick war und ihm das Übersetzen aus der englischen in die französische Computersprache nicht leicht fiel, nicht nur wegen des nächsten und übernächsten und überübernächsten Auftrags und des Geldes. Er platzte vor Energie, wollte es sich und Bulnakof und der ganzen Welt zeigen. Am Samstagabend bei Gérard ein Essen, von dem er gleich nach dem Kaffee und ohne Calvados aufbrach, am Sonntagmorgen ein kurzer Spaziergang, nur weil er über die Übersetzung der HELP-Funktion lieber im Gehen als im Sitzen nachdachte, sonst saß er im Zimmer oder auf der Terrasse am Schreibtisch und vergaß dabei sogar das Rauchen. Am Montagmorgen hatte er zwei Drittel des Handbuchs übersetzt und diktiert, fuhr nach Cadenet, pfiff und sang und schlug den Rhythmus auf dem Lenkrad, traf weder Monsieur Bulnakof noch Mademoiselle Kramski, gab die Kassette einem jungen Mann, der kaum den Mund aufbrachte und nur »Merci« rausspuckte, und machte sich an den Rest. Dienstagnacht war er fertig, Mittwochmorgen frühstückte er mit frischem Brot, Eiern, Speck, gepreßtem Orangensaft und Kaffee auf dem Balkon und ließ sich die Sonne auf den Rücken brennen. Er hörte den Zikaden zu und den Vögeln, roch den Lavendel und sah über das grüne Land nach Ansouis, die Burg wuchtig im Dunst. Er packte für die Konferenz den Anzug ein und war um zehn in Cadenet.

Monsieur Bulnakof strahlte über sein dickes, rotes Gesicht. »Sehr schön die Übersetzung, mein junger Freund, sehr schön. Ich habe alles durchgesehen, Sie müssen sich um die Korrekturen nicht mehr kümmern. Trinken Sie einen Kaffee mit mir, gleich kommt Mademoiselle Kramski, und Sie können aufbrechen.«

»Und das letzte Drittel?«

»Das schreibt die Kollegin von Mademoiselle Kramski, und ich mache wieder die Korrekturen. Schauen Sie, daß Sie nach Lyon kommen, heute abend ist der Empfang des Bürgermeisters, da sollen Sie nicht fehlen.«

Woher er stamme, wollte Monsieur Bulnakof wissen, und was er gelernt und gearbeitet habe und warum er aus Karlsruhe nach Cucugnan gezogen sei. »Ja, wenn man jung ist. Aber ich habe mein Büro auch nicht mehr in Paris führen mögen und hierher verlegt, kann Sie schon verstehen.«

»Sie selbst stammen aus Rußland?«

»Dort geboren, aufgewachsen in Paris, aber zu Hause nur Russisch gesprochen. Wenn der russische Markt mal für unsere Waren, auch Computer und Programme geöffnet wird – ich hoffe, daß ich das noch erlebe. Apropos – hier zwei Umschläge, der eine für Ihre Arbeit und der andere mit Ihren Spesen, vorschußhalber. Und da kommt sie auch schon.«

Sie hatte ein leichtes Kleid an, blaßblau und -rot gestreift, große blaue Blüten darauf, hellblauer Gürtel und dunkelblaues Halstuch. Das Haar fiel dicht und ordentlich gekämmt vom linken Scheitel, wieder lag die Freundlichkeit im Blick, und als sie sich über das väterliche Getue von Monsieur Bulnakof freute, der sie und Georg wie seine beiden Kinder auf eine weite Reise schickte, versteckte sie den lachenden Mund hinter der Hand. Georg sah, daß ihre Beine ein bißchen kurz geraten waren, und fand, daß sie auf hübsche Weise erdnah dastand, irgendwie praktisch. Er war verliebt, wußte es nur noch nicht.

Sie nahmen ihren grünen 2 cv. Im Auto, das in der Sonne gestanden hatte, war es heiß, bis sie mit offenem Verdeck und offenen Fenstern durch das Land fuhren. Es zog; hinter Lourmarin hielt Georg an, holte ein Halstuch aus seiner Reisetasche und band es um. Das Radio spielte ein verrücktes Potpourri, Themen von Vivaldi bis Wagner in swingendem und poppigem Sound und mit Übergängen, die kleine Kunstwerke öligen Kitschs waren. Sie wetteten um das jeweils nächste Thema, und am Ende schuldete sie ihm drei und er ihr fünf *petits blancs*. Dann hatten sie die Höhe vor Bonnieux erreicht, auf der Bergkuppe schimmerte das Städtchen in der Mittagssonne, sie kurvten durch die engen Straßen und fuhren die Weinberge hinunter zur Route Nationale. Sie redeten über Musik, über Filme, wo und wie sie wohnten, und beim Picknick erzählte er von Heidelberg, Karlsruhe und seinem Leben als Anwalt und mit Hanne. Er wunderte sich selbst über seine Offenheit; ihm war eigentümlich zutraulich, zugleich fröhlich zumute. Als sie weiterfuhren, duzten sie sich, und sie schüttete sich aus vor Lachen, daß ihr Name in Deutsch so hart und spitz klingt.

»Nein, Françoise, das kommt darauf an, wie du ihn aussprichst, der Schluß kann wie eine Explosion klingen oder wie ein Hauch«, er machte es vor, »und... und... ich würde dich auf deutsch auch gar nicht Franziska nennen.«

»Sondern?«

»Braunauge. Du hast die braunsten Augen, in die ich je gesehen habe, und auf französisch kann man daraus keinen Namen machen, aber auf deutsch, und den würde ich dir geben.«

Sie sah vor sich auf die Straße. »Ist das ein Kosewort?«

»Ein Wort für jemanden, den man mag.«

Sie sah ihn ernst an. Das Haar fiel ihr ins Gesicht und verdeckte das eine Auge halb. »Ich fahre gerne mit dir über Land.«

Er bog auf die Autobahn, hielt an der Mautstation, zog eine Gebührenkarte und fädelte sich in den Strom der Autos ein.

»Erzählst du mir eine Geschichte?«

Er erzählte ihr das Märchen von der Gänsemagd, die Reime sprach er ihr erst auf deutsch, dann auf französisch, er konnte sie auswendig. Als die falsche Braut ihr Urteil sprach: splitternackt ausziehen, in ein Faß mit spitzen Nägeln stecken und von zwei Pferden gaßauf, gaßab zu Tode schleifen, seufzte sie erschrocken. Sie ahnte, daß der alte König sagen würde: »Das bist du und hast dein eigen Urteil gefunden, und so soll dir geschehen.«

Bis Montélimar erzählte sie ihm ein polnisches Märchen, in dem ein Bauer den Teufel übers Ohr haut, dann schwiegen sie und hörten im Radio Mozarts Flötenquartette. Als Georg merkte, daß Françoise eingeschlafen war, stellte er die Musik leise und freute sich an der Bewegung des Autos, dem Fahrtwind im Gesicht, an Françoise an seiner Seite, ihrem leichten Schnarchen und zufriedenen Schmatzen, wenn ihr der Kopf zur Seite sank und sie ihn wieder aufrichtete und anlehnte.

In Lyon waren die Hotels besetzt, sie mußten zehn Kilometer in die Berge fahren und fanden auch dort nur ein Doppelzimmer. Françoise hatte Schmerzen im Nacken, und Georg massierte sie. Umziehen, in die Stadt fahren, essen und auf dem Empfang mit diesem und jenem stehen und reden – sie trennten sich, aber manchmal suchten sich ihre Blicke durch den weiten Saal des Rathauses. Auf der Heimfahrt kam dichter Nebel auf, und Georg fuhr ganz langsam, tastete sich von Katzenauge zu Katzenauge. »Es ist schön, daß du neben mir sitzt.«

Dann lagen sie nebeneinander im Bett. Françoise erzählte von einer Freundin, die aus Liebeskummer nach Amerika gegangen war und sich dort sogleich unglücklich in einen Libanesen verliebt hatte. Als sie sich zum Nachttisch hinüberbeugte und das Licht ausmachte, legte er den Arm um ihre Taille. Im Dunkeln kuschelte sie sich an ihn. Er streichelte sie, und dann küßten sie sich und konnten gar nicht genug kriegen.

Als sie miteinander geschlafen hatten, weinte sie leise.

»Ist was, Braunauge?«

Sie schüttelte den Kopf, und er küßte ihr die Tränen vom Gesicht.

6

Sie kamen erst am Montagmorgen nach Cadenet zurück. Am Freitag war die Tagung vorbei; sie fuhren bis St. Lattier, aßen dort im ›Lièvre Amoureux‹ und schliefen bis in den hellen Samstag, suchten im Michelinführer das ›Les Hospitaliers‹ in

Le Poët-Laval, wieder ein Lokal mit einem Stern, und übernachteten dort auf Sonntag. Die letzte Nacht verbrachten sie unter freiem Himmel bei Roussillon; sie mochten vom Picknick nicht aufbrechen, der Abendwind war lau, der Himmel voller Sterne, und in der Kühle vor Tagesanbruch schliefen sie aneinandergeschmiegt unter den Decken, die Françoise im Auto dabei hatte. Von da waren es zwei Stunden Fahrt bis Cadenet; die Sonne schien und die Luft war klar und die Straße frei. In den kleinen Städtchen, durch die sie kamen, gingen an den Geschäften die Läden hoch, die Bars und Bäckereien hatten schon die Türen auf, und die Menschen trugen ihre Brote nach Hause. Georg saß am Steuer, Françoises Hand lag auf seinem Schenkel. Er schwieg lange und fragte sie dann: »Ziehst du zu mir?«

Er hatte einfach die Vorfreude auf seine Frage und ihre Antwort ausgekostet. Er wußte, daß sie ja sagen würde, daß zwischen ihnen alles stimmte. Überhaupt – das ganze Leben stimmte wieder.

Die Tagung war ein Erfolg gewesen; er war locker und kompetent aufgetreten, ihm waren gescheite Fragen und witzige Antworten eingefallen, er hatte nicht nur Bulnakofs, sondern auch seine eigene Karte verteilt, und ein auf Computer-Leasing und Software-Haftung spezialisierter Anwalt aus Montélimar wollte mit ihm wegen deutsch-französischer Fälle in Kontakt bleiben. Der Xerox-Vertreter hatte sich verblüfft gezeigt, als Georg von seiner TEXECT-Übersetzung erzählt hatte. »Das liegt doch schon seit einem Jahr übersetzt vor!« Aber sei's drum, das war nicht sein Problem – in der Jackentasche fühlte Georg Bulnakofs Umschlag mit sechstausend Franc.

Und neben ihm saß Françoise. In der zweiten Nacht, der von Donnerstag auf Freitag, hatte er die Brücke seiner Vorsicht und Vorbehalte hinter sich verbrannt. Das war seine Brücke gewesen: Wenn's nur die eine Nacht war oder nur die paar Tage sind – was soll's, ich nehm's mit, und ich paß auf, daß ich mich nicht verliebe und nicht verliere. In der Nacht war er aufgewacht, saß auf dem Klo, stützte die Arme auf die Knie und den Kopf auf die Hände, dachte nach, war traurig. Dann kam Françoise, stellte sich neben ihn, er lehnte den Kopf an ihre nackte Hüfte, sie strich mit den Händen durch sein Haar und sagte »Georg« statt wie sonst »Georges«. Das klang holprig, aber es machte ihn zutraulich und zufrieden. Er hatte ihr erzählt, daß seine Eltern und seine Schwester ihn Georg gerufen hatten, auch noch die Freunde auf dem Gymnasium und an der Universität, bis nach dem Anwaltspraktikum in Frankreich Georges oder Schorsch daraus geworden war. Er hatte ihr überhaupt viel von seiner Kindheit, Schul- und Studienzeit, von der Ehe mit Steffi und den Jahren mit Hanne erzählt. Sie hatte immer weitergefragt.

Daß sie nicht viel von sich berichtete – sie ist halt eine Stille, dachte er. Es war auch nicht so, daß sie wenig geredet hätte. Sie beschrieb haarklein, wie sie von Paris nach Cadenet gezogen war, die Wohnung gefunden und eingerichtet hatte, sich in der neuen Umgebung zurechtfand, was sie an den Abenden und Wochenenden machte und wie sie anfing, Leute kennenzulernen. Auf seine Fragen beschrieb sie auch Bulnakofs Büro in Paris, seinen Herzinfarkt vor einem Jahr und seinen Entschluß, weniger und anderswo zu arbeiten. Er hatte sie dabei haben wollen und ihr ein Angebot gemacht, das sie nicht ablehnen konnte. »So ohne weiteres geht man nicht von Paris nach Cadenet, weißt du?« Wenn sie redete, dann meist schnell, quirlig und lustig, und Georg lachte viel. »Du lachst mich aus« – sie machte einen Schmollmund, legte die Arme um ihn und gab ihm einen Kuß.

Sie waren früh in Le Poët-Laval gewesen, und als sie ihre Taschen ins Zimmer getragen hatten, konnte es ihnen nicht schnell genug gehen, bis sie zusammen im Bett waren. Mit einem Griff zog er Pullover, Hemd, T-Shirt über den Kopf, mit dem nächsten streifte er Hose, Unterhose, Socken ab. Sie liebten sich, schliefen ein, wachten auf, und im Küssen und Berühren wurde ihre Lust wieder wach. Sie kniete auf ihm, bewegte sich langsam und hielt inne, wenn seine Erregung stark wurde. Draußen dämmerte es, ihr Gesicht und ihr Körper schimmerten matt, und er konnte sich nicht satt sehen an ihr und mußte doch immer wieder die Augen schließen, weil ihn die Liebe und der Genuß so erfüllten. Obwohl sie da war, sehnte er sich nach ihr. »Wenn ich ein Kind von dir bekomme – nicht wahr, du bist dann bei der Geburt dabei?« Sie sah ihn ernst an. Er nickte, ihm liefen die Tränen, er konnte nicht sprechen.

Er hatte sie vor Bonnieux gefragt, ob sie zu ihm zieht. Sie sah vor sich hin und sagte nichts. Dann nahm sie ihre Hand von seinem Bein und verbarg ihr Gesicht in beiden Händen. Auf der Höhe hielt er an, hinter ihnen lag das Städtchen und vor ihnen, im Schatten des frühen Morgens, die Schlucht, die den Lubéron durchschneidet. Er wartete, traute sich nicht, sie zu fragen, ihr die Hände vom Gesicht zu nehmen und darin irgendeine schlimme Wahrheit zu lesen. Dann sprach sie durch ihre Hände, er erkannte ihre Stimme kaum. Monoton, ängstlich, abwehrend, die Stimme eines kleinen Mädchens.

»Ich kann nicht zu dir ziehen, Georg. Frag mich nicht, dräng mich nicht – ich kann nicht. Ich würde gerne, es ist so schön mit dir, alles ist so schön mit dir, aber es geht nicht, geht noch nicht. Laß mich zu dir kommen, oft kommen, und du kannst zu mir kommen. Aber jetzt mußt du mich bei meiner Wohnung absetzen, ich muß mich rasch fertig machen und dann ins Büro, ich melde mich wieder bei dir.«

»Du fährst nicht mit zu Bulnakof? Und dein Auto?« Georg wollte etwas ganz anderes fragen.

»Nein«, sie nahm die Hände vom Gesicht und wischte Tränen ab. »Du setzt mich ab und parkst das Auto beim Büro, ich laufe gern die paar Schritte. Fährst du jetzt?«

»Aber Françoise, ich verstehe das alles nicht. Nach den Tagen zusammen…«

Sie warf ihm die Arme um den Hals und drückte ihn. »Das

waren wunderbare Tage, und ich will's wieder so haben und will, daß du glücklich bist.« Sie küßte ihn. »Fährst du jetzt bitte?«

Er fuhr und setzte sie ab; gleich bei der Einfahrt nach Cadenet hatte sie in einer Villa die ehemalige Hausmeisterwohnung gemietet. Er wollte ihr das Gepäck reintragen, aber sie wehrte ab, drängte ihn, weiterzufahren. Im Rückspiegel sah er sie vor dem eisernen Tor stehen, zwischen steinernen Pfosten, gekrönt mit steinernen Kugeln, flankiert von einer alten, dichten Buchshecke. Sie hob den Arm und winkte, ein kokettes Flattern der Finger.

7

Bulnakof machte ein ernstes Gesicht. »Kommen Sie rein, mein junger Freund, setzen Sie sich.« Er ließ sich schwer in den Sessel hinter dem Schreibtisch fallen und winkte Georg in den Stuhl gegenüber. Auf der Schreibtischplatte lag die aufgeschlagene Zeitung. »Von der IBM-Tagung geben Sie mir die nächsten Tage Bericht, das eilt nicht. Lesen Sie hier.« Bulnakof nahm ein Zeitungsblatt und gab es Georg. »Hier, ich habe es angekreuzt.«

Die Meldung war kurz. Auf der Straße nach Pertuis war in der Nacht Bernard M., Chef eines Übersetzungsbüros in Marseille, mit seinem silbergrauen Mercedes tödlich verunglückt; der Hergang des Unfalls war der Polizei nicht klar, Zeugen wurden gebeten, sich zu melden.

»Sie haben für ihn gearbeitet?« Bulnakof unterbrach Georgs nochmaliges und nochmaliges Lesen der Zeitungsnotiz.

»Ja, seit bald zwei Jahren.«

»Sein Tod ist ein großer Verlust für die ganze Zunft. Sie denken vielleicht, daß zwischen uns Übersetzern nur der wölfische Krieg aller gegen alle herrscht. Aber der Markt ist so klein nicht, und menschliche Hochachtung, fachliche Wertschätzung – Gott sei Dank ist das auch zwischen Konkurrenten möglich. Ich kannte Maurin nicht lange, aber ich habe den kompetenten und ehrlichen Kollegen geschätzt. Das ist das eine. Das andere, mein junger Freund, sind die Folgen, die sein Tod für Sie hat. Sie sind gut, sind jung, werden was werden im Leben – aber ich weiß, daß mit Maurin für Sie ein Auftraggeber ausfällt, auf den Sie derzeit angewiesen sind. Gut, da bin noch ich, und Sie werden sich auch sonst zu rühren wissen. Aber lassen Sie mich Ihnen einen väterlichen Rat geben.« Bulnakof lächelte, schaute mild, legte das Gesicht in freundliche Falten und hob die Hände in segnender Gebärde. Er wartete einen Augenblick, der Augenblick wurde spannend. Bulnakof steigerte die Spannung, stand auf, ging um den Schreibtisch, immer noch ohne zu sprechen und mit erhobenen Händen. Auch Georg stand auf, schaute Bulnakof fragend und innerlich belustigt an. So mußte es sein, wenn man beim Vater um die Hand der Tochter anhält. Bulnakof legte Georg die Hände auf die Schultern. »Ja?«

»Nein, ich verstehe noch nicht, was Sie mir raten.«

»Sehen Sie«, schaute Bulnakof bekümmert, »das wußte ich, das fürchtete ich. Daß das den jungen Menschen heute so schwer fällt...«

»Was?«

»Das ist die richtige Frage, jawohl.« Jetzt strahlte Bulnakof wieder Freude und Wohlwollen aus. »Was nun? Was tun? Zeus hat es gefragt, Lenin hat es gefragt, und es gibt nur eine Antwort: Nehmen Sie Ihr Leben in die Hand. Ergreifen Sie die Gelegenheiten, die es Ihnen bietet, packen Sie die Chance, die Maurins Tod für Sie bedeutet. Des einen Tod, des anderen Brot – es ist furchtbar, aber ist es nicht auch herrlich, das Rad des Lebens? Reden Sie mit Maurins Witwe, reden Sie mit Ihren Kollegen, übernehmen Sie den Laden!«

Natürlich. Maurins Witwe mußte froh sein, wenn er das Büro auf Rentenbasis übernahm und fortführte, Chris und

Isabelle und Monique hatten nicht das Zeug, den Betrieb zu schmeißen, er hätte es vor zwei Wochen auch nicht gehabt, aber mit ihm, unter ihm würden sie weiterarbeiten. »Vielen Dank, Monsieur. Sie haben mir da in der Tat einen ganz ausgezeichneten Rat gegeben. Da sollte ich wohl sofort...«

»Sofort, ohne Frage sofort.« Bulnakof schob ihn zur Tür und klopfte ihm freundschaftlich auf die Schulter.

Das Vorzimmer war leer. Ehe Georg die Tür schloß, rief ihm Bulnakof nach, er solle sich in zwei Tagen melden, dann gebe es den nächsten Auftrag.

Georg ging die Gasse hinab und blieb auf dem Platz stehen. Hatte er sein Auto nicht unter dem kleinen Tambour abgestellt – er schaute suchend umher. Dann fand er es neben der Baustelle, setzte sich rein, stieg wieder aus und ging in die Bar an der Ecke. Er nahm Kaffee und Wein von der Theke an einen Tisch, blieb daneben stehen und blickte durch die trübe Scheibe.

Georg war müde von allem, was ihm bevorstand, ehe er damit begonnen, ehe er sich davon auch nur eine richtige Vorstellung gemacht hatte. Er trank den Kaffee, den Wein, bestellte den nächsten. Dann kam Nadine, die malte und sich mit selbstgetöpferten Kannen, Schüsseln, Tassen, Tellern und selbstgebackenem Früchtebrot durchschlug. Sechsunddreißig Jahre alt, abgebrochene Ausbildung, geschieden, zehnjähriger Sohn – Georg und sie hatten eine Weile miteinander geschlafen, einfach so, hatten es wieder bleiben lassen, einfach so, und begegneten sich in ausgebrannter Vertrautheit.

»Maurin ist tot, hat einen Unfall gehabt. Ich überlege, ob ich versuchen soll, seinen Laden zu übernehmen.«

»Ach ja, ist ja toll.«

»Es wäre eine Menge Arbeit, ich weiß nicht, ob ich das will. Andererseits...« Georg bestellte den dritten Wein und setzte sich zu Nadine. »Würdest du?«

»Den Laden von Maurin übernehmen? Ich denke, du möchtest eigentlich schreiben – hast du mir nicht von der Liebesgeschichte zwischen dem kleinen Jungen und seinem Teddybären erzählt?«

»Ja, möchte ich eigentlich schon.«

»Und hast du nicht gesagt, daß du einen Amerikaner übersetzen und rausbringen willst und die Krimis von Solignac, die in Deutschland noch niemand kennt? Aber klar, so geht's, man macht dann doch immer was anderes als man will.« Sie lachte ein kleines, bitteres Lachen, nicht ohne Charme, strich die Haare aus dem Gesicht und schnippte die Asche von der Gauloise. Zu Georg wehte der Duft ihres Parfums, er schnupperte.

»Immer noch ›Opium‹?«

»Mhm. Weißt du, von der Clique bin ich inzwischen am längsten hier; die einen sind wieder weg, von denen weiß ich nichts, und die anderen sind entweder rauf oder runter, haben ihre Stelle bei der Stadt oder beim Kreis oder ihr Geschäft oder sind kaputt gegangen wie Jacques, der Drogen nimmt und kleine Einbrüche macht und den sie eines Tages schnappen. Ich mag's dazwischen, habe gedacht, daß du es auch durchhältst.«

»Aber du malst. Erzähl mir nicht, daß du nicht ausgestellt, gekauft, berühmt werden willst.«

»Doch, erzähl ich dir. Ich will meine Freiheit behalten, auch wenn sie nicht viel hermacht. Du hast schon recht, manchmal träume ich von Ausstellungen und so, aber ich möchte soweit kommen, daß ich davon nicht mal mehr träume.«

Als Georg nach Hause fuhr, ein bißchen betrunken, war er stolz auf sein Leben, stolz darauf, weder abgesackt noch unter Kompromissen hochgekommen zu sein. Ja, Nadine hatte recht. Aber als er in seiner Wohnung die unaufgeräumten Zimmer sah und das ungespülte Geschirr, als er Françoise anrufen wollte und das Telefon wieder abgestellt war, weil er die Rechnung wieder nicht bezahlt hatte – nein, sagte er sich, ich hab's satt. Ich habe das Chaos satt und daß nichts funktioniert und daß ich kein Geld habe, daß ich eigentlich schreiben möchte und tatsächlich nichts geschrieben kriege, daß die Leistung meines Lebens im Verzicht auf eine schlecht gehende Kanzlei in Karlsruhe und im Mut zu einem schlecht laufenden Dasein in Cucugnan bestanden haben soll. Ich pack's an mit Maurins Büro.

Mit dem Entschluß kam wieder die Müdigkeit und jetzt auch die Angst, sich zu überfordern, zu übernehmen. Georg legte sich aufs Bett, schlief ein, träumte Alpträume mit Büros, unerledigten Aufträgen, unbezahlten Rechnungen, einem polternden Bulnakof, einer abweisenden Françoise mit ängstlichen Augen, dem toten Maurin. Um vier Uhr wachte er auf und hatte immer noch Angst. Er duschte, zog zum alten grauen Anzug ein weißes Hemd und eine schwarze Krawatte an. Um halb sechs war er in Marseille und klingelte an Maurins Wohnung.

8

»Erinnerst du dich an die Fahrt von Roussillon nach Cadenet am letzten Montag? Da habe ich gewußt, daß mir die Welt zu Füßen liegt. Ich hab's dann wieder vergessen, bin überhaupt ziemlich kleingläubig, und daß du nicht hast zu mir ziehen wollen, hat mich zusätzlich unsicher gemacht. Dabei hattest du recht, ich war noch gar nicht der, der ich sein will und den du lieben kannst.«

Georg saß mit Françoise beim Aperitif. Das Haus war aufgeräumt, der Tisch gedeckt, in der Röhre briet eine Flugente, im Kamin brannten Eichenscheite, und das Bett war frisch bezogen. »Auf uns?«

Sie stieß mit ihm an. Das rote Kleid mit Reißverschluß über die ganze Länge, die mädchenbrave Spange im Haar, der Duft – »Du bist ganz schön verführerisch, weißt du?«

Sie lachte und reichte ihm über den Tisch die Hand zum

Kuß. »Das Kleid ist alt, zum Haarewaschen bin ich nicht mehr gekommen, und Jil Sander – ich finde ihr Eau de Toilette eher herb als lasziv. Erzählst du mir jetzt, was die Woche los war? Ich habe darauf gewartet, daß du anrufst, dich zeigst, dir Arbeit holst. Statt dessen richtet mir der Chef deine Grüße und deine Einladung aus und redet geheimnisvoll davon, daß ich dich am Samstag nicht wiedererkenne. Das war nicht recht von dir«, sie machte ihren Schmollmund, »auch wenn die Grüße lieb waren und die Einladung schön ist. Warum soll ich dich übrigens nicht wiedererkennen? Du hast sogar die Jeans vom letzten Wochenende an.«

Georg stand auf. »Darf ich mich vorstellen, Mademoiselle? Georg Polger, Chef, Präsident, Direktor des Büros Maurin in Marseille, des erfolgreichsten, berühmtesten Übersetzungsbüros zwischen Avignon und Cannes, Grenoble und Korsika.« Er verbeugte sich.

»Was? Wie?«

Georg erzählte. Er beschrieb Madame Maurin mit ihrem zu blonden Haar, der zu dicken Schminke, dem zu engen Rock und der zu lauten Trauer. Echt an ihr waren die harten Augen und der Sinn fürs harte Geschäft. Gut daß er komme, sie habe schon erste Angebote, aber natürlich hätten die alten Mitarbeiter eine erste Option. Sie nannte einen absurd hohen Preis. Georg blieb höflich und sachlich, trommelte am selben Abend Chris, Isabelle und Monique zusammen und versicherte sich ihrer Bereitschaft zur Weiterarbeit, übernachtete in Marseille und bekam am Dienstagmorgen einen Termin bei Mermoz in Toulon. »Das war der härteste Brocken. Jungmanager, dunkelblauer Dreiteiler, Goldrandbrille, kalt wie eine Hundeschnauze. Zum Glück sah er für die nächsten Monate jede Menge Übersetzungen voraus, setzte dabei auf Maurins Büro und wußte noch nichts von Maurins Tod. Und zum Glück kannte er sich mit den Details des Hubschraubers aus, an dem die gerade basteln; ich habe ihm aus meinen Arbeiten des letzten Jahres technische Ausdrücke an den Kopf gehauen, bis er kapierte, daß er für seine Übersetzungen einen Profi braucht und daß ich der Profi bin. Ich steige zu den Bedingungen ein, zu denen Maurin übersetzt hat, und natürlich war viel von probe- und versuchsweise die Rede, aber denen kommt's nur darauf an, daß die Übersetzungen termingerecht und zuverlässig sind – und das werden sie sein.«

»Und Madame Maurin?«

»Du erinnerst dich an Maxim, den Anwalt aus Montélimar, den wir in Lyon auf dem Kongreß kennengelernt haben? Den habe ich angerufen und mich über die Übernahme von solchen Büros auf Rentenbasis informiert, und als ich zu Madame Maurin kam und als Trumpfkarte auf den Tisch des Hauses knallte, daß ich mit Mermoz schon im Geschäft bin, wurde sie vernünftig. Sie kriegt zwölf Prozent vom Umsatz, das über fünf Jahre, und sie hat mit mir die Korrespondenz ihres Mannes durchgesehen und die Todes- und Übernahmeanzeigen für die Geschäftspartner aufgesetzt. Am Donnerstag war die Beerdigung, ich an ihrer Seite, am Freitag kam Maxim und hat mit uns den Vertrag gemacht, dazwischen kamen die ersten Aufträge von Mermoz und heute früh bin ich endlich von Marseille nach Cucugnan zurück.«

»Du bei der Beerdigung an Madame Maurins Seite – wann heiratet ihr?«

»He, he, red keinen Unsinn.« Georg sah Françoise prüfend an. War sie eifersüchtig? Nahm sie ihn auf den Arm? »O Gott, die Ente«, rannte er in die Küche und goß zischend den Saft über den braunen Rücken.

Françoise saß am Tisch und spielte mit dem Besteck. »Ziehst du jetzt nach Marseille? Ich... ich habe... Ach, komm mal her, du kleingläubiger Geliebter.« Sie zog ihn auf ihre Knie, legte die Arme um seinen Bauch und den Kopf an seine Brust. Dann sah sie auf. »Ich habe nachgedacht über uns.«

Er fand das Grübchen über der Augenbraue wieder. »Du denkst immer noch.«

»Nein. Mach dich jetzt nicht lustig. Es ist mir ernst. Du hast mich gefragt, ob ich zu dir ziehe, ich habe gedacht, das geht mir zu schnell, ich brauche mehr Zeit. Aber dann, als ich dich die ganze Woche nicht gesehen habe, nicht habe berühren und spüren können, dann habe ich gedacht... Du könntest mir ruhig helfen, du weißt doch, was ich will, und sitzt auf meinem Knie wie ein Zinnsoldat und kriegst den Mund nicht auf.«

Georg blieb wie ein Zinnsoldat sitzen, sagte nichts und sah sie fröhlich an.

»Wenn du hier wohnen bleibst und einen Becher für meine Zahnbürste hast, Platz in deinem Kleiderschrank machst und mir einen Tisch und ein Regal gibst – behalten werde ich meine Wohnung schon, aber ich möchte viel hier sein. Ist das o. k.?«

9

Georg erinnerte sich nicht, jemals so glücklich gewesen zu sein wie in den nächsten Monaten.

Ende März zog Françoise zu ihm. Der Frühling explodierte in einen üppigen Sommer; so bunt hatte der Garten im Vorjahr nicht geblüht, so hell waren die Tage und so mild die Nächte nicht gewesen. Als im Juni die Hitze begann und das Land trocken wurde, sah Georg matten Glanz statt staubiger Dürre. Und Françoise sah er immer schöner werden; sie bekam Farbe und eine ganz zarte und glatte Haut. Sie nahm zu, wurde rundlicher und fraulicher, er mochte das.

Die Arbeit und das Hin-und Herfahren zwischen Marseille und Cucugnan waren manchmal zuviel. Aber er schaffte es: an vier Tagen der Woche morgens um neun im Büro sein, die Eingänge an Chris, Monique und Isabelle verteilen, deren Übersetzungen durchsehen, selbst übersetzen, keinen Termin verpassen, alte Auftraggeber halten und neue gewinnen, einen Computer zur Textverarbeitung installieren. Im April kam ein Herr von der politischen Polizei, fragte ihn über Herkunft, Tätigkeiten und Referenzen in Deutschland, Lebensgewohnheiten und politische Einstellung aus und ließ ihn eine Einwilligung für die Einholung von Auskünften beim Bundesamt für Verfassungsschutz unterschreiben; im Mai kamen von Mermoz die Bestätigung der abgeschlossenen Sicherheitsüberprüfung und die Ankündigung, daß ab jetzt auch vertrauliches, allein von ihm zu übersetzendes Material kommen werde. Damit ging das Arbeiten erst richtig los; kaum ein Wochenende, an dem Georg nicht über Konstruktionsplänen und -erläuterungen, Produktionsaufbau- und -ablaufdiagrammen sitzen mußte. Er schaffte auch das.

Er hatte als Kind nie eine elektrische Eisenbahn besessen. Vom Vater gab es eine große, schwere, metallene Lokomotive zum Aufziehen, mit zwei Waggons und wenigen Schienen, aus denen sich gerade ein Kreis bauen ließ. Sehnsüchtig war Georg vor dem Schaufenster von Knoblauch gestanden, dem größten Heidelberger Spielwarengeschäft, wenn vor Weihnachten die Züge auf großer Anlage fuhren, viele auf einmal, ohne zusammenzustoßen und ohne zu entgleisen, bei hoch- und niedergehenden Schranken und blinkenden Signalen. Ein Angestellter von Knoblauch hatte die Anlage gesteuert, war durch das Schaufenster auf einem kleinen Podest am Pult sichtbar gewesen.

So fühlte sich Georg. Eigentlich war alles zuviel; wie die Anlage zu eng war für die Züge, so waren seine Kapazitäten zu klein für die Aufträge, eigentlich hätte es ständig krachen und danebengehen müssen. Aber mit äußerster Konzentration ließ es sich steuern. Ließen sich Aufträge wie Züge an- und abkoppeln, aneinander vorbeiführen, in Wartestellungen bringen, anhalten und beschleunigen. Und Georg hatte alles im Blick und im Griff und ließ genußvoll seine Konzentration spielen.

Meistens war Françoise da, wenn er abends nach Hause

kam. Wenn sie sein Auto hörte, trat sie aus der Tür, schaute nach ihm aus, lief ihm entgegen und warf ihm die Arme um den Hals. Manchmal zog sie ihm schon auf den paar Schritten vom Auto zum Haus die Jacke und die Krawatte aus, die er jetzt immer öfter trug, nahm ihn bei der Hand und führte ihn ins Schlafzimmer. Georg gab sich spröde und ließ sich verführen. Manchmal begrüßte sie ihn mit einem Schwall von Worten, erzählte von ihrer Arbeit, von Bulnakof, von Claude, der ab und zu mit seinem Citroën-Kastenwagen vorbeikam, das alte Brot für seine Gänse mitnahm und Kohlköpfe, Melonen und Tomaten daließ. Manchmal hatte sie schon gekocht, sonst taten sie's zusammen. Am Morgen stand Georg stets zuerst auf, erledigte den Abwasch vom Abend, machte Tee und brachte ihn Françoise ans Bett. Er liebte es, sie zu wecken; er schlüpfte noch mal unter die Decke, spürte ihren bettwarmen Körper und schmeckte die Vertrautheit ihres verschlafenen Atems und Geruchs. Morgens verbarg sich ihre kinderhelle Tagesstimme unter rauchiger Heiserkeit; Georg fand das erregend, aber sie mochte morgens nicht mit ihm schlafen.

Die Zimmer änderten ihr Gesicht. Das am Ende des oberen Flurs richtete Françoise sich ein. Dann nähte sie einen Überzug für den zerschlissenen Fauteuil im Kaminzimmer und einen Vorhang für die Nische im Schlafzimmer, in der das schiere Chaos von Jacken, Hosen, Hemden und Wäsche herrschte. In die Küche kam an die Stelle der Plastiktüten für den Müll ein Mülleimer und ins Badezimmer ein Schränkchen für die herumliegenden Toilettenutensilien. Und in Aix kaufte Françoise Tischtücher für den Eßtisch.

»Wo hast du das alles gelernt?«

»Was?«

»Na, das Kochen und Nähen und«, Georg stand im Eßzimmer, einen Pernod in der Hand, und umschloß mit weiter Armbewegung das ganze Haus, »das Zaubern?« Er hatte nach dem Ende mit Hanne oft ausziehen wollen, jetzt mochte er wieder, wo und wie er lebte.

»Das können wir Frauen eben.« Françoise lachte ihr kokettes Lachen.

»Nein, ich mein's ernst: Hat deine Mutter dir das beigebracht?«

»Was bist du ein neugieriger und quengeliger Typ – ich kann's halt, ist doch die Hauptsache.«

An einem Abend im Juni kam Georg erst gegen Mitternacht von Marseille zurück. Auf der Höhe, von der das Haus schon zu sehen ist, hielt er an. Das Gartentor stand offen, die Fenster in Küche, Eß- und Kaminzimmer waren erleuchtet, und auch auf der Veranda brannte Licht. Leise drang die Musik aus dem Haus zu Georg; Françoise drehte die Anlage gerne ganz laut.

Georg saß im Auto und schaute. Die Nacht war warm, und von innen wärmte ihn die Vorfreude aufs Nachhausekommen. Gleich fahre ich los, und die Tür geht auf, und sie kommt raus, und wir nehmen uns in die Arme. Und dann gibt's Campari mit Grapefruitsaft und Abendessen, und wir erzählen und schmusen. Georg fiel ein, daß Françoise dieser Tage reizbar und verletzlich war und daß er besonders liebevoll und behutsam sein mußte. Er freute sich auch darauf.

Als sie im Bett lagen, fragte er sie, ob sie ihn heiraten wolle. Sie wurde in seinen Armen steif und blieb stumm.

»He, Braunauge, was ist denn?«

Sie löste sich aus der Umarmung, machte das Licht an und setzte sich auf. Sie sah ihn verzweifelt und abweisend an. »Warum kannst du es nicht lassen, wie es ist? Warum mußt du immer drängen? Mich in die Ecke treiben?«

»Aber was habe ich denn... Ich liebe dich, ich habe noch nie so geliebt, und es ist alles so schön mit dir, war noch nie...«

»Dann laß es doch, wie es ist, laß es doch... Ach, entschuldige, Schatz, ich weiß, daß du es lieb meinst, ich will dich nicht traurig machen, will so sehr, daß es dir gut geht.«

Sie drängte sich an ihn, überhäufte ihn mit Küssen. Zuerst

wollte er sich entziehen, sie abwehren, weiterreden. Aber als er sie auf Armeslänge von sich hielt und in ihr verschlossenes Gesicht sah, gab er auf. Er ließ sie seine Brustwarzen küssen und beißen und alles das tun, von dem sie wußte, daß es ihn erregt. Sein Orgasmus kam, sie hielt ihn ganz fest, und danach, in der Benommenheit des Einschlafens, war ihm selbst seine Frage, ob sie ihn heirate, unwirklich geworden.

10

Ihr Verhalten bei seinem Heiratsantrag war nicht die einzige Warnung, die sie ihm gab. Später erkannte Georg sie alle. Und erkannte, daß er sie gar nicht hatte sehen wollen.

Ihre plötzlichen Aufbrüche. Georg kam am Freitagabend von Marseille, Françoise erwartete ihn wochenendfröhlich, sie gingen zum Essen ins ›Les Vieux Temps‹, verschwätzten den Abend mit Gérard und Catrine, vertrödelten den Morgen. Dann mußte Georg ans Übersetzen, hatte sein Pensum Samstagnacht oder Sonntagvormittag geschafft, und sie frühstückten, gingen durch die Weinberge, über die Tomaten- und Melonenfelder oder im Wald am Hang des Lubéron spazieren, kamen zurück und nahmen Tee oder Sekt mit ans Bett. Das war ihr Wochenendrhythmus geworden. Und fast gehörte es dazu, daß Françoise um vier oder fünf Uhr aufbrach.

»Ich muß jetzt gehen.«

»Was mußt du?« fragte Georg beim ersten Mal völlig fassungslos, als sie aufstand und nach dem Slip griff. Er versuchte, sie festzuhalten, zurückzuholen. Und als sie sich entzog, wollte er auch aufstehen und sich anziehen. Sie setzte sich, schon in Rock und Bluse, auf den Bettrand.

»Du mußt doch nicht auch aufstehen, mein Schatz, bleib und schlaf noch.« Sie deckte ihn zu und küßte ihn. »Ich brauche einfach ein bißchen Zeit für mich alleine, fahre jetzt zu mir, kümmere mich um meinen vernachlässigten Haushalt, telefoniere mit Mama und Papa und morgen abend, wenn du aus Marseille kommst, erwarte ich dich wieder.«

Vielleicht hätte Georg sich damit zufrieden gegeben, wenn Françoise dabei geblieben wäre: Den Sonntagabend brauche ich für mich. Aber mal war es das Bedürfnis nach Alleinsein, mal eine wichtige Arbeit, die sie für Bulnakof im Büro abgeben oder besorgen mußte, mal ein dringender Anruf, den sie zu Hause erwartete. Seltener passierte es unter der Woche; dann konnte sie plötzlich nach dem Abendessen oder nach dem Einschlafen aufstehen und fortgehen. Immer wieder versuchte Georg sie zu halten, mit drängenden Fragen oder mit liebevollem Spott oder mit einem Machtwort. Und immer wieder stieß er auf ihren festen Widerstand. Ob sie ihn zärtlich abwies oder verärgert oder verzweifelt – sie ging. Die ersten Male blieb Georg tatsächlich liegen. Aber es dämmerte meistens, wenn sie ihn verließ, und die schmerzliche Schönheit der blauen Stunde allein mit ihrem Geruch im Bett – es tat ihm weh. So zog auch er sich an, brachte sie hinunter und stand am Gartentor, bis er ihr Auto nicht mehr sehen konnte.

Einmal hatte er Françoise am Freitagabend bei Bulnakofs Büro abgeholt, und sie mußte ihn am Sonntag bitten, sie nach Hause zu fahren. Er nützte die Situation aus, vertröstete und versprach »gleich, gleich«, und sie schliefen noch mal zusammen. Sie wollte schnell machen. Aber er hielt sie hin, und es war für sie so schön, daß sie nicht gehen konnte. Schließlich bettelte sie »mach's mir«, nicht weil sie weg wollte, sondern weil sie es nicht mehr aushielt, und als es soweit war, schrie sie vor Glück. Auf der Heimfahrt schmiegte sie sich an ihn und sagte ihm tausend liebe Sachen, zugleich drängte sie ihn, schneller zu fahren. »O Gott, ich komme zu spät, was mußte ich auch noch den Orgasmus haben wollen.«

Selten nahm sie ihn mit in ihre Wohnung. Zwei ineinandergehende Zimmer zu ebener Erde, Bad und Küche und vor dem großen Zimmer eine Terrasse. Die Wohnung wirkte unbelebt. Sie ist ja auch wenig zu Hause, dachte Georg. Er machte ein paar Photos von ihr, obwohl sie sich nicht gerne photographieren ließ: Françoise auf der Terrasse, beim Wäscheaufhängen, vor dem Eisschrank, auf der Couch unter der großen architektengenauen Zeichnung einer Kirchenfront.

»Welche Kirche ist das?«

»Das ist«, sie zögerte, »das ist die Kathedrale in Warschau, in der meine Eltern getraut wurden.«

Noch nie hatte er über ihre Eltern mehr gehört, als daß es sie gab. »Wann sind sie aus Polen weg?«

»Ich habe nicht gesagt, daß sie nicht mehr in Warschau leben.«

»Aber ihr telefoniert doch immer wieder miteinander.« Georg brachte es alles nicht auf die Reihe.

Die Waschmaschine schaltete ab, Françoise ging und räumte sie aus. Georg folgte ihr.

»Warum bist du so geheimnisvoll, wenn es um deine Eltern geht?«

»Warum willst du soviel über meine Familie wissen? Du hast mich – genügt das nicht?«

Im Juli machte Georg ein Fest. Ein alter Traum von ihm – alle einladen, die er kennt und mag, Eltern, Onkel und Tanten, Schwester, Auftraggeber, Kollegen, Freunde, die alten deutschen und die neuen, die er in der Provence gefunden hatte, nachmittags anfangen, spielen, tanzen und nachts mit einem Feuerwerk abschließen. Seine Verwandten konnten nicht, von den deutschen Freunden kamen nur wenige, aber es wurde ein fröhliches Fest, und die letzten Gäste gingen erst mit dem Morgengrauen. Zuerst hatte Georg Françoise überraschen wollen, dann dachte er, daß auch ihre Leute dabeisein sollten. Françoise schrieb auch ein paar Einladungen, half ihm bei den Vorbereitungen, aber als sie am Morgen vor dem Fest nach Marseille fuhr, frische Austern holen, rief sie ihn an, mußte plötzlich dienstlich nach Paris fliegen und konnte nicht kommen. Es kam auch niemand, den sie eingeladen hatte.

Am Nachmittag nach dem Fest saß Georg mit alten Heidelberger Freunden beim Sekt auf der Terrasse. Sie hatten eine lange Wanderung gemacht. Während dessen waren die Putzfrauen aus dem Büro dagewesen und hatten die Spuren des Festes beseitigt. Die Freunde mußten eigentlich zurückfahren, man war ins Reden gekommen und verschob den Aufbruch ein ums andere Mal. Die Vertrautheit langen Kennens war wie das warme Bett, aus dem man morgens nicht raus mag. Dann kam der grüne 2 cv über die Höhe. Georg sprang auf, öffnete das Gartentor und hielt die Autotür auf. Françoise stieg aus, sah die Freunde, begrüßte sie linkisch, ging in die Küche, um irgendwelche mitgebrachten Sachen in den Eisschrank zu legen, und machte sich dort lange zu schaffen. Dann setzte sie sich zwar dazu, gehörte aber nicht dazu. Gerd fragte nach dem Flug nach Paris, und sie wich aus. Walter wollte wissen, wann sie und Georg heiraten, und sie wurde rot. Jan sagte, er habe gehört, daß sie aus Polen stamme, er sei gerade in Warschau gewesen, habe dort das und das erlebt, und sie erwiderte nichts. Gerd machte ein paar freundliche Bemerkungen über die Schwierigkeiten der neuen Freundin eines Freundes mit dessen alten Freunden, und sie hörte gar nicht zu. Nach einer halben Stunde brachen die Heidelberger auf, und noch während Georg mit Françoise in der Einfahrt stand und winkte, zischte sie ihn an. »Was hast du denen über mich erzählt?«

»Nun sei doch nicht so, Braunauge, was ist denn los?«

Aber sie war so und beschimpfte ihn mit ihrer Kleinmädchenstimme, die quengelig und nörgelig wurde und mit Sätzen, die mit »im Ernst« und »laß dir eins sagen« und »wenn du nicht endlich« anfingen. Er wußte nicht, wie reagieren, stand mit rotem Kopf da.

Am Abend entschuldigte sie sich, kochte den Spargel, den sie mitgebracht hatte, drängte sich in seine Arme. »Ich hatte vorhin das Gefühl, als hättet ihr über mich geredet, als hätten deine Freunde schon ein Bild von mir und würden gar nicht

mehr richtig sehen – es tut mir leid, ich habe euch den Nachmittag verdorben.« Georg verstand; Paris war so anstrengend
gewesen. Im Bett sagte sie: »Du, Georges, laß uns doch mal
ein Wochenende zu deinen Freunden nach Heidelberg fahren, ich möchte sie besser kennen, sie machen einen netten
Eindruck.« Georg schlief glücklich ein.

11

Es war Ende Juli. Georg wachte nachts im dunklen Zimmer
auf, drehte sich verschlafen auf den Bauch und wollte ein Bein
über Françoise legen. Ihre Seite war leer.

Er wartete auf das Rauschen der Klospülung und die
Schritte auf der Treppe. Vergingen Minuten oder war er überhaupt wieder eingeschlafen und aufgewacht? Noch immer
hörte er nichts. Wo war Françoise? War ihr schlecht?

Georg stand auf, zog das Nachthemd über und trat in den
Flur. Aus seinem Arbeitszimmer fiel ein dünner Streifen
Licht auf den Boden unter der Tür. Er machte sie auf. »Fran-
çoise!«

Er brauchte einige Sekunden, bis er die Situation erfaßte.
Françoise saß an seinem Schreibtisch und wandte ihm ihr Gesicht zu. Wie ein Türkenmädchen, dachte er, wie ein verletz-
tes, verstörtes Türkenmädchen. Die Adlerwölbung der Nase
fiel ihm auf, die Augen blickten erschreckt und abwehrend,
der Mund war leicht geöffnet, gespannt, als ziehe er die Luft
zwischen den Lippen ein. Auf dem Schreibtisch lagen die
Pläne, die Georg derzeit übersetzte, links und rechts von Büchern festgehalten, von der Arbeitslampe beschienen. Françoise war nackt, die Decke, die sie umgeworfen hatte, war
hinabgerutscht. »Was um Himmels willen machst du?« Blöde
Frage. Was machte sie mit einer Kamera vor seinen Plänen?
Sie legte den Apparat auf den Schreibtisch und bedeckte mit
den Händen ihre Brüste. Immer noch sah sie ihn mit demsel-

ben verstörten und abwehrenden Gesicht an, ohne etwas zu sagen. Jetzt sah er auch das Grübchen über ihrer rechten Braue.

Er lachte. Als könne er die Situation weglachen, wie er früher bei Auseinandersetzungen mit Hanne und mit Steffi ungläubig und hilflos in ein täppisches Lachen geflüchtet war. Die Situation war so absurd; dergleichen passiert einem nicht. Nicht ihm, Georg. Aber das Lachen wischte die Situation nicht weg. Er wurde müde, der Kopf war leer, und der Mund tat weh vom Lachen. »Komm mit ins Bett.«

»Ich bin noch nicht fertig.« Françoise sah auf die Pläne und griff nach dem Apparat.

»Was bist du?« Immer noch war die Situation absurd, und Françoises nackte Brüste waren obszön, und ihre Stimme bekam den schrillen Kleinmädchenklang. Georg riß Françoise die Kamera aus der Hand und warf sie gegen die Wand, packte die Schreibtischplatte und stieß sie von den Böcken. Die Arbeitslampe fiel zu Boden und ging aus. Georg hatte Françoise schütteln, schlagen wollen. Aber mit dem Licht war auch sein Zorn erloschen. Er sah nichts, machte einen Schritt, stolperte, warf einen Schreibtischbock um, stürzte und schlug sich das Bein an. Dann hörte er Françoise weinen. Er tastete nach ihr und wollte sie in die Arme nehmen. Sie schlug und trat, schluchzte und wimmerte dabei, gebärdete sich immer wilder, bis sie mit dem Stuhl krachend gegen das Regal kippte.

Plötzlich war es still. Georg rappelte sich auf und machte das Deckenlicht an. Sie lag gekrümmt vor dem Regal, bewegungslos. »Françoise!« Georg beugte sich über sie, tastete nach einer Wunde am Kopf, fand nichts, hob sie auf und trug sie ins Bett. Als er mit Wasserschüssel und Waschlappen wiederkam, sah sie ihn mit einem kleinen Lächeln an. Er setzte sich ans Bett.

Immer noch die Kleinmädchenstimme, jetzt bittend, bettelnd. »Es tut mir leid, ich habe dir nicht weh tun wollen, habe es nicht machen wollen, es hat nichts mit dir zu tun, ich habe dich so lieb, so lieb, du darfst nicht böse sein mit mir, ich kann nichts dafür, sie haben mich gezwungen, haben...«

»Wer sind sie?«

»Versprich mir, daß du keine Dummheiten machst. Was gehen uns die Hubschrauber an, was...«

»Herrgott, ich möchte wissen, was los ist.«

»Ich habe Angst, Georges.« Sie richtete sich auf und schmiegte sich an ihn. »Halt mich, oh, halt mich.«

Schließlich redete sie. Langsam begriff er, daß die Geschichte, die sie erzählte, wirklich mit ihm und mit ihr zu tun hatte, mit der wirklichen Françoise und mit dem wirklichen Georg, daß sie ein Teil seines und ihres Lebens war, wie sein Haus und sein Auto, sein Büro in Marseille, seine Arbeiten und Projekte, seine Liebe zu Françoise und sein morgendliches Aufstehen und abendliches Einschlafen.

Sie vermutete, daß man ihn schon ausgeguckt hatte, als man Bulnakof und sie nach Pertuis schickte. »Wer ›man‹ ist? Der polnische Geheimdienst und dahinter der KGB – frag mich nicht, ich weiß es nicht. Meinen Bruder und meinen Vater haben sie verhaftet, gleich damals bei Verhängung des Kriegsrechts, und seitdem arbeite ich für sie. Mein Vater ist inzwischen raus, aber sie holen ihn wieder, sagen sie, wenn ich nicht weiter... Und mein Bruder...« Sie schlug die Hände vors Gesicht und weinte. »Sein Leben liegt in meiner Hand, sagen sie, und das Todesurteil sei unterzeichnet, und ob das Begnadigungsgesuch... Er hat damals auf offenen Widerstand gesetzt und einen Molotowcocktail geworfen, als die Miliz den Platz vor der Universität geräumt hat, ich glaube, den einzigen, der damals in ganz Polen geworfen wurde, und im Auto sind Fahrer und Beifahrer verbrannt. Er hat... er ist... ich habe meinen Bruder sehr lieb, Georges, seit Mutter tot ist, waren wir füreinander die wichtigsten Menschen, bis...«, sie schluchzte, »bis ich dich getroffen habe.«

»Um deinen Bruder aus dem Gefängnis rauszuholen, bringst du mich rein?«

»Es läuft doch alles gut, du bist glücklich und ich bin's, was haben wir mit den Hubschraubern zu tun, bald haben meine Leute, was sie wollen, und begnadigen meinen Bruder und lassen uns in Ruhe und dann... Du hast mich gefragt, ob ich bei dir bleiben will – ich möchte so gern, ich kann nicht mehr ohne dich, will immer mit dir sein, ich habe nur... Verstehst du nicht, warum ich damals nicht einfach habe ja sagen können? O bitte, bitte...«

Wieder die Kleinmädchenstimme und auch das Gesicht dazu, ängstlich, weil sie etwas Böses getan hat, erwartungsvoll, weil sie jetzt doch alles wiedergutgemacht hat, und schmollend, weil er sie noch nicht dafür belohnt hat.

»Warum sollten sie dich in Ruhe lassen, wenn sie die Unterlagen beisammen haben?«

»Sie haben's mir versprochen, und daß Vater rauskommt, hatten sie auch versprochen und haben's gehalten.«

»Du hättest wohl kaum für sie gearbeitet, wenn sie das nicht gehalten hätten. Jetzt begnadigen sie deinen Bruder zu lebenslänglich, und dann arbeitest du weiter, damit sie ihn zu fünfzehn Jahren begnadigen, und so können sie um jedes Jahr feilschen. Was willst du dagegen machen?«

Sie sagte nichts, schaute ihn weiter schmollend an. Er rechnete. »Natürlich müssen sie dir etwas bieten, damit du bei der Stange bleibst. Sagen wir drei Jahre Gefängnis für ihn gegen ein Jahr Arbeit von dir – fünf Jahre haben sie dich allemal noch im Griff. Und du bist gut, sprichst fließend französisch, bist mit Land und Leuten vertraut – die behalten dich auch im Griff. Wie lange warst du schon in Frankreich, als sie dich geworben oder gezwungen haben?«

»Du klingst wie bei einem Verhör. So mag ich nicht mit dir reden.«

Er war an den äußersten Rand des Betts gerückt, saß aufrecht, hielt die Hände vor dem Bauch verschränkt, hatte einen konzentrierten, sachlichen Blick. »Und mit dir haben sie mich, und wenn sie mit dem Kampfhubschrauber fertig sind, kommt der radarsichere Aufklärer dran oder das neue Leitsystem oder der neue Bombenschacht, ach, was weiß ich. Außerdem... wenn ich erst einmal so lange für sie gearbeitet habe, haben sie mich auch ohne dich. Willst du das? Willst du so weiterleben?«

»Wir leben doch nicht schlecht? Wir haben uns, ein schönes Haus, genug Geld, und daß du alles weißt, muß niemand wissen. Warum kann es nicht einfach weitergehen wie bisher – warst du denn nicht glücklich die ganze Zeit?«

Er sagte nichts. Er sah aus dem Fenster in die Nacht, und ihm war schwarz vor Müdigkeit. Was sie sagte, stimmte und stimmte auch wieder nicht. Was gingen ihn die Kampfhubschrauber an, die Aufklärer, Jäger, Bomber und die Spiele um Aufrüstung, Vorrüstung, Nachrüstung. Solange er nicht das Geld und die Zeit zum Schreiben hatte, war egal, was er übersetzte und für wen, für IBM, für Mermoz, warum nicht auch für die Polen und die Russen. Mehr Arbeit war's nicht – er lachte mit herabgezogenen Mundwinkeln. Aber seine Freiheit war dahin. Er fühlte es mit schmerzhafter Klarheit. Er saß nicht mehr am Steuerpult und ließ die Züge fahren, sondern war selbst ein Zug, den die anderen fahren und halten und wieder anfahren, beschleunigen, anhalten ließen.

»Georg?«

Er zuckte traurig mit den Schultern. War die frühere Freiheit nur Einbildung gewesen? Ihm kamen ihre plötzlichen Aufbrüche an den Sonntagen in den Sinn. »Warum mußtest du die Filme mit den Plänen gerade sonntags abgeben?«

»Was?«

Er wiederholte die Frage nicht. Irgend etwas stimmte nicht. Stimmte nicht – es kreiste ihm im Kopf, war keine klare Frage, sondern vielleicht nur die Ungläubigkeit, daß die ganze Sache wirklich ihm passiert sein sollte und daß sein Leben morgen anders aussehen und weitergehen würde.

Sie seufzte und legte Georg den Kopf in den Schoß. Ihre linke Hand streichelte ihm den Rücken, dann glitt die rechte unter das Nachthemd, faßte sanft zwischen seine Beine und nach seinem Geschlecht. Verwundert und wie von weit weg spürte er seine Erregung steigen.

»Bist du... warst du Bulnakofs Geliebte?«

Sie ließ von ihm und richtete sich auf. »Wie gemein du bist, wie gehässig und kleinlich und... Seit ich dich kenne, war ich mit keinem anderen Mann zusammen, und was früher war, darüber schulden wir uns keine Rechenschaft, und wenn Bulnakof mit mir schlafen wollte, dann kannst du dir selbst denken, daß ich keine große Wahl hatte.«

»Wieso hattest du sie damals nicht und hast sie jetzt?«

»Ich habe sie auch jetzt nicht, wenn du's denn genau wissen willst.« Sie schrie ihn an. »Aber wir sind nicht zusammen, so wie Mann und Frau zusammen sein können, ich lasse ihn über mich, und danach steht er auf, knöpft die Hose zu, stopft das Hemd rein. Soll ich's dir vormachen? Los, leg dich hin, sei ich und ich bin er, los...« Sie versuchte, ihn aufs Bett zu ziehen, zerrte an ihm, schlug nach ihm. Dann weinte sie, mit kleinen Schreien aus tiefer Kehle, und rollte sich zusammen wie ein Embryo.

Georg saß da, die Rechte auf ihrer Schulter. Schließlich legte er sich zu ihr. Sie schliefen miteinander. Draußen graute der Morgen und zwitscherten die ersten Vögel.

12

Als es Tag war, stand sie auf. Er blieb liegen, hörte ihr Hantieren nebenan, die Klospülung, das Klirren des Geschirrs in der Küche, das Rauschen der Dusche. Françoise machte die Läden vor dem Kaminzimmer auf, krachend schlugen sie gegen die Hauswand, und er wartete darauf, daß sie das Auto anließ. Aber sie hatte sich wohl mit der Kaffeetasse auf den Schaukelstuhl gesetzt. Erst nach einer Weile quietschte das Tor der Einfahrt in den Angeln, sprang stotternd der 2 cv an und knirschte der Kies unter den Rädern. Er lauschte dem wegfahrenden Auto nach, eingehüllt im Geruch ihrer Körper und ihrer Liebe, ausgelaugt von den nächtlichen Kämpfen.

Stunden später wachte er wieder auf. Die Sonne schien ins Zimmer. Er fühlte nicht die Kraft aufzustehen, mochte sich kaum bewegen und bequemer legen. Dann stand er doch auf, er wußte nicht, warum und warum gerade in diesem Moment. Er stand auf. Waschen, anziehen, Kaffee kochen und trinken, Katzen füttern – es geschah mit eigentümlicher Leichtigkeit. Er suchte und fand in der Schublade Geld, zog die Jacke an, nahm die Schlüssel, schloß das Haus, setzte sich ins Auto und fuhr los. Seine Bewegungen waren sparsam. Genau registrierte er den Weg und die Straße, die Schlaglöcher, die einbiegenden und entgegenkommenden Autos, fuhr schnell, vorsichtig und gänzlich unbeteiligt. Ihm war, als fahre er nicht, sondern sehe sich nur fahren, als könne er gegen einen Baum oder in den Traktor vor ihm rasen, ohne daß es ihn verletzen, ja ohne daß es auch nur sein Auto beschädigen würde. Er parkte unter den Platanen am *étang* und ging zur Apotheke. Auch dabei sah er sich zu, auch beim Gehen waren sein Körper und dessen Bewegungen leicht. Als liefe nur die Hülle des Körpers, als wäre innen alles leer und wäre zugleich die Hülle durchlässig für Luft und Licht.

In der Apotheke dauerte es ein paar Minuten, bis er an die Reihe kam. Er hatte gegrüßt, ohne sein freudig-freundliches Begrüßungsgesicht zu machen, und während er stand und wartete, zeigte seine Miene weder Erwartung noch Ungeduld noch Teilnahme an den Gesprächen, die Madame Revol mit den anderen Kunden führte. Er fühlte sein Gesicht wie ein leeres Blatt.

»Eine Packung Dovestan, bitte.«

»Monsieur sollten lieber ein Bier vor dem Einschlafen trinken oder einen Roten – das ist ein gefährliches Mittel. Ich habe gelesen, daß man es in Deutschland und Italien ohne Rezept gar nicht mehr bekommt.«

Er wollte gar nicht darauf reagieren. Aber Madame Revol machte keine Anstalten, an die Medikamentenschränke zu gehen, sondern schaute ihn mütterlich und bekümmert an und wartete auf eine Äußerung. Er malte ein fröhliches Lächeln auf sein Gesicht. »Eben darum lebe ich in Frankreich, Madame«, lachte er. »Aber im Ernst, in den Nächten um Vollmond krieg ich einfach keinen Schlaf, und was der viele Rote, den ich da trinken müßte, mit meiner Leber anstellen würde – nicht auszudenken.«

Er bekam das Mittel, und im selben Moment wußte er, daß er es nicht nehmen würde. Selbstmord? Nein, nicht er. Die sollten sich noch wundern, die Russen, die Polen, Bulnakof, Françoise. Hatte nicht er die Karten in der Hand? Lag's nicht bei ihm, zu liefern oder nicht zu liefern, zur Polizei zu gehen oder nicht zu gehen, Bulnakof warten und zahlen zu lassen?

In der ›Bar de l'Etang‹ trank Georg einen Weißen und noch einen. Zu Hause schaute er in sein Arbeitszimmer. Der Tisch stand wieder, die Pläne lagen auf der Platte, die Kamera war weg. Hatte also Françoise am Morgen zu Ende photographiert. Georg rief im Büro in Marseille an; die Sekretärin hatte ihn erwartet, war aber auch ohne ihn zurechtgekommen, hatte einen Termin verschoben und die Anrufer vertröstet. Dann wählte er Bulnakofs Nummer.

»Hallo?«

»Polger. Wir sollten miteinander reden. Ich möchte um vier bei Ihnen reinschauen.«

»Schauen Sie rein, mein junger Freund, schauen Sie rein. Warum so kurz und knapp, wenn ich fragen darf, so geheimnisvoll?«

Also hatte Françoise ihm nichts gesagt. Würde sie noch oder wollte sie gar nicht?

»Darüber können wir später sprechen. Bis dann, Monsieur.« Georg legte auf. Die Initiative behalten, die Überraschung nutzen, den Gegner verwirren – Bulnakof sollte ins Schwitzen kommen.

Ja, er hatte große dunkle Flecken unter den Achseln, als Georg um vier Uhr kam. Die Türen standen auf, Françoises Arbeitsplatz war leer, Bulnakof thronte hinter dem Schreibtisch, hatte die Jacke über die Lehne gehängt und die obersten Knöpfe von Hemd und Hose geöffnet. ›Und danach steht er auf, knöpft die Hose zu und stopft das Hemd rein‹, schoß es Georg durch den Kopf.

»Treten Sie näher, mein junger Freund. Ich versuche ein wenig Luft zu bekommen, aber die Luft will nicht ziehen und die Hitze nicht weichen.« Er stemmte sich vom Sessel hoch, knöpfte die Hose zu und stopfte das Hemd rein. Georg war eifersüchtig, verletzt, wütend. Er gab Bulnakof nicht die Hand.

»Ihr Spiel ist aus, Monsieur.« Georg setzte sich auf den Tisch, der zur Sitzgruppe gehörte. Er überragte Bulnakof, der wieder hinter dem Schreibtisch saß.

»Ich spiele keine Spiele.«

»Was immer Sie machen – ich mache nicht mehr mit. Sie können sich aussuchen, ob ich zur Polizei gehe oder nicht gehe. Wenn ich nicht gehen soll, dann muß Franziskas Bruder begnadigt werden und ausreisen dürfen. Dafür haben Sie drei Tage Zeit.«

Bulnakof sah Georg freundlich an. In den Augenwinkeln knitterten die Lachfalten, der Mund wurde breit, die dicken Backen glänzten. Versonnen zog Bulnakof mit Daumen und Zeigefinger der Rechten die Nase in die Länge. »Ist das noch derselbe Knabe, der vor Monaten hier bei mir im Büro stand? Nein, ist er nicht. Sie sind zum Mann geworden, mein junger Freund, Sie gefallen mir. Anscheinend hat Ihnen das, was Sie mein Spiel nennen, gutgetan. Und jetzt wollen Sie raus.« Er schüttelte den Kopf, blies die Backen auf und ließ die Luft durch die Lippen knallen. »Nein, mein junger Freund, unser Zug fährt, und er fährt schnell, und aussteigen geht nicht. Abspringen geht, nur brechen Sie sich dabei die Knochen. Aber ein Zug, der schnell fährt, ist auch schnell am Ziel. Haben Sie ein bißchen Geduld.«

»Warum sollte ich?«

»Was wollen Sie denn der Polizei sagen?«

Das Gespräch lief nicht, wie Georg es sich vorgestellt hatte. Er hatte das Gefühl, die Initiative zu verlieren. »Das lassen Sie meine Sorge sein. Vielleicht denken Sie, ich habe keine Beweise. Vielleicht habe ich sie, vielleicht auch nur meine Geschichte und ein paar Indizien. Aber wenn die Polizei weiß, wo und was sie zu suchen hat, findet sie auch den Rest. Ich habe die Tüchtigkeit des polnischen Geheimdienstes schätzen gelernt – lernen Sie die des französischen kennen.«

»Schön drechseln Sie Ihre Sätze. Vielleicht lassen wir die Polizei sogar den einen oder anderen Film finden – mit Ihren Fingerabdrücken auf den Döschen. Sicher lassen wir ihr einen Hinweis zukommen auf den Halter des gelben Peugeot, der Maurins Mercedes damals abgedrängt hat, und auch auf die Werkstatt in Grenoble, die den Schaden am gelben Peugeot repariert hat.« Immer noch sprach Bulnakof freundlich, ein bißchen bekümmert. »Machen Sie sich nicht unglücklich, auch Françoise nicht. Noch ein paar Wochen, und die Sache ist zu Ende, und wir gehen als gute Freunde oder gute Feinde, jedenfalls im Guten auseinander. Mit dem Bruder wird's schon werden, ist übrigens ein rechter Quer- und Wirrkopf, und wenn Françoise und Sie heiraten wollen – warum nicht, Sie sind im richtigen Alter.«

Georg saß wie betäubt. Draußen klangen Schritte, er wandte sich um, und Françoise stand in der Tür.

»Stimmt das, Françoise, sind meine Fingerabdrücke auf den Filmen?«

Sie schaute von Georg zu Bulnakof und wieder zu Georg. »Ich habe das so machen müssen. Du photographierst so viel – davon habe ich die Döschen genommen.« Sie biß sich auf die Lippe.

»Wir waren in Lyon, als Maurin... als er umgebracht wurde. Die Leute von der Konferenz und der Hotelier werden sich schon an mich erinnern.«

»Sag's ihm, Françoise.«

Françoise hielt den Kopf gesenkt. »Die Nacht, als Maurin... die Nacht waren wir nicht mehr in Lyon. Wir waren auch nicht im Hotel. Wir waren draußen bei Roussillon.«

»Aber dann kannst du doch bezeugen...« Georg sprach den Satz nicht zu Ende. Er begann zu begreifen. Bulnakof hatte die Stirn gerunzelt, sah Georg aber nicht irritiert, sondern mitleidig an. Françoises Gesicht war verschlossen und abweisend. »Das ist nicht dein Ernst, Braunauge, das kannst du nicht wollen, nicht machen.« Er sagte es mehr vor sich hin als zu ihr. Dann sprang er auf, packte sie und schüttelte sie. »Sag, daß es nicht wahr ist, sag es, sag es.« Als müsse unter seinem Schütteln und Schreien der Panzer zerspringen und abfallen, der die Françoise umhüllte, die er in den Armen gehalten, der er sich und die sich ihm geöffnet hatte, die wahre Françoise.

»Warum hast du alles kaputtmachen müssen, warum hast du es nicht lassen können?« Sie wehrte sich nicht, klagte mit ihrer dünnen und schrillen Kinderstimme, blieb unerreichbar. Erst als er von ihr ließ, schrie auch sie. »So kannst du mir nicht kommen, nein, Georg, so nicht, ich habe dir nichts versprochen, ich habe dir nichts vorgemacht, ich war ich, und du warst du, es ist deine Sache, daß du mir damals nicht hast zuhören und nicht hast wahrhaben wollen, und daß du dir Hoffnung gemacht hast und jetzt siehst, daß damit nichts ist, gibt dir nicht das Recht, oh, ich sehe genau, du hast alles kaputtgemacht, um dich zu rächen, weil du mich nicht haben konntest und darüber unglücklich bist, willst du zur Polizei laufen und mich auch unglücklich machen und zerstören, aber glaube nicht, Georg, glaube nicht, daß ich deswegen zu dir halte und für dich zeuge, wenn du zur Polizei gehst, hast du mich verloren.« Sie zitterte.

»Was habe ich nicht wahrhaben wollen?« Georg hatte die Grimasse seines täppischen Lachens im Gesicht, fragte dabei mit bemühter Versöhnlichkeit.

»Geh doch zur Polizei, geh doch, mach alles kaputt, was zwischen uns war. Was bist du für ein Schwächling, ein Feigling. Statt daß du mit Anstand zu Ende bringst, was du angefangen hast, statt es durchzuziehen, mußt du es zerschlagen. Bitte, dann geh eben, aber glaube nicht...« Zischend die Stimme, die Worte gestochen, die Sätze eine Farce vernünftigen Argumentierens. Georg hörte in der Stimme die Gehässigkeit, und die Situation entglitt ihm – wie einem, dem die teure Uhr ins tiefe Wasser fällt, dem schon, während sie fällt und noch ehe sie eintaucht und entschwindet, der endgültige Verlust klar wird. Vielleicht wäre sie sogar noch zu packen, durch schnellen Griff oder Sprung, aber da ist eine Lähmung, die ohne weiteres zur Erstarrung des Verlustschmerzes wird.

Georg zuckte die Schultern. Mit dem Gefühl der Leere ging er an Françoise vorbei und aus dem Büro. »Halt, mein junger Freund, halt« – Bulnakof rief hinter ihm her, aber Georg drehte sich nicht um.

13

Er ging am Denkmal des kleinen Trommlers vorbei in die Bar an der Ecke. ›Le Tambour d'Arcole‹ – zum ersten Mal las er die Aufschrift, versuchte vergebens, sich zu erinnern, welche heroische Rolle der Trommler in der Schlacht von Arcole gespielt hatte, machte beim Gedanken an Heroismus eine Grimasse und bestellte Kaffee und Wein. Heute war die Scheibe sauber, und der Platz lag unter spätem blauem Himmel klar vor ihm.

War's denn so schlimm? Sein Versuch, mit der Polizei zu drohen und Franziskas Bruder zu retten, war gescheitert. Aber hol der Teufel die ganze Familie Kramski. Seine bisherigen Übersetzungen waren an den polnischen oder russischen Geheimdienst geraten. Aber die Spiele mit Soldaten, Kanonen und Panzern, Flugzeugen und Hubschraubern würden so oder so weitergehen. Georg sah die Generale im Sandkasten stehen, einer machte mit dem Hubschrauber in der Hand Brrr, der andere mit dem Flugzeug Tsss. Ob sie Maurin wirklich umgebracht hatten, um ihn, Georg, an die Pläne von Mermoz zu bringen? Es stimmte, er und Françoise waren mit dem Citroën nach Lyon gefahren, er hatte den Peugeot in Cadenet gelassen und bei der Rückkehr nicht da wiedergefunden, wo er ihn nach seiner Erinnerung abgestellt hatte. Für einen Moment stieg Angst in ihm auf. Aber mal im Ernst und in Ruhe – würden die durch einen Hinweis an die Polizei riskieren, daß alles hochging?

Und Françoise? Georg fühlte, daß es zwischen ihnen aus war, aber er hatte sie nicht weniger lieb, und sie war ihm nicht weniger nah als – als gestern, er mußte rechnen und sich klarmachen, daß seine Welt keine vierundzwanzig Stunden zuvor noch heil gewesen war.

Georg war, als sitze er im Krankenhausbett und schaue nach der Amputation erstmals auf sein Bein, das nicht mehr da ist und über dem sich das Laken nicht mehr wölbt. Das Auge sieht es, der Verstand registriert es, und dennoch richten sich alle Erwartungen darauf, nach angemessener Frist mit beiden Beinen aufzustehen und wegzugehen, und es juckt im Zeh.

Georg blickte durch die Scheibe. Françoise trat aus der Gasse auf den Platz. Sie ging zu ihrem Auto, verharrte auf halbem Weg, machte wieder ein paar Schritte und blieb noch mal stehen. Sie hatte sein Auto parken sehen. Langsam wandte sie sich zur Bar, in der er saß. Sie hob den Kopf und hielt suchend nach ihm Ausschau, von der Sonne geblendet. Dann kam sie; er sah den schwingenden Gang ihrer kurzen Beine und hatte den raschen Tritt ihrer Schritte im Ohr, obwohl er ihn nicht hören konnte. Sie hatte einen schwarzen Overall an und trug einen bunten Pullover über den Schultern, die Ärmel vor der Brust verschlungen.

Sie so von weitem kommen sehen, zunächst ganz für sich

und bei sich, vor einem Schaufenster oder einem Straßenmusikanten stehenbleibend und langsam weiterschlendernd, dann, wenn sie ihn erkannte, mit schnellerem Schritt, flatterndem Gruß der rechten Hand und einem Lächeln der Erwartung – es hatte Georg oft das Herz im Leib hüpfen lassen. Warum hast du mich verraten, dachte er, warum…

»Ich muß weg – bis heute abend?«

Sie blieb nur kurz in der Tür stehen, rief's ihm zu und war wieder draußen. Sie hatte geklungen wie immer. Georg sah ihr nach und trank aus. Auf dem Heimweg kaufte er ein, für sie und sich, wie immer. Als sie kam, köchelten Rouladen in der Casserole, brannte im Kamin Feuer und spielte Musik. Er hatte sich verwundert zugesehen beim Einkaufen, Aufräumen, Kochen. Das geschieht nicht wirklich, ist nicht wahr, bin nicht ich. Aber es war ihm alles ganz leicht von der Hand gegangen.

Weder sie noch er brachten das Gespräch auf die letzte Nacht und den Nachmittag mit Bulnakof. Sie gingen vorsichtig miteinander um, zögernd, und verblüfft spürte er darin den Reiz der ersten Begegnung. Später, im Bett, als sie miteinander geschlafen hatten, knipste er noch mal das Licht an, richtete sich auf, schaute sie an und fragte: »Was wird jetzt mit uns?« Ihr Blick war ruhig, nur das Grübchen über der rechten Braue war da, und Georg wußte nicht, ob es Nachdenken oder rat- und sprachloses Überfordertsein anzeigte. Dann griff sie nach dem gehäkelten kleinen Bären, der neben Georgs Bett auf dem Radiowecker saß, setzte ihn sich auf die Brust und ließ ihn mit den Tatzen Bitte-bitte machen. »Ich möchte, daß du glücklich bist«, sagte sie, »richtig glücklich.« Nichts von dem, was er sagen wollte, würde sie erreichen. Er konnte sie nur davonjagen und hatte dazu nicht die Kraft.

Am nächsten Morgen fuhr er nach Marseille, gab dem Boten von Mermoz die übersetzten Pläne und bekam neue. Er überlegte: Konnte er die Übersetzung zu Hause oder sollte er sie im Büro machen? Schließlich ging er, obwohl es ihm in den Sicherheitsvorschriften untersagt war, mit den Plänen ans Kopiergerät, schloß die Originale weg und nahm die Kopien mit. Abends um zehn hörte er den Citroën kommen, faltete die Kopien zusammen, wartete, bis Françoise ins Haus gegangen war, stieg auf das Balkongeländer vor dem Arbeitszimmer, legte das Päckchen in die Dachrinne und saß über einem Brief, als sie zu ihm an den Schreibtisch trat. So ging es am nächsten und am übernächsten Abend. Dann fragte sie ihn angelegentlich beim Frühstück, ganz mit Kaffee, Croissant und Ei beschäftigt: »Hast du zur Zeit nichts von Mermoz?«

»Oh, es geht.«

Sie rührte ihren Kaffee um, in den sie weder Zucker noch Milch getan hatte. »Mach keinen Quatsch, Georg.« Ihre Stimme klang weich.

Er war froh, als er in Marseille die Übersetzung von der Kopie ins Original übertragen und dieses abgegeben hatte. Danach saß er lange über den Kopien und den neuen Plänen und versuchte erstmals zu verstehen, womit er zu tun hatte. Es ging um Aufhängungen, das war ihm schon beim Übersetzen klargeworden. Aber was sollte aufgehängt werden und woran? Wieder schloß er die Originale ein und packte die Kopien in die Mappe.

Auf der Heimfahrt sang er laut und fühlte sich als Sieger. Er hatte das Netz zerrissen, in das Bulnakof ihn verwickelt hatte, und die Welt drehte sich weiter. Er fuhr schnell, mit träumerischer Sicherheit. Bei Ansouis kam ihm Gérard entgegen, sie stoppten auf der Straße und unterhielten sich durch die offenen Fenster. »Ich hole in Pertuis frischen Lachs – wollt ihr nicht heute abend kommen?«

14

Georg bog in den Feldweg ein und schaute nach den Schafen aus, die am Morgen links und rechts auf den steilen Böschungen geweidet hatten. Sie waren weitergezogen.

Er schaltete in den zweiten Gang und beschleunigte. Längst hatte er sich abgewöhnt, auf die Stoßdämpfer und den Auspuff Rücksicht zu nehmen. Die Sonne, der Mistral, der beißende Rauch der Gauloises, der Schmerz in den Schläfen nach dem vierten Pastis, das Rütteln auf den ausgewaschenen, geschotterten Wegen – es paßte und gehörte alles zusammen.

Den Staub des anderen Wagens sah Georg hinter der Kurve aufsteigen, noch ehe er den Wagen selbst sah oder hörte. Er wunderte sich: Wie konnte der Staub schneller hinter der Kurve aufsteigen als der Wagen um die Kurve biegen? Er kam in rasender Geschwindigkeit, schleuderte in der Kurve und hielt dann, eine schwere, schwarze Citroën-Limousine, auf Georg zu. Dahinter wuchs der Staub zwischen den steilen Böschungen zur Wand.

Georg wich an die rechte Seite des Wegs, aber der Citroën nicht an die linke. Georg drückte auf die Hupe, hörte keinen Ton, rief und winkte. Der andere Wagen reagierte nicht, seine Scheiben waren getönt und verspiegelt. Georg sah keinen Fahrer. Er bremste, fuhr noch schärfer an den Rand des Wegs, spürte die rechten Räder über die Böschung holpern.

Die Wischerblätter schleiften stotternd über die trockene Scheibe; Georg hatte sie beim Schlag auf die Hupe in Gang gesetzt und versuchte verzweifelt, als hinge alles davon ab, sie anzuhalten, sie abzustellen. Dann handelte er nicht mehr, nahm nur noch wahr: den Wagen, der näherkam, das Spiegelbild von Himmel und Wolken in den Scheiben, das stotternde Schleifen der Wischerblätter, ein rostendes Rad eines Fahrrads, nur mehr Felgen und Speichen, im Straßengraben.

Es gab einen hellen Schlag, als der Citroën vorbeifuhr. Im

letzten Moment war er ausgewichen, und nur mit dem Außenspiegel traf er den Außenspiegel an Georgs Wagen und riß ihn ab. Georg hörte das dunkle Dröhnen des anderen Motors, den aufspritzenden Schotter an der Karosserie und darüber den harten Schlag. Wie ein Schuß – als alles vorbei war und Georg mit zitternden Händen im Wagen saß, dessen Motor er beim Bremsen abgewürgt hatte, den stechenden Schmerz im linken Oberarm spürte und das Blut am Hemd sah, meinte er kurz, es sei auf ihn geschossen worden. Aber es war ein Splitter vom Außenspiegel, der ihn getroffen und verletzt hatte, nichts Schlimmes.

Er ließ den Motor an und fuhr weiter. Die Griffe und Bewegungen funktionierten reflexhaft, der Schock kam mit Verzögerung. Als er wenige Minuten später vor seinem Haus hielt, zitterte er am ganzen Leib. Mit aller Willenskraft stieg er aus, holte die Post aus dem Briefkasten, machte das Tor auf, ging auf die Terrasse, setzte sich in den Schaukelstuhl, lehnte den Kopf zurück und schloß die Augen. Ihn verlangte nach einer Zigarette, aber er hatte keine Kraft, eine herauszuholen und anzuzünden.

Nach einer Viertelstunde ging das wieder und konnte er aufschließen, ein Bier aus dem Eisschrank holen und zum Schaukelstuhl bringen. Es war kalt und gut, und die Zigarette schmeckte, und vom Zittern blieb nur ein gelegentliches Schaudern. Georg schaukelte und nahm die Post zur Hand, einen Brief von den Eltern, eine Drucksache von der Rechtsanwaltskammer. Im dicken Umschlag fand er ein amerikanisches Taschenbuch; ein obskurer Verlag bat um die Übersetzung. Schon vor langem hatte Georg dort seine Dienste angeboten und die Hoffnung auf einen Auftrag aufgegeben. Das Buch war Schund, aber Georg freute sich.

Erst jetzt, als Georg wieder auf der Terrasse saß, an die Arbeit dachte, den Abend und den nächsten Tag plante, fiel es ihm auf: Die Katzen hatten ihn nicht begrüßt. Er ging in die Küche, klapperte laut mit den Dosen und den Katzentellern und stellte sie gefüllt auf den gewohnten Platz. »Schneewitt-chen, Dopy, Sneezy!«

Georg ging vor das Tor. Die Zwetschgen waren schon weit, der Lavendel blühte und duftete, Vögel zwitscherten und Zikaden schnarrten. Ein milder Wind wehte. Georg sah prüfend zum Himmel hoch; es würde heute nicht mehr regnen, er würde den Kräutergarten mit dem Schlauch sprengen müssen. Das und dann der Aperitif in der ›Bar de l'Etang‹ und im ›Les Vieux Temps‹ die Tagliatelle mit Lachs.

Sie lagen im Schatten vor der Garagentür. Zusammenge-kringelt, als schliefen sie, aber die Augen und die Mäuler aufgerissen. Das Blut schimmerte feucht oder war schon in den sandigen Boden versickert. Die Einschußstellen waren am Hinterkopf, saubere kleine Löcher. Gab es ein so kleines Kaliber? Waren sie mit spitzen Bolzen, die zum Sportschießen genommen werden, umgebracht worden?

Georg hockte nieder und streichelte sie. Sie waren noch warm.

Das Telefon klingelte. Langsam stand Georg auf, ging an den Apparat und nahm den Hörer ab. »Hallo?«

Es war Bulnakof, mit ernster Stimme. »Sie haben sie gefunden?«

»Ja.« Georg hätte ihn gern beschimpft und bedroht, aber er konnte einfach nicht reden.

»Herr Polger, ich habe Ihnen schon gesagt, daß hier kein Spiel gespielt wird. In den letzten Tagen habe ich Geduld gehabt und gewartet und gehofft, daß Sie vernünftig werden. Sie haben das anscheinend falsch verstanden. Der alte Bulnakof wird sich schon gewöhnen, haben Sie gedacht, er wird Ruhe geben, er wird seiner Wege gehen. Nein, Herr Polger. Der alte Bulnakof geht seiner Wege erst, wenn er hat, was er will.« Er legte auf.

Georg stand da, den Hörer in der Hand. Er hatte gehört, was Bulnakof gesagt hatte. Er wußte selbst, daß er in den letzten Tagen in einer Scheinwelt gelebt hatte. Aber er wußte mit dem Wissen nichts anzufangen. Man liegt im Bett und friert, aber draußen ist es noch kälter – was bleibt, als die dünne Decke über sich zu ziehen, um sich zu hüllen, sich wenig zu bewegen und das bißchen Wärme zu bewahren? Was soll man aus dem Wissen machen, daß die Kälte zu groß und die Decke zu dünn ist? Sich sagen, daß man doch erfrieren wird und es rasch hinter sich bringen soll?

Warum erfrieren, fragte er sich. Alles, was von mir verlangt wird, ist, sehenden Auges zu tun, was ich blind ohnehin getan habe. Ich muß nur weiter meine Arbeit machen und Françoise ab und zu… Ich muß nicht einmal aktiv werden, nur passiv bleiben. Ich muß nur geschehen lassen. Es gibt unendlich vieles in der Welt, das nicht so ist, wie es sein soll, und das ich auch geschehen lasse. Daß die Russen den Hubschrauber kennen, den die Europäer haben oder bauen, ist weiß Gott nicht das Schlimmste, was diese Welt zu bieten hat. Vielleicht ist es überhaupt etwas Gutes, stabilisiert das Gleichgewicht des Schreckens, nützt dem Frieden.

Es geht nicht darum, was ich tue, sondern daß ich es tue, weil es von mir verlangt wird. Ich habe in meinem Leben nicht viel zustande gebracht, aber immerhin habe ich nie gemacht, was ich nicht machen wollte. Natürlich hätte ich immer wieder Umstände lieber anders gehabt. Aber was ich unter gegebenen Umständen schließlich gemacht habe, war immer meine Entscheidung. Ob das Stolz ist oder Trotz, Freiheitssinn oder Eigenbrötelei, ist ganz egal.

Daß die Katzen tot waren, hatte Georg noch gar nicht wirklich begriffen. Er wußte es. Aber das Wissen war seltsam abstrakt. Als er die Grube grub und die Katzen hineinlegte, weinte er. Aber als er danach auf der Türschwelle des Kaminzimmers saß und in die Dämmerung sah, war ihm, als müsse Dopy gleich um die Ecke tigern.

15

Françoise wußte es schon. »Ich war dabei, als die beiden zurückkamen. Bulnakof hat mich gleich rausgeschickt, aber ich habe es noch mitgekriegt. Mein armer Schatz.«

»Du hast sie nicht gemocht.«

»Das ist nicht wahr. Ich hab sie nicht so gemocht wie du, aber gemocht hab ich sie.« Sie lehnte in der Tür und strich ihm über den Kopf.

»Gérard hat frischen Lachs, aber mir ist nicht nach essen. Hast du Hunger?«

Sie schmiegte sich an ihn und legte den Arm um ihn. »Laß uns ins Bett gehen.«

Er konnte nicht mit ihr schlafen. Sie lagen im Bett, und zuerst hielt Françoise ihn einfach, sagte immer wieder »mein Schatz, mein Schatz«. Dann küßte sie ihn, wollte ihn anfassen und erregen. Aber zum erstenmal war ihm ihre Berührung unangenehm. Sie ließ von ihm, legte sich auf den Bauch, knüllte das Kissen unter den Kopf und sah ihn an. »Wir haben noch Champagner im Kühlschrank. Wäre das was?«

»Was willst du feiern?«

»Ich will nichts feiern. Aber vielleicht tut's uns gut. Und daß es vorbei ist... ich bin einfach froh, daß es vorbei ist.«

»Was ist vorbei?«

»Der ganze Quatsch. Der Kampf zwischen dir und denen. Ich habe oft so viel Angst gehabt.«

Georg setzte sich. »Geben sie auf? Reisen sie ab? Was weißt du?«

»Die? Die geben nicht auf, aber du... Ich dachte, daß du jetzt... Du willst doch nicht...« Auch sie setzte sich auf, sah ihn fassungslos an. »Verstehst du noch immer nicht? Die machen dich fertig. Die machen dich so fertig, daß... Sie haben einen Mann umgebracht wegen dieser blöden Pläne, und es geht nicht um die drei Katzen, sondern um dich.«

Er schaute durch sie hindurch und sagte langsam, hoffnungslos und eigensinnig: »Ich kann denen die Pläne nicht geben.«

Jetzt schrie sie ihn an. »Bist du wahnsinnig? Hast du genug vom Leben? Ist dir egal, ob du tot bist oder lebst? Leben – das ist das und das und hier…« Sie nahm seine Hände und legte sie auf ihre Schenkel, Hüften, Brüste, ihren Bauch. Sie weinte. »Ich dachte, du liebst das. Ich dachte, du liebst mich.«

»Das weißt du doch.« Wie lahm das klang, er fand es selbst, und sie schaute ihn aus verweinten Augen enttäuscht an. Als sei etwas Schönes kaputtgegangen und liege in Scherben.

Sie fing nicht noch mal davon an, daß er Bulnakof die Pläne geben solle. Sie holte den Champagner, und nach dem dritten Glas schmusten und schliefen sie miteinander. Am nächsten Morgen stahl sie sich früh aus dem Bett; als er um sieben Uhr aufwachte, waren sie und ihr Auto weg.

Er dachte sich nichts dabei. Er arbeitete an den Übersetzungen und fuhr erst am späten Nachmittag zum Einkaufen nach Cucugnan. Nach dem Einkaufen ein Bier in der ›Bar de l'Etang‹, ein Schwatz mit Gérard, und weil Gérard gerade nach Lourmarin in die Weinkooperative aufbrach und Georg auch Wein brauchen konnte, ein Abstecher nach Lourmarin. Bei beginnender Dunkelheit kam Georg nach Hause.

Als er aus dem Auto stieg, nach dem Schlüssel griff und zum Haus ging, sah er, daß die Tür offenstand. Sie war aufgebrochen worden. Innen waren die Schränke ausgeräumt, die Regale leergefegt, die Schubladen umgeschüttet und die Polster aufgeschnitten. Der Boden in der Küche war mit Geschirr übersät, heilem und zerschlagenem, mit Dosen, Haferflocken, Spaghetti, Plätzchen, Kaffeebohnen, Teebeuteln, Tomaten, Eiern – sie hatten einfach alles durchwühlt. Georg ging durch die Wohnung, zuerst vorsichtig, um nicht auf die Bücher, Platten, Vasen, Aschenbecher, Kleidungsstücke, Papiere zu treten, dann nachlässig. Es kam nicht mehr darauf an. Manchmal kehrte er mit der Fußspitze etwas um oder schob es weg. Schau einer an, dachte er, da ist das Teleobjektiv, das ich lange gesucht habe, und es ist sogar noch ganz. Und hier der Aschenbecher von Guinness, den ich vermißt habe, und von dem ich dachte, ein Besuch hätte ihn mitgehen lassen.

Die Pläne lagen in der Dachrinne. Georg suchte aus dem Chaos die Wörterbücher, das Lineal und einen Stift, schaffte auf dem Boden Platz vor dem Schreibtisch, stellte den Stuhl hin und machte sich an die Arbeit. Die Übersetzungen mußten morgen fertig sein. Beim Aufräumen sollte ihm Françoise helfen. Er war erstaunt, wie kalt ihn die Durchsuchung seiner Wohnung und das hinterlassene Durcheinander ließen.

Françoise kam nicht. Um Mitternacht fuhr Georg nach Cadenet. Die Fenster ihrer Wohnung waren dunkel, der 2 cv stand nicht vor dem Haus. Dann ist sie jetzt bei mir, dachte er. Aber als er wieder zurück war, stand kein Auto da.

Es war eine helle Nacht, und selbst als Georg das Licht gelöscht hatte und lag, auf frischem Laken über der aufgeschlitzten Matratze, sah er das Durcheinander. Die Umrisse, die er vom Bett aus wahrzunehmen gewohnt war, stimmten nicht. Sie hatten den kleinen Schrank links an der Wand umgestoßen und das Bild rechts abgenommen. Das Bett schwamm in den Hosen, Hemden, Jacken, Pullovern und Socken, die über den Boden verstreut lagen. Dazwischen blitzte etwas. Georg mußte aufstehen und nachsehen. Eine Gürtelschnalle.

Er konnte nicht schlafen. Wie er vor dem Chaos die Augen verschließen wollte und nicht konnte, so wollte er es auch vor dem, was mit Bulnakof geschehen war und bevorstand, und konnte es nicht. Dabei gab es hier gar nichts zu sehen. Oder es gab vielleicht etwas zu sehen, aber nichts zu machen. Sich dem Durcheinander stellen hieß, die Ärmel hochkrempeln und Ordnung schaffen. Aber was hieß es, sich der Lage zu stellen, in der er gegenüber Bulnakof war? Den Colt umschnallen und die Burschen umlegen? Georg zog die Decke über die Ohren. Ich kann nur die Decke über die Ohren ziehen und hoffen, daß sie irgendwann aufgeben und abhauen.

Mein Leben – was sollen sie davon haben, wenn sie mich umbringen?

Dann stand er doch noch mal auf und machte das Licht an. Er ging nach unten, wo er das Teleobjektiv gefunden hatte, suchte und fand den Photoapparat, auch er heil, und einen neuen Film. Sie haben ein systematisches Durcheinander hinterlassen, dachte er, ich muß nur vor den entsprechenden Schränken und Kommoden auf dem Boden suchen. Georg legte den Film ein und stellte den Wecker auf sechs Uhr.

Er konnte die Burschen nicht erschießen, aber immerhin photographieren. Für den Fall, daß er doch noch mit der Polizei zu tun bekam oder daß er das Ganze sonstwem erzählen und glaubhaft machen mußte. Aber Georg wußte selbst, daß es weniger darum, als um das Photographieren als Ersatz fürs Erschießen ging.

Am nächsten Morgen um halb acht lag er in Cadenet auf der Lauer. Er konnte nicht gleichzeitig den Eingang zum Büro in der kleinen Gasse und den Parkplatz beim Tambour im Auge behalten und entschied sich für den Parkplatz. Wenn ich sie in ihren Autos erwische, in ihren Autos mit den Nummernschildern – damit kann die Polizei vielleicht etwas anfangen.

Er war seit sieben Uhr in Cadenet, hatte sein Auto weit weg bei der Kirche geparkt und auf dem Platz mit dem Tambour sein Versteck gesucht. Straßenecken, Hauseingänge, Mauervorsprünge – überall, wo er gut sehen konnte, konnte er auch gut gesehen werden. Schließlich ging er in das Haus gegenüber dem Parkplatz und klingelte im ersten Stock. Die Familie war beim Frühstück. So, er sei von der Presse. Ach nein, wirklich, er wolle den Platz im Morgenlicht photographieren. Ein Bericht über Cadenet in ›Paris Match‹? Aber von ihrem Haus mache er doch hoffentlich auch eine Aufnahme. Er versprach's, bekam einen Kaffee, spielte am Fenster mit den Objektiven herum und tat so, als ob. Françoises Auto hatte auch am Morgen nicht vor ihrem Haus gestanden.

Um acht Uhr bog es in den Parkplatz. Zwei Männer stiegen aus, Georg kannte ihre Gesichter aus Bulnakofs Büro. Er fühlte Panik. Haben sie Françoise etwas getan? Zuerst die Katzen, dann der Einbruch, jetzt doch nicht, um Himmels willen, jetzt doch nicht Françoise? Die zwei Männer standen noch am Auto, als Bulnakof kam. Er stellte seinen Lancia ab, blieb sitzen, und die zwei Männer traten an sein Auto. Georg schoß Bild auf Bild: Bulnakof, den Arm im offenen Fenster und das Gesicht nach draußen gewandt, Bulnakof mit den anderen beiden neben seinem Auto, dann neben Françoises Auto, dann allein auf dem Parkplatz und dem 2 cv nachschauend, in dem die zwei Männer wieder wegfuhren. Wenn die Bilder etwas wurden, mußten sie die Gesichter, die Autokennzeichen und die Gesichter mit den Autokennzeichen erkennen lassen.

Georg fuhr nach Marseille und hörte den Anrufbeantworter ab. Keine Nachricht von Françoise. Am Abend keine Françoise und kein Zettel an der Tür. Georg hatte die aufgebrochene Küchentür von innen verriegelt und benutzte die Tür zum Kaminzimmer als Haustür. Für deren Schloß hatte Françoise keinen Schlüssel – fühlte sie sich ausgeschlossen und war deshalb verärgert? Sie würde doch immerhin einen Zettel hinterlassen. Er hatte ein paarmal in Bulnakofs Büro angerufen, aber sie hatte nie abgenommen. Ihr Auto hatte wieder nicht vor ihrem Haus gestanden, auf sein Klingeln hatte sie nicht geöffnet, und an den Fenstern waren die Vorhänge zugezogen.

So ging es die nächsten Tage. Keine Spur von Françoise. Georg hörte und sah auch nichts mehr von Bulnakof und dessen Leuten. Sie ließen sein Haus in Ruhe, vandalisierten weder Garten noch Auto und taten ihm nichts. Einen Morgen verbrachte Georg noch mal in Cadenet auf der Lauer. Diesmal wartete er oben in der kleinen Gasse, die zu Bulnakofs Büro führte, und schoß sie beim Betreten: Bulnakof selbst, die beiden anderen und eine junge blonde Frau, die er noch nie gesehen hatte. Françoise kam nicht. Und kam nicht zu ihm und war nicht bei sich zu Hause und nicht am Telefon, wenn er im Büro anrief.

Dann war Georg vom Warten auf Françoise und der Angst um sie so mürbe, daß er drauf und dran war, Bulnakof anzurufen und zu kapitulieren. Du kannst alles haben, ich werde dir alles bringen, beschaffen, stehlen, kopieren, photographieren. Wenn nur Françoise wieder bei mir ist.

16

Er kam am Morgen in sein Büro und schloß den Tresor auf, in dem er die Originale der Pläne verwahrte. Er wollte übertragen, was er auf den Kopien übersetzt hatte.

Die Zigaretten waren nicht da. Das Päckchen Gauloises, von dem er genau wußte, daß er es vorgestern auf die Originale in den Tresor gelegt, mit den Originalen im Tresor verschlossen hatte. Er machte das immer so. Wie für jeden Raucher gab es auch für ihn wenig Schlimmeres, als zur Unzeit ohne Zigaretten zu sein. Gelegentlich arbeitete er bis spät in die Nacht und konnte unten in der Bar keine mehr kaufen.

Es ging nicht um die Zigaretten. Er hatte welche dabei und fand sogar das Päckchen, das er auf die Originale gelegt hatte, ein Fach tiefer. Jemand war am Tresor gewesen.

Die Sekretärin, Chris, Monique, Isabelle – Georg wußte nicht, was sie an seinem Tresor gemacht haben sollten. Sie alle kannten sich lange; die anderen, schon vor ihm und zu besseren Bedingungen von Maurin engagiert, hatten in der Provence ein ruhiges Leben gesucht, mit der Arbeit als Übersetzer auch gefunden und waren froh, daß sie es nach Maurins Tod unter Georgs Leitung fortsetzen konnten. Sie neideten ihm die Leitung nicht und zogen ihn manchmal mit dem amüsierten Wohlwollen des frühen Pensionärs gegenüber dem überbeschäftigten und überforderten Altersgenossen auf. Warum sollten sie ihm übelwollen?

Es sei denn, sie waren von Bulnakof gekauft oder erpreßt worden. Wir sind alle bestechlich, dachte Georg, es ist nur eine Frage des Preises, und erstaunlich ist nicht, wer alles bestochen wird und was alles um Bestechung willen getan wird, sondern wie billig sich die meisten machen. Man möchte Preis und Moral geradezu ins Verhältnis zueinander setzen: Bei hinreichend hohen Beträgen ist der Erfolg der Bestechung so zwangsläufig, daß er schon nicht mehr unmoralisch ist. Unmoralisch ist, sich billig zu machen. Georg hatte keinen Groll bei dem Gedanken, seine Mitarbeiter könnten sich für viel Geld von Bulnakof haben bestechen lassen. Er fand es ärgerlich, weil er sich um ein neues Schloß kümmern und in Zukunft besser aufpassen mußte. Er fand beruhigend, daß dann er und auch Françoise außer Gefahr sein mußten. Allerdings blieb dann erst recht die Frage, wo Françoise geblieben und was mit ihr los war. War sie am Ende in Marseille und auf Chris angesetzt?

Georg sah aus dem Fenster. Ein Hinterhof, Wäsche zwischen den Fenstern, ein frisch gestrichenes Haus und an den anderen mürbe Farbe, hohe gemauerte Schornsteine auf den Dächern, das Geschrei spielender Kinder. Hinter den Dächern sah er Hochhäuser und einen Kirchturm. Sollte irgendwo in dieser großen Stadt Françoise sitzen und auf Chris warten oder sich darauf vorbereiten, die Nacht... Du spinnst, sagte Georg sich. Du siehst Gespenster. Du hast Chris noch nie mit einer Frau gesehen und dich schon oft gefragt, ob er nicht schwul ist.

Es war viel einfacher. Sie hatten bei der Durchsuchung seiner Wohnung Abdrücke von seinen Büroschlüsseln genommen. Er ließ sie immer in der Aktentasche, mit der er seine Arbeiten von und nach Marseille brachte. Natürlich nahm er die Aktentasche nicht mit, wenn er zum Einkaufen nach Cucugnan fuhr.

Na warte, dachte er. So leicht, Bulnakof, sollst du's nicht haben. Georg rief einen Schlosser an und bestellte ein neues Schloß für die Büro- und eines für die Tresortür. Er drängte, und am Abend war der Auftrag erledigt. Über Mittag war er in der Stadt unterwegs und fand in einem Geschäft zufällig eine Karte, die nichts als eine rausgestreckte Zunge zeigte. Als er zum Abendessen ging und das Büro verließ, heftete er sie an die Tür.

Er blieb über Nacht in Marseille. Mermoz war mit den neuen Plänen in Verzug und wollte sie am nächsten Tag durch Boten vorbeischicken. Ein großer Auftrag, der letzte der laufenden Serie. Georg war die viele Arbeit recht. Ihm stand das Wochenende bevor. Das erste ohne Françoise – er glaubte nicht mehr daran, daß sie wiederkommen werde. Er glaubte auch nicht, daß sie in Gefahr oder daß ihr etwas zugestoßen sei. Das machte keinen Sinn mehr, nachdem Bulnakof alle Pläne so leicht bekommen hatte. Nein, Françoise hatte ihn einfach fallengelassen. Er hatte sich für Bulnakof und also auch für Françoise erledigt.

Georg schlief auf der Couch im Büro. Er trank am Abend viel und hörte nicht, ob Bulnakofs Leute an der Tür waren oder nicht. Am nächsten Morgen war die Karte mit der rausgestreckten Zunge weg. Aber die konnten viele mitgenommen haben.

Der Bote von Mermoz kam erst am Abend. Er brachte zwei dicke Rollen mit Plänen und einen großen Stoß Konstruktionsanweisungen und -erläuterungen. Bis Georg alles kopiert hatte, dunkelte es. Georg kannte die Strecke nach Hause so gut, war sie so oft bei Tag und Nacht, dichtem Verkehr, trockener und regen-, einmal sogar schneenasser Straße gefahren, daß er auf seine Umgebung kaum noch achtgab. Bis er das Auto bemerkte, dessen Lichter hinter ihm blieben. Auf dem letzten Abschnitt der Autobahn von Aix nach Pertuis fiel es ihm auf, in Pertuis versuchte er, es abzuschütteln. Er entwischte bei einer roten Ampel, bei der er die Kreuzung gerade vor einem Lastzug schaffte, und schlug durch die kleinen, engen Straßen Haken. Aber als er hinter der Stadt die Straße nach Cucugnan erreichte, warteten sie auf ihn und hängten sich an ihn. Jetzt wußte er: Die meinen mich.

Auf der ansteigenden Straße holte er aus seinem alten Peugeot alles raus. Es war nicht viel, und der andere Wagen folgte mühelos. Ein paarmal überholte Georg, aber der andere war sogleich wieder hinter ihm.

Hinter Ansouis wurde die Straße leer. Georg fuhr immer noch so schnell er konnte. Er wollte nicht nach Hause, sondern nach Cucugnan, geradewegs vors ›Les Vieux Temps‹ und dabei hupen und die Leute aus dem Restaurant locken und aus der Bar schräg gegenüber, wo die Billard- und Kartenspieler saßen. Er hatte keine Angst, keine richtige. Er mußte sich auf die Straße und auf das Fahren konzentrieren. Daß sie ihn meinen – natürlich dachte er an Bulnakofs Leute und die Pläne auf dem Rücksitz und die Karte mit der rausgestreckten Zunge, die er angeheftet hatte und über die sie sich geärgert haben mochten. Aber er sah nicht, was sie ihm auf dieser Strecke, die er schon tausendmal gefahren war, zwischen Ansouis und Cucugnan, wo man ihn kannte, antun sollten und wie. Und vielleicht sind sie's nicht, vielleicht sind es irgendwelche Angeber, die sich einen Jux machen.

Es waren nicht irgendwelche Angeber. Kurz bevor Georg an die Einmündung des Feldwegs kam, der zu seinem Haus führte, holte der andere Wagen neben seinem auf. Georg konnte nicht auf der Straße bleiben, der andere zog nach rechts und drängte ihn in die Einmündung. Drängte weiter, Georg bremste, der Peugeot holperte über die Böschung und blieb im Straßengraben hängen. Georg schlug mit der Stirn auf das Lenkrad.

Sie rissen die Tür auf und zerrten ihn aus dem Wagen. Er war benommen, seine Braue war aufgeplatzt und blutete. Als er die Hand hob und nach der Wunde tastete, traf ihn der Schlag in den Bauch. Und noch mal und noch mal – er war außerstande, auch nur den Versuch zu machen, sich zu wehren, er wußte nicht, von wo überall die Schläge kamen, wie viele auf ihn einschlugen, wo und wie er sich schützen sollte. Jeder Schlag ein neuer Schmerz und ein neuer Schrecken.

Irgendwann ging er zu Boden und verlor das Bewußtsein. Der Nachbar fand ihn, als er sich aufgerichtet hatte und in sein Auto sah und sah, was er ohnehin wußte: die Unterlagen von Mermoz waren weg. Er war nur kurz bewußtlos gewesen; bei Ansouis hatte er auf die Uhr geschaut, und es war Viertel vor zehn gewesen, und jetzt zeigte die Uhr zehn. Der Nachbar ließ sich nicht abhalten, die Polizei und den Krankenwagen zu rufen. »Schauen Sie sich an, schauen Sie sich an«, rief er ein ums andere Mal, und im Seitenspiegel sah Georg sein blutüberströmtes Gesicht, und ihm tat alles so weh, daß er kaum stehen konnte.

»Gebrochen ist nichts«, sagte der Arzt, nachdem er die Braue genäht hatte, »und innere Verletzungen kann ich auch nicht feststellen. Sie können nach Hause. Schonen Sie sich die nächsten Tage.«

17

Eine geplatzte Braue verheilt, und Prellungen tun zwar am zweiten Tag mehr weh, aber schon am dritten weniger als am ersten und sind ab dem vierten wie ein langsam schwächer werdender Muskelkater. Georg nahm noch in der Nacht, nachdem die Polizei ihn vernommen und nach Hause gebracht hatte, ein heißes Bad, lag am Wochenende viel auf dem Bett und in der Hängematte und konnte am Sonntag sein Auto holen und ins ›Les Vieux Temps‹ zum Essen fahren. Es hätte schlimmer kommen können, sagte er sich, es wird schon besser, es ist bald wieder gut. Aber während die Schmerzen abnahmen, nahm das Gefühl der Hilflosigkeit zu. Er hatte es sich nie so überlegt, aber jetzt merkte er, daß er es so empfunden hatte: Mein Körper, ob gesund oder krank, ist mein Haus und wie das Haus, in dem ich wohne, und viel mehr noch als das, der Ausdruck meiner Integrität. Ohne ihn ist meine Integrität ein bloßer Gedanke. Daß er da ist, daß ich in ihm hause, daß nur ich über ihn verfüge – das hat einen wichtigen Teil meines Lebensgefühls ausgemacht. Wie die Festigkeit der Erde unter unseren Füßen einen wichtigen Teil des Lebensgefühls ausmacht. Georg hatte als Kind beim Urlaub in Italien ein Erdbeben erlebt, und daß auf den Boden, auf dem wir zuversichtlich gehen und stehen, kein Verlaß ist und er schwanken kann wie das Deck eines Schiffes, hatte ihn tief erschreckt. Jetzt war schlimmer als die Schmerzen das Erschrecken darüber, daß er so hilflos gewesen war, als sie ihn herausgezerrt und zusammengeschlagen hatten, daß sein Körper aufgebrochen werden konnte wie sein Haus.

Als nicht mehr jede Bewegung weh tat, er wieder gehen, sich bücken und strecken konnte, kamen die Wut und der Haß. Sie haben mir Françoise genommen, mich zusammengeschlagen, meine Katzen umgebracht, sind in mein Haus eingedrungen und in mein Büro. Sie haben mich benutzt und alles, was sie von mir haben wollten und was ich ihnen nicht geben wollte, gekriegt. Wenn ich das mit mir machen lasse, bin ich so viel wert wie der Stein da oder der Gartenschlauch oder die Zigarettenkippe. Wenn es das Letzte ist, was ich tue – ich schlage Bulnakof zusammen oder jage ihn mit seinem Auto in die Luft, am besten ihn und die Schweine, die mich fertiggemacht haben.

Er phantasierte, was er ihnen antun wollte und wie. Er war dabei nicht originell, sondern nahm, was er an Bildern von Helden und Rächern aus Filmen im Kopf hatte. Als sich das erschöpfte und er anfing nachzudenken, merkte er, wie wenig er wußte. Wie viele Leute arbeiten mit und für Bulnakof? Wo wohnt Bulnakof? Was macht er den ganzen Tag?

Am Montagmorgen mußte er nach Marseille und fuhr über Cadenet. Es war ein Umweg, aber der Umweg führte ihn an

Françoises Haus vorbei. Mit einer Hoffnung, von der er sich sagte, daß es keine mehr sei, und der jede Enttäuschung eine Bestätigung war, hielt er jedesmal nach Françoise Ausschau. Zur Wohnung selbst ging er nicht mehr.

Das Auto stand da. So, wie sie es immer parkte, auf der anderen Seite der engen Straße, schräg auf der Böschung, nur die linken Räder oben auf dem Asphalt, die rechten unten an der Hecke. Georg hielt neben dem Tor, nahm die Stufen mit großen Sätzen, rannte über den Kies und drückte auf die Klinke. Sie schloß nie ab, wenn sie zu Hause war. Aber heute war die Tür verschlossen, und als Georg verwirrt zurücktrat, sah er, daß die Vorhänge unverändert zugezogen waren. Er klopfte an die Tür, wartete, klopfte noch mal.

Auf der Straße hupte ein Lastwagen, der langsam und vorsichtig an Georgs Auto, das die halbe Straße versperrte, vorbeifahren mußte. Aus einem Fenster der Villa rief jemand. Georg hob den Kopf.

»Was suchen Sie hier?«

»Madame Kramski – ich habe ihr Auto draußen gesehen.«

»Mademoiselle Kramski? Die ist ausgezogen, schon vor einer Woche. So, das Auto steht draußen? Es gehört nicht ihr, es gehört mir, und sie hat es noch bis heute gemietet.«

»Aber Sie sagten, daß sie schon vor einer Woche…«

»Moment, ich komme runter.«

Georg wartete am Eingang der Villa. Ein älterer Mann im Morgenmantel trat heraus.

»Guten Morgen. Sie sind ein Freund von Mademoiselle, nicht wahr, ich habe Sie doch schon gesehen. Sie hatte die Wohnung und das Auto von mir, und das Auto hat sie noch länger behalten, sie wollte ein paar Tage durch die Gegend fahren, denke ich.«

»Haben Sie ihre neue Adresse?«

»Nein.«

»Was machen Sie mit der Post?«

»Post? Mademoiselle kriegt nie Post.«

»Hören Sie, es ist wirklich wichtig. Sie vermieten doch das Auto nicht, ohne daß Sie eine Adresse haben.«

»Nun geben Sie Ruhe. Mademoiselle hat lange genug bei mir gewohnt, ich weiß, auf wen ich mich verlassen kann. Und Sie haben's selbst gesagt – das Auto steht vor der Tür. Auf Wiedersehen.«

Georg ging langsam zur Treppe, die Stufen hinunter und blieb vor dem Tor stehen. Er war nicht unschlüssig, sondern holte tief Luft. Diesmal war die Enttäuschung keine Bestätigung, sondern traf ihn. Die Wut war wieder da. Er würde ins Büro fahren und Bulnakof stellen.

Er parkte neben dem Tambour und ging die Rue d'Amazone hoch. Das Messingschild war nicht mehr neben der Klingel. Georg vergewisserte sich: Das Haus stimmte, nur das Messingschild fehlte. Einer im weißen Kittel kam die Gasse hoch, sagte zu Georg »es ist offen« und ging ins Haus. Georg folgte ihm in den zweiten Stock. Die Tür stand offen, auch hier kein Schild mehr, und die Maler waren an der Arbeit.

»Was ist hier los?« Georg wandte sich an den Weißkittel, mit dem er die Treppe hochgekommen war.

»Das sehen Sie doch. Wir streichen.« Ein junger Bursche mit fröhlichem und frechem Gesicht, die ganze Treppe hoch hatte er gepfiffen.

»Was ist mit dem alten Mieter?«

»Monsieur Bulnakof? Von dem habe ich den Auftrag bekommen.« Er lachte. »Und auch schon das Geld.«

»Kennen Sie den Vermieter, den Eigentümer des Hauses?«

»So, Sie interessieren sich für die Wohnung. Monsieur Placard wohnt unten im Erdgeschoß.«

Georg ahnte schon, was er von Monsieur Placard zu hören bekam. Monsieur Bulnakof hatte keine neue Adresse hinterlassen, hatte nie eine andere angegeben. Am Samstagnachmittag hatten er und seine Leute Sachen aus dem Büro geschafft. »Die Möbel hat er mir geschenkt, mein Sohn und ich haben sie gestern in den Keller getragen. Sind Sie daran interessiert?«

»An Büromöbeln?« Georg schüttelte den Kopf und ging. Wie ein Spuk, dachte er, wie ein Spuk ist alles vorbei.

18

Sein ganzes Leben wurde zum Spuk.

Daß alles anders war, merkte Georg zuerst im Büro. Der Auftrag von Mermoz, dessentwegen er überfallen worden war, war nicht nur der letzte einer laufenden Serie, sondern überhaupt der letzte. Es kam nichts mehr. Georg rief bei Mermoz an, fragte was los sei, und wurde hinhaltend abgewimmelt. Beim zweiten Anruf bekam er klipp und klar zu hören, daß man auf die Arbeit seines Büros keinen Wert mehr lege. Auch die anderen größeren Auftraggeber blieben weg, einer nach dem anderen. Binnen vier Wochen war das Büro am Ende. Nicht daß es gar nichts mehr zu übersetzen gegeben hätte. Aber es war zu wenig, um auch nur die Miete und die Sekretärin zu zahlen.

Dann fing der Ärger mit der Polizei an. Nach dem Überfall hatte sie sich damit zufriedengegeben, daß er nicht wisse, von wem er überfallen worden war und warum. Die beiden Beamten, die den Überfall aufgenommen hatten, waren mitfühlend und bedauernd gewesen. Nach Wochen kamen zwei andere. Wie sich der Überfall wirklich und genau zugetragen habe. Welche Strecke er gefahren sei. Was er im Auto gehabt habe. Wie er sich erkläre, daß gerade er überfallen wurde. Ob er sich ausgerechnet einen alten Peugeot aussuchen würde, wenn er ein Auto überfallen würde. Warum er von Karlsruhe nach Cucugnan gezogen sei. Wovon er hier gelebt habe und lebe. Nein, sie könnten die Sache nicht auf sich beruhen lassen. Und sie kamen wieder, zu zweit oder auch einer allein, und stellten die gleichen Fragen.

Auch der Polizist in Cucugnan hatte ein Auge auf ihn. Es gab nur einen, jedermann kannte ihn, wie auch er jedermann kannte. Wenn er einmal einschritt und ein Auto abschleppen ließ, das jemand betrunken mitten auf der Straße geparkt und dann vergessen hatte, oder ein Feuer löschen ließ oder für den Gerichtsvollzieher eine Tür aufbrach, dann nahm ihm das niemand übel. Kann man dem Zahnarzt übelnehmen, daß er manchmal bohren und dabei weh tun muß? Und wie der gute Zahnarzt tat auch der Polizist nicht ohne Not weh.

Daß der Polizist ihn nicht mehr zurückgrüßte, nahm Georg zunächst nicht ernst. Er hat mich nicht bemerkt, dachte Georg, er hat mich nicht erkannt, war in Gedanken, hat mich für einen der Touristen gehalten, die jetzt in Cucugnan haltmachen.

Eines Mittags saß er an einem Tisch vor der ›Bar de l'Etang‹. Gérard und Nadine waren dabei, der Wirt hatte sich kurz dazugesetzt. Auch die anderen Tische waren besetzt, gerade war der Markt zu Ende gegangen. Georg hatte sein Auto geparkt, wo er es immer parkte und wo alle parkten: zwischen den alten Platanen am Teich.

»Ist das Ihr Auto?« Der Polizist baute sich vor Georg auf und zeigte auf den gelben Peugeot. »Ja, aber...« Daß er das doch wisse, wollte Georg sagen, und um was es gehe.

»Das Auto kann nicht stehenbleiben.«

Georg war mehr verblüfft als empört. »Warum? Da parken alle.«

»Wollen Sie unverschämt werden? Ich sage Ihnen: Ihr Auto muß weg.« Der Polizist hatte seine Stimme erhoben, und ringsum hörten und sahen alle zu. Georg schaute in die Runde der neugierigen und teilnahmslosen Gesichter. Der Wirt stand vom Tisch auf und ging hinter die Theke. Gérard rührte im Espresso und vermied Georgs Blick. Nadine nestelte an ihrer Tasche.

Georg beherrschte sich. »Sagen Sie mir bitte, warum ich meinen Wagen nicht stehenlassen kann?«

»Ich sage es nicht zum drittenmal. Fahren Sie Ihr Auto weg.«

Georg sah sich noch mal um. Er kannte die meisten, hatte mit vielen gelegentlich gesprochen, mit ihnen Billard oder Tischfußball gespielt, ihnen auch schon einen Pernod ausgegeben und von ihnen einen spendiert bekommen. Nach zwei Jahren und zumal jetzt im Sommer, wo die Touristen mit fremden Schritten und Augen durch das Städtchen liefen, hatte er sich Cucugnan zugehörig gefühlt. Aber er gehörte nicht dazu. In den Gesichtern lag nicht nur Neugier und die Teilnahmslosigkeit, die keinen Ärger kriegen will, sondern Häme. Georg stand auf. Er ging hinüber zu seinem Auto. Es war wie Spießrutenlaufen. Georg suchte keinen anderen Parkplatz, sondern fuhr nach Hause.

Seitdem waren sie anders zu ihm. Beim Bäcker, beim Fleischer, im Lebensmittelgeschäft, auf der Post, in der Bar, auf der Straße. Oder bildete er es sich ein? Das angelegentliche Wegschauen, das ihn des Grüßens und sie des Zurückgrüßens enthob, das sekundenkurze Zögern der Bäckersfrau, bei der er das Brot kaufte, der Hauch von Herablassung, mit dem der Wirt seine Bestellung besorgte – er hätte es vor keinem Gericht beweisen können, aber er spürte es. Daß der Filialleiter der Bank ihn in sein Büro bat, wunderte ihn am wenigsten. Monatelang war es auf seinem Konto bewegt zugegangen, jetzt kam nichts mehr dazu, und was da war, ging weg – klar, daß die Bank aufpassen mußte. Und der Vermieter war schon immer ein Psychopath gewesen; daß er Georgs Haus jeden Abend einmal mit seinem alten Simca umkreiste, mochte einfach daran liegen. Aber auf einmal kamen Anrufe von seiner Frau, mit der Georg immer hatte reden können. Es tue ihnen leid, aber ihre Tochter komme aus Marseille zurück und wolle gern in Georgs Haus ziehen. Man müsse an eine vorzeitige Beendigung des auf vier Jahre abgeschlossenen Mietvertrags denken.

Alldem hatte Georg nichts entgegenzusetzen. Er hatte keine Kraft und keinen Mut und kein Vertrauen. Ich bin nur noch eine offene Wunde, dachte er.

Es gab nichts mehr, womit er den Gedanken an Françoise betäuben, die Sehnsucht nach ihr unterdrücken konnte.

Er rechtete mit ihr: Ich habe dir Liebe gegeben, und du hast sie genommen, aber nur die Lust gemeint. Du hast die gemeinsamen Nächte ebenso genossen wie ich, hast dich mir ebenso rückhaltlos und genußvoll hingegeben, wie ich mich dir. Aber für mich war die gegebene und empfangene Lust ein Siegel auf unsere Liebe und für dich nur eine Lust, die man wechselseitig erregt und befriedigt und die nichts besiegelt. Wenn ich mich so täuschen konnte, wenn du mich so täuschen konntest, wenn nicht einmal solche Hingabe Liebe besiegelt – woran soll ich noch glauben? Wie soll ich noch lieben können? Georg häufte Vorwurf auf Vorwurf. Aber auch die absurdesten Anklagen brachten sie nicht her. Wenn wir verlassen werden, klagen wir an, damit der andere sich rechtfertigt und entschuldigt und also da ist. In diesem Sinn meinen wir die Anklagen ernst, im übrigen sind wir zu jeder Amnestie bereit. Georg wußte das selbst.

Er versuchte, vernünftig zu sein. Trennungsschmerz ist nur Phantomschmerz, sagte er sich. Wie soll mir weh tun, was nicht mehr ist? Aber der geringste Anlaß lehrte ihn, daß Phantomschmerz eben nicht nur ein Phantom, sondern als Schmerz höchst real ist. Er saß im Restaurant, hatte gut gegessen, war bei Calvados und Zigarette und sah sie plötzlich vor seinem inneren Auge, sah sie gegenüber sitzen, zufrieden seufzen, sich zurücklehnen und sich über den Bauch streichen. Ihn hatte diese Geste immer unangenehm berührt, und wie tat ihr Bild doch weh. Oder da war ein braunes Haar im Waschbecken und ließ Kaskaden von schönen und teuren Erinnerungen vor dem inneren Auge herabstürzen, obwohl ihm ihre Haare im Waschbecken ein Ärgernis gewesen waren und dieses hier von sonstwem stammte.

Er spielte mit Zynismen, die er gescheit fand oder die ihm immerhin elegant klangen. Man kann Beziehungen nicht durch Trennung beenden. Man muß sie weiterführen und in den Teppich der Biographie hineinweben oder vergessen. Das Vergessen ist der Müllplatz des Lebens. Auf den Müll mit dir, Françoise.

Das alles änderte nichts daran, daß er sie vermißte. Wenn er aufwachte, wenn er sich zum Frühstück setzte, wenn er sich im Kräutergarten zu schaffen machte und das leere Haus in seinem Rücken wußte, wenn er Wege ging, die er mit ihr gegangen war, wenn – jeder kennt das. Zu tun hatte er nichts mehr. Er lebte von den Resten des Gelds, das in den letzten Monaten reichlich eingegangen war. Wie es weitergehen sollte, wußte er nicht. Er konnte auch nicht darüber nachdenken. Oft saß er den ganzen Nachmittag im Schaukelstuhl und sah blicklos in die Bäume.

19

Im September bekam Georg Besuch von seinem alten Freund aus Heidelberg. Am ersten Abend wurde es spät, und sie machten noch nach Mitternacht den Kamin an und eine Flasche auf. »Willst du eine verrückte Geschichte hören?« Georg erzählte.

»Ich hab Françoise damals nach deinem Fest nur kurz gesehen – hast du Photos von ihr?«

»Gemacht habe ich jede Menge, aber entweder sie hat sie mitgenommen, oder sie sind bei der Durchsuchung weggekommen. Eines ist übriggeblieben.« Georg stand auf und holte es. Françoise saß auf der Couch in ihrer Wohnung, las und hatte die Augen niedergeschlagen.

»Ja, jetzt erinnere ich mich wieder. Wie kommt sie zu dem Bild an der Wand?«

»Das ist die Kirche in Warschau, in der ihre Eltern getraut wurden.«

Nach einer Weile bat der Freund noch mal um das Photo. Georg gab es und erklärte: »Es ist nicht geraten. Sie hat sich ungerne photographieren lassen, und drum habe ich sie oft aufgenommen, wenn sie nicht geschaut hat. Manche Photos sind trotzdem...«

»Das ist nicht Warschau. Ich kenne die Kirche. Ich komme auch noch auf den Namen. Sie steht in New York.«

Georg schaute ungläubig. »Was soll Françoise mit einem Bild aus New York?«

»Keine Ahnung. Ich weiß nur, daß es New York ist, eine Kathedrale, die nicht fertig ist und an der noch gebaut wird. St. John, genau. Eine riesige Sache, ich glaube nach St. Peter die größte Kirche der Christenheit.«

»New York...« Georg schüttelte den Kopf.

Er kam in den nächsten Tagen immer wieder darauf zu sprechen. »Bist du ganz sicher, daß die Kirche auf dem Bild in New York ist?«

»Ich kann dir noch mal sagen, daß ich natürlich nicht ausschließen kann, daß die gleiche Kirche auch in Warschau steht. In Wiesbaden gibt's eine Kirche, die nach Plänen von Schinkel gebaut ist. Der Wiesbadener Stadtbaumeister hat die Pläne in Berlin gekauft, und nach den gleichen Plänen steht vermutlich auch in oder bei Berlin eine Kirche. Ich kann mir das hier nicht vorstellen; die Amerikaner hätten eher Chartres als Warschau nachgebaut, und daß die Polen ihre Kirchen nach amerikanischem Vorbild bauen – sag selbst.«

Am letzten Abend fragte Georg, ob der Freund seine Freunde in New York anrufen und um Unterkunft für Georg bitten könne.

»Das will ich versuchen.«

»Machst du es bitte?«

»Jetzt sofort?«

»Ich habe heute vormittag mit dem Reisebüro gesprochen. Ich fliege in einer Woche von Brüssel.«

»Wie lange?«

»Bis ich sie gefunden habe.«

»Das ist eine ziemlich große Stadt.«

Der Freund runzelte die Stirn.

»Das weiß ich. Ich weiß auch, daß Françoise sonstwo sein kann. Aber warum hat sie über das Bild gelogen?«

»Wir wissen nicht, woher sie das Bild hat. Vielleicht hat sie selbst nicht gewußt, was es zeigt.«

Georg sah ihn gereizt an. »Du hast mitgekriegt, wie ich zur Zeit lebe. Was soll ich hier? Da nehme ich lieber die paar Tausender, die mir noch geblieben sind, und... Ich weiß nicht, wie ich nach ihr suchen werde, aber mir wird was einfallen.«

Und als der Freund abgereist war, löste Georg den Haushalt auf. Er verkaufte, was er verkaufen konnte, und was niemand haben wollte und was nicht ins Auto paßte, schmiß er weg.

Nach einer Woche übergab er den Schlüssel zum leeren Haus.

ZWEITER TEIL

I

Georg fuhr am späten Nachmittag los und die ganze Nacht durch. Bei Beaune verpaßte er die Abzweigung nach Paris, bei Dijon endete die Autobahn. Georg nahm die Landstraße über Troyes und Reims. Die Kurven der Straße hielten ihn wach. Er raste durch dunkle Städte und Dörfer, in denen gelbe Laternen die Straßen in mattes Licht tauchten. An den hell und weiß bestrahlten Fußgängerüberwegen bremste er ab; manchmal wartete er an einer leeren Kreuzung, bis die Ampel von Rot auf Grün sprang. Kein Mensch war unterwegs, kaum ein Auto. In Reims fand er eine offene Tankstelle, das Tanklämpchen hatte schon eine ganze Weile geblinkt. Er fuhr an der Kathedrale vorbei. Die Fassade erinnerte ihn an das Bild in Françoises Zimmer.

Nach quälend langsamer Paßkontrolle, bei der der französische Zöllner genauen Bescheid über das Woher und das Wohin verlangte, erreichte er in Mons wieder die Autobahn. Um halb acht war er bei seinen Freunden in Brüssel. Das Haus war voller Leben; Felix mußte zur Arbeit, Gisela zum Zug nach Luxemburg, wo sie für das Europäische Parlament dolmetschte, der ältere der beiden Buben in den Kindergarten. Georg wurde mit freundlicher Verwunderung begrüßt und im Getümmel von Frühstück, Aufbruch und Ankunft des Kindermädchens sogleich wieder vergessen. Ja, natürlich könne er sein Auto dalassen. Gisela umarmte ihn flüchtig. »Mach's gut in Amerika.« Sie sah etwas in seinem Gesicht. »Ist bei dir alles in Ordnung?« Dann war sie weg.

Das Kindermädchen fuhr ihn zum Flughafen. Im Flugzeug

hatte Georg erstmals Angst. Er hatte gedacht, er lasse nur Cucugnan zurück, wo er nichts mehr zu verlieren hatte. Jetzt wurde ihm, als gebe er ein ganzes Leben auf.

Es war ein Billigflug mit engen Sitzen, ohne Drinks und ohne Essen. Auch ohne Film; Georg hatte zwar die Gebühr für den Kopfhörer sparen wollen, sich aber auf die Ablenkung durch die Bilder gefreut. Er sah aus dem Fenster auf die Wolken über dem Atlantik, schlief ein und wachte Stunden später auf. Nacken, Rücken und Beine taten ihm weh. Die Sonne ging hinter roten Wolken unter, ein Bild von lebloser Schönheit. Als das Flugzeug in Newark landete, war es Nacht.

Es dauerte zwei Stunden, bis Georg durch den Zoll war, den Bus nach New York fand und dort in einem mehrstöckigen Busbahnhof ankam. Er nahm eine gelbe Taxe. Der Verkehr war auch um elf Uhr noch dicht, der Fahrer fluchte auf spanisch, fuhr zu schnell und bremste zuviel. Nach einer Weile ging es nur noch geradeaus, links hohe Häuser und rechts dunkle Bäume. Georg war freudig erregt, gespannt. Das mußte der Central Park, die Straße mußte Central Park West sein. Die Taxe wendete und hielt. Er war da. Ein grüner Baldachin überdachte den Weg vom Bordstein zum Eingang.

Georg machte die Haustür auf, trat ein und stand in einem gläsernen Windfang. Hinter einer Glastür saß ein Mann an einem Tisch und las. Die Glastür war verschlossen. Georg klopfte einmal, zweimal, und dann zeigte der Mann mit dem Finger neben ihn. In einem bronzenen Klingelbrett wiesen links alphabetisch geordnete Namen auf zugehörige Apartmentnummern, rechts die numerisch geordneten Apartmentnummern auf einzelne Klingelknöpfe. Zwischen diesen beiden Wohlordnungen hing der Hörer der Sprechanlage. Georg nahm ihn ab. In der Leitung rauschte es, als telefoniere er über den Ozean. »Hallo?« Georg nannte seinen Namen und stellte sich als Gast von Mr. und Mrs. Epp vor. Der Mann hinter dem Tisch ließ ihn ein, gab ihm die Schlüssel zum Apartment und zeigte ihm den Weg. Der Aufzug hatte zwei Türen; durch eine trat Georg ein und vor ihr blieb er im 6. Stockwerk stehen, bis er merkte, daß hinter ihm eine andere aufgegangen war. Er war müde. Über dem Lubéron graute jetzt der Morgen.

Das Apartment war nächst dem Aufzug. Georg brauchte eine Weile, bis er die drei Schlösser geöffnet hatte; er mußte die Schlüssel anders herum drehen. Die Tür war schwer und fiel hinter ihm mit sattem Schmatzen zu. Am Ende des langen Gangs fand Georg das Gästezimmer und am Anfang, gleich neben der Eingangstür, in Epps Arbeitszimmer die Telefonbücher, eines mit weißen und eines mit gelben Seiten. Françoise Kramski, nein, natürlich stand sie nicht drin. Er suchte nach der Kirche.

Im Telefonbuch mit den weißen Seiten waren weder John noch St. John noch Church of St. John verzeichnet. Die Kirchen füllten mehr als eine Spalte, von der Church of All Nations bis zur Church of the Truth, aber die Auflistung wirkte zufällig. In den gelben Seiten des Branchenverzeichnisses fand Georg zwischen Christmas Trees und Cigarettes eine nach Konfessionen geordnete Liste. Ein Kirchenbau, der nach dem Petersdom der größte der Christenheit werden sollte, schien Georg nicht zu einer kleinen Konfession zu passen. Er konzentrierte sich auf die episkopalen, lutherischen und katholischen Kirchen. Winzigkleine Buchstaben verschwammen vor seinen müden Augen, tanzten durcheinander, fanden sich wieder in langen Reihen und marschierten in dichten Kolonnen über die Spalten.

CATHEDRAL CHURCH OF ST. JOHN THE DIVINE. Sie war sogar besonders groß und fett gedruckt. Amsterdam Avenue und 112. Straße. An der Wand des Arbeitszimmers hing ein Stadtplan. Georg fand die Amsterdam Avenue und die 112. Straße, den Cathedral Parkway und die Cathedral, er fand Epps Wohnung. Der Weg war nicht weit. Georg war, als hätte er es geschafft.

2

Er wachte auf der Couch im Arbeitszimmer auf, angezogen, zusammengekauert und verspannt. Er ging über den Flur ins Wohnzimmer. Die Sonne warf dicke Strahlenbündel durch die großen Fensterscheiben. Georg sah hinaus. Unter ihm floß der Verkehr, hinter der Straße erstreckte sich der Central Park, in der Ferne stießen die Wolkenkratzer von Manhattan in den klaren blauen Himmel. Georg öffnete ein Fenster und hörte das Rauschen des Verkehrs, das Rollen der Subway unter der Straße, die Kinder auf dem Spielplatz am Rand des Parks.

Draußen sog er die Atmosphäre der Stadt auf. Er folgte der Amsterdam Avenue nach Norden. Die Häuser, zuerst hoch und gepflegt, wurden vier bis sechs Stockwerke klein und schäbig. Die Feuerleitern hingen schwer und schwarz zur Straße. Die Geschäfte bekamen spanische Aufschriften. Die Straßen wurden belebter und lauter. Unter den Passanten überwogen zunehmend Schwarze und Südländer, mehrten sich Betrunkene, Bettler und Halbwüchsige mit truhengroßen Kofferradios. Georg ging schnell, und sein Blick sprang über Häuser, Menschen, Autos, Ampeln, Hydranten, Briefkästen wie der Reflex der Sonne, den Kinder mit Spiegeln werfen.

Georg sah die Kathedrale erst, als er an der Kreuzung stand. Die Querstraße war von einigen niedrigen gotischen Häusern flankiert, dahinter erhob sich massig und grau der große Bau. Georg ging auf die andere Straßenseite und holte das Photo hervor, das Zimmer in Cadenet mit dem Druck der Kirche an der Wand und der lesenden Françoise auf dem Bett. Er verglich; die Türme rechts und links des Portals reichten erst bis zur Höhe des Schiffs, die Kuppel über der Vierung lag im nackten, hellen Zement, aber sonst stimmte alles überein. Über die ganze Breite des Baues führten Stufen von der Amsterdam Avenue zu den fünf Toren.

Das Innere war düster und voller Geheimnisse, die bunten Fenster und wenigen Lampen gaben nur schwaches Licht, und die Säulen verloren sich nach oben im Dunkel. Georg durchschritt das Mittelschiff mit der Gemessenheit, die ihm seine Eltern bei Kirchenbesuchen vorgemacht hatten. Erst im Chor war es wieder hell. Links ging es in den Cathedral Shop. Georg schlenderte zwischen Vitrinen und Tischen, seine Augen schweiften über die ausgelegten Bücher und Karten, Seifen und Marmeladen, Pullover, Taschen und Tassen. An einem großen blauen Druck an der Wand neben der Kasse blieben sie hängen. Den kannte er. Françoise hatte den unteren Rand mit dem Text abgeschnitten: *The Cathedral of Saint John the Divine. Morningside Heights in the City of New York. Cram and Ferguson, Hoyle, Doran and Berry, Architects, Boston.* Es war der Architektenaufriß der Westfassade. Georg las den Text ein ums andere Mal, als könne er ihm Aufschluß geben.

Auf dem Rückweg zum Ausgang setzte er sich. Was weiter? Wußte er jetzt, daß Françoise in New York lebte oder auch nur gelebt hatte? Jemand konnte ihr den Druck mitgebracht, sie konnte ihn auf einem Flohmarkt oder bei einem Antiquar gefunden haben. Sie hatte den Hinweis auf New York abgeschnitten, aber er konnte nicht wissen, ob sie dadurch etwas verheimlichen wollte oder den Text einfach nicht mochte. Wenn sie in New York gelebt hatte, aber nicht mehr lebte, konnte er ebenso in Paris oder Sidney oder San Francisco suchen. Selbst wenn sie in New York lebte, war es die Suche nach der Nadel im Heuhaufen.

Seine Augen gewöhnten sich an das Dämmerlicht. Die fernen Stimmen, die er hörte, kamen von einer Gruppe, die durch die Kathedrale geführt wurde. Die Stühle der Sitzreihen waren verschrammt, bei manchen war das Korbgeflecht zerfetzt. Die Säulen verloren sich nicht im Dunkeln, sondern trugen ein normales Kreuzrippengewölbe. Hier war kein Geheimnis. Schlechtes Licht, düstere Ecken, leerer Raum, verzerrende Akustik. Aber kein Geheimnis.

Georg stand auf und ging zurück zum Cathedral Shop. Er zeigte Françoises Bild, die Ausschnittvergrößerung mit den lesend niedergeschlagenen Augen, dem Mädchen an der Kasse. »Kennen Sie sie?« Das Mädchen musterte ihn mißtrauisch. »Was wollen Sie? Wer sind Sie?«

Georg hatte sich eine romantische Geschichte zurechtgelegt. Françoises Europareise, ihre Begegnung in Frankreich, ihre Liebe und ihr Glück, der dumme Streit, bei dem er in Stolz und Zorn gegangen war und nach dem er sie nicht mehr erreichen konnte. Er sah seiner Zuhörerin zunächst fest in die Augen und senkte später den Blick – der dumme Streit, sein dummer Stolz, sein dummer Zorn, er schämte sich. Dann hob er sein Gesicht wieder und schaute treuherzig und entschlossen. »Ich will sie fragen, ob sie mich heiratet.«

Das Mädchen, das noch nicht lange an der Kasse arbeitete, brachte ihn zu ihrer Chefin, die den Cathedral Shop seit zehn Jahren führte. Nein, sie erinnere sich nicht, Françoise jemals gesehen zu haben. Das bedeute aber nur, daß Françoise in den letzten zehn Jahren nicht im Laden gearbeitet hatte. Ob sie da gekauft hatte – wer könne das schon wissen? Die Chefin hielt sich nicht ständig im Laden auf, und ihre Mitarbeiterinnen und Mitarbeiter wechselten häufig.

3

Oft kam Georg nicht dahinter, ob seine Zuhörer von der Wahrheit seiner Geschichten oder nur von der Ernsthaftigkeit und Harmlosigkeit seiner Suche überzeugt waren. Neben der romantischen Version hatte er noch eine klassische. In ihr war er ein junger Anwalt und Françoise die nachnamen- und adressenlose Frankreichbekanntschaft eines Mandanten; sie war wichtig als Zeugin in einem Prozeß, der Prozeß war wichtig für den Mandanten, der Mandant wichtig für ihn, den jungen Anwalt. Was die Zuhörer an beiden Geschichten mochten, war die Rolle, die das Bild der Kathedrale, ihrer Kathedrale als Anhaltspunkt und Wegweiser spielte. Sie sahen das Bild sorgfältig an, dachten nach, äußerten ihr Bedauern, daß sie nicht helfen konnten, und manchmal einen Vorschlag für die weitere Suche.

Georg sprach mit den Pfarrern, gegenwärtigen und früheren, mit Gemeindemitgliedern, die in der Jugendarbeit aktiv waren oder gewesen waren, mit der Leiterin des Frauenkreises und dem Leiter der Schauspielgruppe. Keinem war das Gesicht auf dem Photo bekannt. Manchmal hatte Georg die Empfindung, es werde ihm selbst mit jedem Rausholen und Vorzeigen fremder. Dieses Gesicht hatte ihn angestrahlt und angelacht? Hatte er ganz nah gesehen und berührt und geküßt? Georg schob die wachsende Fremdheit darauf, daß Françoise auf dem Photo die Augen niederschlug. Aber vielleicht wäre es sogar noch schlimmer, wenn das Photo Françoises Augen zeigte. Vielleicht würden auch sie sich mit dem Rausholen und Vorzeigen des Photos abnutzen. Normalerweise lagert sich die Vergangenheit hinter dem Rücken der Gegenwart unbemerkt ab. Georg war, als werde sie unter seinem hilflosen Zuschauen langsam weggesogen.

Nach zwei Wochen hatte er mehr als zwanzig Leute getroffen und kannte die Upper Westside, wo die meisten wohnten, und New Yorks U-Bahnen und Busse, die ihn zu den anderen brachten. Er kannte den barocken, puttogeschmückten und säulengeflankten Eingang des polnischen und die weiße und kalte Fassade des russischen Konsulats. Vor beiden stand er an vielen Tagen, hockte auf dem Mauersockel gegenüber dem freundlichen Stadtpalais der Polen oder saß auf den Stufen der Synagoge, der die Russen ein grimmiges Gesicht zuwandten. Er wußte nicht, ob Geheimdienstler im Ausland mit ihren Konsulaten Kontakt halten, aber in der Einrichtung des Konsulats verbinden sich der repräsentierte Staat und die beherbergende Stadt, und Georg suchte nach einem solchen Verbindungspunkt als dem Gravitationspunkt, in dessen Feld Françoise oder auch Bulnakof kreisen mochten. In beide Konsulate ging er schließlich hinein und fragte nach der Adresse von Françoise Kramski, die hier einmal gearbeitet habe oder betreut worden sei, er wisse es nicht genau. Er wurde bedauernd abgewiesen. Auskünfte dieser Art gebe man nicht. Er erzählte seine Geschichte, aber sie interessierte niemanden. Er zeigte das Photo, und beim Blick darauf zeigten die Gesichter der Beamten nichts.

Er erlebte die Stadt wie einen Wald. Er dachte: Sie liegt nicht auf einer Insel, sie ist die Insel. Sie ist nicht in eine Landschaft gebaut, sondern ist die Landschaft. Eine Landschaft von steinerner Vegetation, die den Menschen nicht gehört, in die sie erst Schneisen schlagen und in der sie ihre Wohnorte erst begründen müssen. Die Schneisen und Wohnorte können von der Vegetation auch wieder eingeholt und überwuchert werden. Manchmal stieß er auf abgerissene Häusergeviere, Trümmergrundstücke, Fassaden mit leeren oder vermauerten Türen und Fenstern – wie vom Krieg verwüstet, und weil es keinen Krieg gegeben hatte, wie von der Natur ergriffen, diesmal nicht der wuchernden des Waldes, sondern der wütenden eines Erdbebens. Und wie wachsende Kristalle die hochstrebenden neuen Bauten.

Nachts träumte er wirres Zeug. An vielen Tagen redete er mit keinem Menschen.

Das Geld ging zur Neige. Noch tausend Dollar – damit würde er in New York nicht mehr lange durchhalten. Bei Epps mußte er raus; sie ließen ihn freundlich, aber deutlich wissen, daß sie wieder für sich sein wollten. Er war keinen Schritt vorangekommen. Sollte er aufgeben?

Er saß im ›Hungarian Pastry Shop‹, einem Café gegenüber der Kathedrale. Hier konnte man sitzen, solange man wollte; es gab selbstgebackene Plätzchen und Kaffee zum Nachholen.

Der Raum war verraucht, die Bilder an den Wänden waren häßlich und der Spiegel stumpf, die Farbe blätterte von den Wänden und von der Säule in der Mitte, neben der auf einer Kommode die Kaffeekanne stand. Ein Asyl für die, die es noch nicht geschafft haben oder auch nicht mehr schaffen werden. Georg kam hierher zum Ausruhen und Nachdenken, wechselte manchmal ein paar Worte mit einem Tischnachbarn, borgte sich die Zeitung, wurde um Feuer gebeten oder bekam eine Zigarette angeboten.

Am Nebentisch wurde über Wohnungen und Mietpreise gesprochen, jemand suchte einen Mitbewohner. Georg meldete Interesse an. Larry verlangte vierhundert Dollar, er lehrte Deutsch an der Columbia University und nahm gerne einen Deutschen. In wenigen Minuten war alles geklärt und geregelt. Am selben Tag zog er ein.

Sein Zimmer im 12. Stock war ein Eckzimmer und hatte Fenster in zwei Richtungen. In der einen mündete der Blick hinter einem Kirchturm, Hinterhöfen, Feuerleitern und Dächern in den Broadway und folgte diesem nach Norden, bis der Dunst tags die Straße mit Autos und Häusern und nachts deren Lichter schluckte. Vom Broadway drang das Heulen der Sirenen in Georgs Schlaf, fiebernder Tonkurven, die mit einem gellenden Seufzen einsetzten und endeten. In der anderen Richtung sah Georg auf einen Parkplatz, niedrige Häuser, die Bäume des Riverside Park und den Hudson. Er floß breit und träge, lag metallen in der Sonne und verschmolz bei schlechtem Wetter mit dem anderen Ufer. Ab und an zog ein Lastkahn seine Spur. Links über den Dächern ging zwischen hölzernen Wassertürmen auf eisernen Gestellen die Sonne unter. Nach Westen war das Fenster größer und der Blick weiter; hier war Georg manchmal, als könne er sich mit ausgebreiteten Armen fallen lassen, über den Parkplatz, die Häuser, die Bäume und den Hudson gleiten und am anderen Ufer wassern wie ein großer Vogel. Er sollte aufgeben? Er, der sich nur fallen lassen mußte, um fliegen zu können?

Auf Georgs Liste standen noch die Namen eines ehemaligen Leiters der Schauspielgruppe, einer ehemaligen Leiterin des Frauenkreises und der derzeitigen Leiterin des Kindergartens. Georg rief an und vereinbarte Termine. Calvin Cope, der ehemalige Leiter der Schauspielgruppe, hatte es zum echten Regisseur gebracht und keine Zeit. Es gehe um Leben und Tod? Um die Liebe? Deswegen sei er von Europa über den Atlantik nach Amerika gekommen? Also gut, er solle ihn beim Lunch in einem Restaurant in der 52. Straße treffen.

4

Die Adresse des Restaurants klang teuer, und Georg borgte sich von Larry Jackett und Krawatte. Im Erdgeschoß waren Garderobe und Bar; der Empfangschef begleitete Georg nach oben, wo für Mr. Cope ein Tisch am Fenster reserviert war.

Georg bestellte ein Glas Weißwein und sah auf die Straße. Der Verkehr floß vorbei, Auto an Auto, gelegentlich eine dunkle Limousine mit getönten Scheiben und Fernsehantenne auf dem Kofferraum, viele gelbe Taxen. Es begann zu regnen. Auf dem gegenüberliegenden Gehweg tauchte ein fliegender Händler auf und verkaufte faltbare Regenschirme. Im Eingang eines Schuhgeschäfts, das in großen Schaufenstern auf weiß gekachelten Podesten nicht mehr als ein oder zwei Paar Schuhe ausstellte, hatte sich ein junger Mann mit leuchtend roten Haaren untergestellt und hielt mit der Hand den hochgeschlagenen Mantelkragen.

Der Kellner führte einen älteren Mann und eine junge Frau an den Tisch und rückte die Stühle zurecht.

»Mr. Cope?« Georg stand auf und wandte sich dem Mann zu.

»Schau, Lucy, das ist der komische Europäer, der seiner verlorenen amerikanischen Geliebten über den Ozean gefolgt ist.«

Sie setzten sich. Georg konnte seine Augen nicht von Lucy lassen. Sie war eine Schönheit, eine amerikanische Schönheit. Das Gesicht flächig mit hohen Backenknochen, starkem Kinn, tiefliegenden Augen und kindlichem Mund mit vollen Lippen, die Gestalt schlank, aber mit breiten Schultern und großen Brüsten. In der Werbung waren Georg diese Frauen zuerst aufgefallen, dann auch auf der Straße. Er hatte sich oft gefragt, was ihren Typ ausmacht und von den europäischen Frauen unterscheidet. Er sah Lucy an und wußte es noch immer nicht.

Cope hatte ihn amüsiert beobachtet. »Ja, sie ist sehr schön und sehr jung und wird eine wunderbare Schauspielerin werden.«

»Ich bin der Frühling, und Calvin ist der Herbst«, lachte Lucy, und bis Georg sich das Kompliment zurechtgelegt hatte, daß er sich glücklich schätzen würde, einmal ein solcher Herbst zu sein, war es zu spät. Dabei stimmte es, nicht nur wegen Lucy, sondern weil Cope sich anscheinend seiner Jahre und seines Lebens freute. Er hatte volles graues Haar und sah mit der Halbbrille auf der Nase bei der Lektüre der Speisekarte staatsmännisch aus.

»Lassen Sie mich bestellen, ich gehe seit Jahren hierher. Und wie wär's, wenn Sie den Mund aufbrächten?«

Georg hatte noch keinen Satz gesagt. »Ich bin Ihnen sehr dankbar, daß Sie sich die Zeit für mich nehmen. Ich weiß nicht einmal ihren Namen, sie wollte, daß ich Françoise zu ihr sage, weil es ein französischer Name ist und sie Frankreich liebt, und ich weiß, daß sie an der Kathedrale in einer Schauspielgruppe bei einem großartigen Lehrer war, sie hat viel davon erzählt, und ich habe ein schlechtes Photo – das ist auch schon alles.« Georg holte das Photo aus der Tasche und gab es Cope, der es an Lucy weiterreichte und Georg gedankenverloren anschaute.

»Gibt's nicht ein deutsches Gedicht von einer Frau, die jemanden sucht und nur seinen Namen weiß und ihm übers

Meer folgt? Oder ist es umgekehrt, sucht er sie? Meine Mutter kommt aus der Schweiz und hat mir als kleinem Jungen Gedichte aufgesagt.«

»Sie sprechen deutsch?«

»Ich habe es wieder ganz verlernt. Aber dieses Gedicht – ihre rührende Geschichte hat mich schon am Telefon daran erinnert. Haben Sie keine Ahnung, was ich meinen könnte?«

»Am Gestade Palästinas, auf und nieder, Tag um Tag, ›London?‹ frug die Sarazenin…«

»Das ist's, genau. Jetzt kommt mir wieder die Erinnerung. Können Sie's ganz?«

»Nein, aber die Sarazenin schafft es nach London, fragt dort ›Gilbert‹ im Gedränge der großen Stadt und findet ihn. Er war beim Kreuzzug gefangen worden, und sie hat ihn befreit. Am Ende heißt es: Liebe wandert mit zwei Worten gläubig über Meer und Land. Wir haben das in der Schule gelernt.«

»Darauf trinken wir«, hob Cope das Glas, und sie stießen an und tranken. »Jetzt zeig mir mal das Photo.«

Lucy gab das Photo und wandte sich Georg zu. »Was ist das für ein Gedicht? Ich habe Sie nicht verstanden.« Sie sprach ein weiches Amerikanisch, als hätte sie eine Kartoffel im Mund. Georg erzählte die Geschichte und ein bißchen über Conrad Ferdinand Meyer und seine Großeltern, die am Zürichsee gelebt hatten.

Cope unterbrach. »Doch, an das Gesicht erinnere ich mich. Das Mädchen war bei mir in der Schauspielgruppe, aber den Namen weiß ich beim besten Willen nicht mehr.« Er sah weiter auf das Photo. »Ich weiß auch nicht, wer Ihnen den Namen sagen könnte. Ich habe nie Unterlagen geführt. Ich behalte Gesichter gut und konnte mir leicht merken, wer schon bezahlt hatte und wer noch nicht, und für die Gruppe habe ich den Schülern eigene, neue Namen gegeben.«

»Namen, die zu den Menschen passen. Das macht er immer noch, und die meisten Schauspieler lieben das und übernehmen den Namen, den Calvin ihnen gibt, als Künstlernamen.«

»Und du liebst es nicht, ich weiß, und der Herbst streitet nicht mit dem Frühling über dessen Namen, und deswegen bist du Lucy, nichts als Lucy, Lucy über alles.« Er lachte sie an. Georg konnte nicht ausmachen, ob die Herzlichkeit vergiftet war.

Das Chateaubriand kam, wurde geschnitten und aufgelegt. »Mr. Cope, erinnern Sie sich an ein anderes Mitglied der damaligen Schauspielgruppe?«

»Das habe ich mich doch selbst schon gefragt. Nein, tut mir leid. Das ist fünf oder sechs Jahre her, und Sie können froh sein, daß mein gutes Gedächtnis in diesem schlechten Photo – haben Sie das gemacht? – überhaupt jemanden wiedererkennt. Es hilft nichts, Sie müssen's wie die Sarazenin machen. Sie sind mit Ihrem Photo gläubig übers Meer gekommen, wandern Sie jetzt eben gläubig durch New York.«

Das klang hämisch. War die Herzlichkeit also doch vergiftet gewesen und Cope verärgert. Georg warf einen Blick aus dem Fenster. Es regnete nicht mehr, der Mann mit dem roten Haar stand immer noch im Eingang gegenüber. Die drei aßen schweigend.

»Sie arbeiten gerade an einem neuen Stück?« Georg versuchte, Konversation zu machen.

»Wieso wollen Sie das wissen? Was verstehen Sie davon? Was machen Sie überhaupt? Heilige Bullenscheiße, was für Ignoranten habe ich um mich herum, erst Goldberg, dann Sheldon und jetzt noch ein verliebter Spinner aus Europa.« Seine Stimme war immer lauter geworden.

Der Kellner, mehr belustigt als irritiert, schien solche Szenen zu kennen. Lucy legte ihr Besteck hin, holte eine Spange aus der Tasche, hielt sie mit den Zähnen fest, griff mit beiden Händen in ihr dichtes, langes, braunes Haar, schürzte es am Hinterkopf und steckte den Knoten mit der Spange fest.

»Wir gehen, das ist ja nicht mehr auszuhalten. Kellner, setzen Sie's auf die Rechnung.« Cope sprang auf und stürmte zur Treppe. Lucy lächelte Georg an. »Es war nett, Sie kennenzulernen. Schreiben Sie mir Ihren Namen auf? Ich schicke Ihnen eine Karte für die Premiere. Er meint es nicht so.«

Georg saß allein vor dem vollen Tisch. Der Kellner holte die Flasche aus dem Kühler und schenkte nach. Georg aß das ganze Chateaubriand und die Beilagen, leerte die Flasche, und am Ende brachte der Kellner unaufgefordert einen Espresso. Georg bestellte einen Brandy dazu. Er feierte. Also hatte es Françoise in New York wirklich gegeben.

5

Georg war noch nie beschattet worden. War es Zufall, daß der junge Mann mit den roten Haaren, den er aus dem Fenster des Restaurants gesehen hatte, jetzt auch um die Eislaufbahn am Rockefeller Center schlenderte? Georg blieb vor Geschäften stehen, suchte das Bild der Straße im Schaufenster und schaute manchmal verstohlen zurück. So kannte er es aus Filmen. Er trat in eine Buchhandlung, stand zwischen Regalen und blätterte wahllos in Büchern. Es klappte nicht, er hätte die Straße nur im Auge behalten können, wenn er sich neben die Kasse gestellt hätte. Er ging hinaus in den wiedereinsetzenden Regen. Um die Spitzen der Wolkenkratzer war es hellgrau, Scheinwerfer warfen Lichtbündel in die tiefen Wolken. Die Tropfen blieben an der Brille hängen. Georg blickte hoch, und ihm war, als flöge er in einen unendlich tiefen, besternten Himmel, wie die Kamera im Vorspann mancher Filme. Der Verkehr war dicht, die gelben Taxen drängten sich, und die Menschen hasteten. Als Georg von einem entgegenkommenden Passanten angerempelt wurde und beinah hingefallen wäre, drehte er sich unwillig um. Den, der ihn angerempelt hatte, sah er nicht mehr. Aber sein Blick traf für einen kurzen Moment den des jungen Mannes mit den roten Haaren. Er lief fünf Meter hinter ihm, ebenfalls ohne Regenschirm, und das rote Haar klebte naß am Kopf.

Am späten Nachmittag des nächsten Tags sah Georg den Rotschopf wieder. Er war alte Telefonbücher durchgegangen, auf der Suche nach einem wirklichen Kramski, einem Freund, entfernten Verwandten oder ehemaligen Kollegen, dessen Namen Françoise geborgt haben könnte. Er hatte nichts gefunden. Um fünf Uhr verließ er die New Yorker Public Library und ging nach Norden. Wie sollte die Suche weitergehen? Die Schauspielgruppen an der Kathedrale wurden zwar jedes Jahr neu gebildet, aber manche Teilnehmer mochten mehrere Jahre dabei bleiben. Er konnte in der laufenden Gruppe nach einem Teilnehmer fragen, der schon früher dabei gewesen war, und der mochte jemanden kennen, der noch früher mitgemacht hatte, und der wiederum... In der Madison Avenue sprangen Georg die erlesenen Nutzlosigkeiten der Schaufenster in den Blick: Blumen, Bilder, Uhren, Schmuck, Spielwaren, alte Möbel, teure Teppiche. Die Frauen, elegant in Kleidung und Haltung, musterten ihn knapp. Als wenn sie einen Gegenstand mit spitzen Fingern aufhöben, anschauten und ablegten.

Die Schilder der Bushaltestellen zeigten einen Bus an, der auch bei Georgs Wohnung hielt. An der nächsten Haltestelle blieb Georg stehen und drehte sich nach dem Bus um. Da sah er den Rotschopf wieder. Auf der anderen Straßenseite wandte er sich einem Schaufenster zu. Der Bus kam, und der Rotschopf machte keine Anstalten, auch einzusteigen. Solange Georg ihn durch das Rückfenster im Auge behalten konnte, betrachtete er die Auslagen.

Im Bus stiegen Leute zu und aus, draußen wurde eingekauft, ein Hydrant frisch gestrichen, ein Schaufensterrolladen repariert, ein Auto entladen und umarmten sich zwei neben der wartenden Taxe. Das alles sah Georg und sah es doch nicht. Die da oben, wir hier unten. Ihm hatte sich eingeprägt, daß auf der einen Seite die Amateure, Tölpel und Versager stehen: er und seinesgleichen. Und auf der anderen Seite: die Profis, die Welt der großen Geschäfte und der großen Politik, des organisierten Verbrechens und der Geheimdienste, eine funktionierende Welt des Erfolgs. Obwohl er, wie jeder Zeitungsleser, genug Politiker und Geschäftsleute über ihre kläglichen Lügen und Patzer hatte stolpern und stürzen sehen. Gerade weil der Einsatz des Rotschopfs so amateurhaft schien, schüchterte er Georg ein.

Der Bus folgte der Madison Avenue und bog nach links. Georg hatte Mühe, sich zu orientieren. Als der Bus hielt, erkannte Georg links das düster liegende nördliche Ende des Central Park, rechts eine Front einst schöner, jetzt verkommener, unbewohnter, zugemauerter Häuser. Im Schein einer frühen Laterne spielten Kinder, Schwarze. Ein Mädchen von etwa zehn Jahren schien etwas vorzuführen, sie posierte wie ein Star, humpelte wie eine Alte, schimpfte mit einem kleinen Jungen wie eine Mutter mit ihrem Kind und lief wie ein Macho, der eine Frau anmachen will. Dann machte sie sich klein. Was als nächstes kam, konnte Georg nicht mehr sehen; der Bus fuhr an.

6

Als Georg die Wohnungstür aufschloß, hörte er Musik, Stimmen, Lachen. Im Flur spielten zwei Kinder, einige Gäste saßen im Wohnzimmer, die meisten drängten sich in der Küche. Larry hatte über Kafka in Amerika einen Vortrag gehalten, der dem Publikum gefallen hatte, und feierte mit Freunden und den Kollegen vom German Department.

Georg nahm ein Glas und ging durch die Wohnung. In der Küche englische und deutsche Sprachfetzen; es wurde über Fachliches gesimpelt. An der Tür lehnte eine Frau mit schwarzem Haar und grünen Kniestrümpfen, schön und eitel. »How are you?« Sie antwortete nicht, übersah Georg und wandte sich einem Jüngling in türkisem Hemd zu. »Haven't we met before?« Georg hatte den freundlichen älteren Herrn mit dunkelvioletter Jacke und hellviolettem Halstuch noch nicht getroffen. Ein Schwarzer in weißem Anzug fragte Georg: »What are you doing in the city?« Georg erzählte von einem Buch, an dem er schreibe, und der Schwarze stellte sich als Journalist bei der ›New York Times‹ vor, der derzeit noch die kleinen Fische fängt, aber eines Tages mit der großen Story groß rauskommen will.

Im Wohnzimmer erzählte einer, und die anderen hörten zu. »Schließlich haben sich unsere Anwälte geeinigt. Sie kriegt das Sorgerecht, und ich besuche ihn an den Sonntagen.« Alle lachten.

»Was ist so lustig?« Georg fragte leise die Frau neben sich.

»Jedesmal, wenn ich von dort zurückkomme, hängen mir die Schultern an den Ohren, und es dauert Stunden, bis sie unten sind.« Wieder lachten alle, nur der Erzähler nicht, ein kleiner, dünner, altersloser Mann mit gelichteten Locken und nervösen Fingern.

»Das ist Max«, flüsterte die Frau Georg zu, als beantworte das seine Frage.

»Und?«

Sie trat mit ihm zur Seite. »Der Hund... Max und seine Freundin haben sich getrennt und gestritten, wer den Hund bekommt. Übrigens, ich bin Helen. Wer bist du?« Sie sah fragend zu ihm auf. Sie war klein, trug über engem Rock einen dicken gestrickten Pullover, aus dem der Kragen der Bluse hochstand. Ihr Blick war vorsichtig. Georg wußte nicht, ob abwehrend oder unsicher. Sie hatte halblanges dunkelblondes Haar, die eine Braue schwang einen höheren Bogen als die andere, der geschlossene Mund war konzentriert und das Kinn energisch.

»Ich bin Georg, Larrys neuer Mitbewohner. Du gehörst auch zum German Department?«

Sie unterrichtete Deutsch, promovierte über deutsche Märchen, war als Schülerin und als Studentin lange in Deutschland gewesen. Ihr Deutsch war fließend, sie suchte nur

97

manchmal nach einem Wort, weil es ganz genau passen sollte.
»Dir hat es die Kathedrale angetan? Larry nennt dich den«, sie
suchte einen Moment, »Kathedralenforscher.«

»Kathedralenforscher? Da gibt es doch nicht viel zu for-
schen. Ich bin hier... Wo ist dein Glas? Ich hol mir Wein –
magst du auch?«

Sie wartete auf ihn, als er mit den Gläsern und der Flasche
zurück war. Sie sprach von ihrer Doktorarbeit und von ihrer
Katze Effi. Sie fragte ihn, ob dem deutschen Wort Alraune
wie dem englischen *mandrake* seine geheimnisvolle Bedeutung abzulesen sei. Sie erzählte das Märchen von einem, der
eine Alraune aus der Erde zieht, einen klagenden Ton die
Erde erschüttern hört und einem Zauberer gegenübersteht.
Georg mutmaßte über Alraunen, die Runen und das Raunen.
Er berichtete, wie er Frankreich und die Franzosen erlebt
hatte, was ihm an New York gefiel und was ihn einschüch-
terte. Er konnte Helen seine Märchenängste mitteilen. Sie
sprach klug und witzig und hörte mit Wärme zu.

Es schnürte Georg die Brust ein. Er hatte sich so lange nicht
mehr normal unterhalten, schon gar nicht mit einer Frau. Mit
Françoise hatte er nicht viel, aber gerne geredet. Bis zu der
Nacht, als er sie in seinem Arbeitszimmer mit dem Photoapparat gefunden hatte. Danach hatte er ihren Worten miß-
traut und seine zu kalkulieren versucht, und das Reden miteinander war unecht geworden. Stück um Stück war sein Vertrauen in die Normalität von Kommunikation zerbrochen,
zuerst mit Bulnakof und Françoise, dann mit den Übersetzern in Marseille und den Freunden und Bekannten in Cucugnan. Georg erinnerte sich an den Abend, als er um zehn Uhr
im ›Les Vieux Temps‹ auf grüne Spaghetti mit Lachs vorbeigegangen war und Gérard ihn besonders freundlich begrüßt
hatte. Zu freundlich, falsch, lauernd? Georg hatte in der Tür
wieder kehrtgemacht und Gérard danach gemieden.

Georg sehnte sich nach Vertrauen, nicht dem Vertrauen der
großen Bekenntnisse, sondern dem der alltäglichen Verläß-

lichkeiten. Aber konnte er Helen trauen? Hatte gar nicht er sie ins Gespräch gezogen, sondern sie ihn? Daß er Helen bei Larry getroffen hatte und daß Larry und er sich im Café begegnet waren – waren es Zufälle oder Schachzüge? Steckte Bulnakof auch hinter Larry und Helen wie hinter dem mit den roten Haaren? Georg konnte Helen nicht mehr zuhören, nur noch den interessiert zuhörenden Blick aufrecht erhalten. Was konnte er über sich sagen, ohne etwas über sich zu sagen? Er spielte Konversation, machte »mhm«, lachte, nickte, stellte Fragen und war froh, wenn er nachdenklich zu Boden schauen konnte. Das alles kostete ihn Kraft.

Er entschuldigte sich. Als er vom Klo kam, war Helen weg. In seinem Zimmer stellte Georg sich ans Fenster. Da war ein Kloß und stieg aus der Brust in den Hals. Wie soll ich noch mal lieben können? Wie soll ich auch nur lernen, wieder normal mit Menschen zu verkehren? Ich bin dabei, verrückt zu werden, richtig verrückt. Er weinte, und es tat gut, auch wenn es den Kloß im Hals nicht löste.

Ein Gast platzte ins Zimmer. Larry hatte die Mäntel der Gäste auf Georgs Bett gelegt. Georg schneuzte sich. Andere Gäste kamen und holten ihre Sachen. Das Fest war vorüber. Helen fragte ihn vor dem Gehen, ob er Effi kennenlernen wolle. Sie klang natürlich und zutraulich. Sein Mißtrauen wurde wieder wach. Effi, wer war Effi? Ach so, Effi war nur die Katze. Georg lachte und machte mit Helen ein Treffen aus.

7

Georg lag im Bett und sah aus dem Fenster. Es dämmerte, noch war der klare Himmel dunkel, aber die oberen Fenster der Hochhäuser auf dem anderen Ufer des Hudson spiegelten schon die rote Morgensonne. Fensterglühen – ebenso hatte Georg an anderen Hochhäusern die Fenster im Licht der untergehenden und untergegangenen Sonne brennen sehen. Die

Stadt ist nicht nur ein Wald, dachte er, sie ist auch ein Gebirge, die Alpen.

Er hatte von Cucugnan geträumt, von den Katzen und von Françoise. Sie hatten Koffer gepackt und ins Auto geladen, aber er erinnerte sich nicht mehr, wohin sie fahren wollten. Oder wollten sie fliehen, egal wohin? Es war im Traum etwas geschehen, was ihm Angst gemacht hatte. Er spürte sie noch.

Ist das mein Leben geworden? Dinge geschehen, die ich nicht begreife und auf die ich nur mit Angst und mit unbeholfenen Bewegungen reagiere. Ich muß agieren statt reagieren – Georg hatte in den letzten Wochen oft darüber gegrübelt. Eigentlich war ihm der Unterschied fraglich. Wenn Reagieren ein Verhalten ist, das sich zu vorausgegangenem Verhalten anderer Personen verhält, daran anknüpft und darauf antwortet – was soll dann Agieren sein? Ein Verhalten, dem kein Verhalten anderer Personen vorausliegt, gibt es nicht. Gibt es ein Verhalten, das sich zum vorausliegenden Verhalten anderer Personen nicht verhält, weder freundlich noch feindlich noch auch nur berechnend, so, wie man für seine Handlungen die vorgegebenen Umstände, zum Beispiel das Wetter, die Straßenbeschaffenheit und die Verkehrsverhältnisse in Rechnung stellt? Nein, auch das gibt es nicht. Dann kann der Unterschied zwischen Agieren und Reagieren nur noch darin liegen, wie man sich zum vorausgegangenen Verhalten anderer Personen verhält. Man kann es so in Rechnung stellen und zur Voraussetzung des eigenen Verhaltens machen, wie die anderen Personen es meinen. Oder man kann selbst bestimmen, welche Bedeutung es für einen hat. Geht es darum?

Die Macher haben die Welt nur verändert, es kommt darauf an, sie verschieden zu interpretieren. Georg lachte und verschränkte die Arme hinter dem Kopf. Daß er beschattet wurde, war die Interpretation der anderen. Warum nicht es anders interpretieren, als Spur, die er verfolgen, als Chance, die er nutzen konnte?

Er ließ die Gedanken von der Leine. Er geht durch den

dunklen Riverside Park, fünfzig Meter hinter sich den Rotschopf. Als er vor sich den dicken Baum sieht, reagiert, nein, agiert er blitzschnell. Ein kurzer Blick zurück zeigt ihm seinen gelangweilt schlendernden Beschatter. Georg huscht hinter den breiten Stamm, hört zuerst nur das Schlagen des eigenen Herzens, dann die Schritte des anderen, näher und näher. Plötzlich ist es still. Lauf weiter, denkt Georg, lauf weiter. Oben auf der Straße dröhnt ein Bus. Dann hört Georg wieder die Schritte, hört sie zögern, entschlossen werden, schließlich rennen. Es ist ein Kinderspiel. Georg stellt dem Rennenden ein Bein, und noch während der Rotschopf lang hinschlägt, tritt Georg ihn in den Bauch. Er tritt in den Liegenden, für die Katzen, für den Überfall, für den Schmerz um Françoise. Mit dem ersten Faustschlag bricht er ihm die Nase. Dann kommen aus dem blutenden Gesicht in schlechtem Englisch die Worte. Sie hatten von seinem Flug nach New York erfahren und befürchtet, daß er...

Daß er was? Georg wußte nicht, was seine Phantasie den Rotschopf sagen lassen sollte. Nun, eben darum wollte er es aus ihm herausprügeln. Aber wenn es kein Kinderspiel war? Georg stellt dem Rennenden das Bein, und es ist, als mache der Rotschopf einen flachen, langen Sprung. Er rollt über Arm und Schulter ab und federt auf den Beinen, noch ehe Georg wieder festen Stand hat. In seiner Hand blitzt ein Messer.

Georg machte einen neuen Anlauf. Wo bekam er einen falschen Bart her und Farbe für Haar und Gesicht? Wo einen Hut und eine dunkle Brille? Und was konnte er anziehen und mitnehmen, um sich in wenigen Minuten auf einem Klo in einen anderen zu verwandeln? Im Branchenverzeichnis würden Kostümverleiher und Theaterausstatter stehen. Aber wenn sein Beschatter ihn da hineingehen sah – was würde er denken? Georg dachte an schwarze Schuhcreme im Haar, braune im Gesicht und einen aus abgeschnittenem Scham- und Brusthaar selbstgemachten Bart. Er schaute unter die Decke – das war nicht üppig.

Als er hörte, daß Larry die Wohnung verließ, stand er auf. Er machte die Schränke auf und fand einen schwarzen Hut und einen hellen Mantel, perlondünn und zusammengeknüllt zwei Faust groß. Hochgeknöpft ließ er gerade noch den Knoten der Krawatte sehen. Ein Dutzend Krawatten hingen innen an der Schranktür. Georg tat alles wieder an seinen Platz.

Vormittags schlenderte er suchenden Blicks den Broadway hinunter. Das Wetter war umgeschlagen; unter tiefem, grauem Himmel stand die Luft warm und feucht. Die eilig drängenden Passanten hatten Mäntel und Jacken zu Hause gelassen und zeigten Hemden, nur die Penner waren eingemummt, manche hielten den Plastikbecher, mit dem sie bettelten, in der Handschuhhand. Als das Gewitter losbrach, stellte Georg sich unter das Vordach eines Obst- und Gemüseladens und schaute dem Strom der Busse, Lastwagen, bunten Autos und gelben Taxen zu. Neben ihm türmten sich auf den Tischen Melonen, Ananas, Äpfel und Pfirsiche. Es roch gut.

Der Regen hörte auf, und Georg ging weiter. Ein paarmal trat er in einen Drugstore, aber nachdem er die braune Hauttönung schon im ersten gefunden und gekauft hatte, boten die anderen nicht mehr. Keine falschen Bärte, keine Haarfärbemittel, die leicht und rasch aufgetragen oder -gesprüht werden konnten. Beim Verlassen der Geschäfte suchte sein Blick vergebens einen Beschatter. Dann, zwischen der 78. und 79. Straße wäre er fast daran vorbeigegangen: Paperhouse, im einen Schaufenster Grußkarten für alle Gelegenheiten, im anderen Gummimasken von Micky Mouse, King Kong, Dracula und Frankensteins Monster. Gleich rechts hinter dem Eingang hingen Bärte, Backenbärte, Schnurrbärte, Vollbärte, aus schwarzer, glänzender Kunstfaser, zwischen gelber Pappe und klarem Plastik eingeschweißt. Schnell – Georg wollte bei den Ständern mit den Karten stehen, wenn der allfällige Beschatter durch das Schaufenster blickte – griff er den Vollbart, fand beim Weg durch die Regale ein Fach mit

Haarsprays in allen Farben, nahm die Dose mit der schwarzen Kappe, zog wahllos drei Karten aus dem Ständer und hatte an der Kasse bezahlt, bevor jemand vor dem Schaufenster stehenblieb. Georg steckte Bart und Spray in die Jackentasche, blieb mit den Karten in der Hand unter der Tür stehen und schaute sie an: *Be My Valentine.* Dreimal.

Auch beim Optiker beeilte er sich, hatte die getönten Aufsteckgläser in der Tasche und stand Brille putzend vor dem Geschäft, ehe jemand hineingeschaut hatte oder vorbeigekommen war.

Von da an verließ er das Haus nicht mehr ohne Plastiktüte. Der Hut war drin, der Mantel und eine Krawatte, braune Hautcreme und schwarzes Haarspray, Bart und ein kleiner Spiegel. Aber entweder gab es keinen Beschatter oder er erkannte ihn nicht. Er fuhr nach Brooklyn zur Leiterin des Kindergartens, die ihm ebenso wenig über Françoise sagen konnte wie die ehemalige Leiterin des Frauenkreises in Queens. Er stand wieder lange vor dem polnischen und dem russischen Konsulat, aber als er jeweils weiterging, bemerkte er niemanden, der sich an seine Fersen heftete. Meistens lief er ziellos durch die Straßen, nur um ab und zu verstohlen nach einem Beschatter Ausschau zu halten. Manchmal verirrte er sich. Das war nicht schlimm, früher oder später stieß er auf eine Subway-Station. Das Wetter blieb schwül und gewittrig. Jetzt empfand Georg die Stadt als lebendes Wesen, einen fauchenden Drachen oder einen riesigen Walfisch, den Schiffbrüchige in der Phantasie alter Forscher- und Entdeckerromane als Insel ansehen und betreten. Der Walfisch dünstete seinen Schweiß aus und ließ manchmal seine Fontäne sprühen.

Eines Abends ging Georg mit Helen aus. Er war vorbereitet, hatte überlegt, welche Mitteilungen von sich er dem Ritual des Kennenlernens opfern wollte. Daß er in Deutschland Anwalt gewesen war und in Frankreich als Übersetzer und Schriftsteller lebte – so weit, so gut. Und was machte er in New York? Von Recherchen für ein Buch erzählte er und dann doch auch von Françoise, die er in Cucugnan getroffen hatte und in New York suchte. Eine schiefe Geschichte, er fand das selbst. Mit dem Kellner ging Helen denn auch vertrauter um als mit ihm, den sie freundlich, aber vorsichtig musterte. Sie aßen bei ›Pertutti‹, einem italienischen Restaurant am Broadway, nahe bei ihrer und seiner Wohnung und bei der Columbia University, von der aus Helen oft zum Lunch hierher kam. Ein Lokal, das Georg an die eigenen Jahre an der Universität erinnerte, an Mittag- und Abendessen mit den Freunden.

Georg tat sich schwer mit dem Reden. Nicht nur aus der Angst, zuviel von sich preiszugeben. Er hatte das Reden verlernt. Über Bücher oder Filme oder Politik und dabei zugleich über sich sprechen, Gelesenes und Gesehenes in selbst Erlebtem spiegeln und das selbst Erlebte auf allgemeine Begriffe bringen, Entwicklungen und Beziehungen anderer als Prototypen auffassen und analysieren – dieses intellektuelle Spiel hatte auch er beherrscht und gemocht. Jetzt ging es nicht mehr. Seit dem Wechsel von Karlsruhe nach Cucugnan hatte er nicht mehr so geredet, seit Übernahme des Büros in Marseille kaum noch ein Buch gelesen oder einen Film gesehen. Mit Françoise war es um Alltägliches gegangen. Wenn Freunde aus Deutschland gekommen waren, hatte man sich erzählt, was man gemacht hatte und von den alten Zeiten gesprochen. Georg fühlte sich dumm neben Helen, die von ihren Studenten auf die heutigen Studenten überhaupt kam, von den Märchen, über die sie promovierte, auf die Kurzform der deutschen Prosa und die Zerrissenheit der deutschen Nation im neunzehnten Jahrhundert, auf Nationalismus, Antisemitismus und Antiamerikanismus und auf ihre entsprechenden Erfahrungen als Studentin in Trier.

»Warst du in Trier im Geburtshaus von Marx?«

Sie schüttelte den Kopf. »Du?«

»Nein.«

»Wie kommst du auf Marx?« Nach seinem langen nickenden und lächelnden Schweigen war sie froh über seine Worte. Sie nahm ihr Glas und trank.

»Ich habe neulich an einen Satz von ihm gedacht, der mit dem Verändern und Interpretieren der Welt zu tun hat.« Er versuchte zu erklären, warum es darauf ankommt, das Verhalten anderer nicht so zu nehmen, wie die anderen es meinen, sondern die Bedeutung selbst zu bestimmen.

»Ist das... tun das nicht die Verrückten? Sie kümmern sich nicht darum, was die anderen meinen, sondern sehen darin, was sie wollen.«

»Was sie wollen oder was sie müssen? Falls sie die Wahl haben, leben sie auch in der Freiheit des Agierens statt unter der Notwendigkeit des Reagierens. Im übrigen bedeutet die Freiheit des Agierens nicht automatisch Erfolg und Glück. Und was mir noch einfällt: Wenn die anderen, deren Verhalten dem eigenen vorausliegt, so mächtig sind, daß man eigentlich nur noch reagieren kann, dann ist Verrücktheit vielleicht besser als Unterwerfung.«

Sie verstand ihn nicht. Er verstand sich selbst nicht. »Geht es um solche Sachen in deinem Buch?«

Er schaute ihr ins Gesicht. »Das ist doch keine ernste Frage. Wir sitzen jetzt zwei Stunden zusammen, ich kann nicht einmal gescheit über Studenten, Bücher und Politik reden und soll über Philosophie, oder was das ist, schreiben?«

»Ich sehe vor allem anderen das linguistische Problem.«

»Auch gut. Es tut mir leid, daß ich dich eingeladen habe. Ich habe dir den Abend kaputtgemacht. Ich hatte nicht gewußt, daß ich so«, er fand das rechte Wort nicht, »so gesellschaftsunfähig geworden bin.«

Die Rechnung lag schon lange auf dem Tisch, und er holte das Geld aus der Tasche. Schweigend sah sie ihm zu, wieder die Vorsicht im Blick. Sie standen auf, er ging mit ihr den Broadway hoch, dann nach links zum Riverside Drive. Hier wohnte sie.

»Magst du noch auf ein Glas mitkommen?«

Sie hatten den ganzen Weg nicht gesprochen. Im Lift fragte sie ihn nach seinem Sternzeichen, und er fragte nach ihrem zurück; sie waren beide Krebs. Im Apartment fragte sie ihn nach Françoise.

»Liebst du sie?«

»Ich weiß nicht.«

»Warum weichst du aus?«

»Warum fragst du, ich meine, warum fragst du, ob ich Françoise liebe?«

»Ich möchte mehr über dich wissen, und da muß ich irgendwo anfangen.«

»Ich weiß über dich auch nicht viel.«

»Das stimmt.«

Er sah sie an. Sie hatte auch jetzt ihren vorsichtigen Blick. Vielleicht gilt die Vorsicht gar nicht mir, dachte er, vielleicht ist sie immer da. Was hat sie energische Gesichtszüge. Und trotzdem, und trotz der heute streng zum Pferdeschwanz gerafften Haare schaut sie freundlich. Sie ist hübsch, auf eine herbe Art.

Sie lächelte. »Wollen wir uns wiedersehen?«

»Gerne.« Er saß neben ihr auf dem Sofa, strich mit seiner Hand über ihre und zeichnete mit dem Finger die Adern nach. »Ich habe nur nicht viel Geld. Ist ein Spaziergang im Central Park mit Coke und French Fries auf der Bank o.k.?«

Sie nickte.

»Ja, dann mach ich mich auf den Weg.«

»Bleib.«

So blieb er. Er wachte oft auf und sah sie an, wie sie im hochgeschlossenen Nachthemd auf dem Rücken schlief, die Arme gerade neben dem Körper. Zwischen seinen Füßen schlief die Katze. Die Wärme des gemeinsamen Betts und die Erinnerung an ihre Umarmung war schön. Wie nach Hause kommen. Aber immer, wenn er nach Hause gekommen war, hatte er gezweifelt, ob er noch dahin gehörte.

8

Am nächsten Tag meinte Georg, zweimal denselben Mann mit Halbglatze, hellgrauem Hemd, hellbrauner Hose und schwarzen Schuhen hinter sich zu sehen, war aber nicht sicher. Am Tag darauf stand Georg auf der Sixth Avenue und wartete auf den Bus. Es war vier Uhr, die Straße war voller Betrieb, holte aber noch mal Atem vor der Hektik der Rushhour. Wenn die Ampeln auf Rot schalteten, konnte es, ehe der Verkehr aus den Seitenstraßen brach, für Sekunden fast still sein.

Georg war müde und schaute nur dann und wann auf, ob sein Bus kam. Er hätte nicht zur anderen Straßenseite hinübergesehen, wenn der Lastwagen, der dort geparkt hatte, beim Losfahren nicht das gelbe Taxi gerammt hätte. Und er hätte nicht den Rotschopf bemerkt, der hinter dem Lastwagen gestanden hatte und jetzt langsam weiterging.

Georg sah noch mal die Straße hinunter: kein Bus. Er nahm die Plastiktüte auf, die er zwischen die Beine gestellt hatte, und ging weiter. Nicht so schnell, damit der Rotschopf ihm leicht folgen konnte, aber entschlossen, wie es sich für jemanden gehört, der das Warten satt und sich klar gemacht hat, daß er zu Fuß früher am Ziel ist. Sixth Avenue, 42. Straße, Vanderbilt Street. Während des ganzen Wegs schaute er sich nicht um; wenn der Rotschopf ihm nicht folgte, dann folgte er ihm eben nicht. Ehe er in Grand Central trat, ließ er eine Münze fallen, bückte sich und suchte danach. Passanten drängelten und rempelten ihn an. Einundzwanzig, zweiundzwanzig – er zählte mit zusammengebissenen Zähnen. Neunundzwanzig. Das mußte reichen, damit auch der Rotschopf um die Straßenecke gebogen war und ihn gesehen hatte. Er stand auf und ging in den Bahnhof.

Aha, dachte er, Kathedralen scheinen mein Leitmotiv zu werden. Hohes, flaches Tonnengewölbe, vorne chorfenstergroß und -bunt eine riesige Photographie, Heißluftballone vor dem Start. Wie für ein Schloß entworfen, aber auch einer Kathedrale würdig die breiten Treppen, die nach links und rechts ausholend vom Niveau der Straße zum Boden der Halle hinabführen. In der Mitte der Halle ein rundes Informationshäuschen, eine massige Monstranz aus Stein, durchsichtigem und dunkelblauem Glas und mit einer Kupferkugel obenauf, die aus vier runden Zifferblättern in vier Himmelsrichtungen die Uhrzeit verkündet. Georg ging die Treppe hinab und orientierte sich. Rechts die Fahrkartenschalter, darüber die Tafeln mit den Abfahrts- und Ankunftszeiten. Es war vier Uhr zwanzig, um vier Uhr vierzig fuhr der Zug nach Stamford. Georg kaufte eine Fahrkarte nach White Plains. Jetzt konnte er trödeln. Er schlenderte durch die Halle und sah in die Gänge, die noch tiefer zu den Zügen führten. Er las die zuckenden Buchstaben, die elektronisch Aktien- und Devisenkurse und die Preise für Baumwolle, Kaffee und Zucker anzeigten. Er ging in das Seitenschiff, eine kleine Halle mit einem Stand für Zeitungen und einem für Süßigkeiten, schweren Holzbänken und Wegweisern ›Ladies‹ und ›Men‹. Von den fünf Kassetten der Decke hingen fünf große Kandelaber.

Georg setzte sich auf eine Bank und holte die Zeitung aus der Tüte. Ist er mir gefolgt? Hat er mich im Blick? Georg hatte den Rotschopf beim Trödeln nicht bemerkt, hatte auch nicht auffällig nach ihm Ausschau halten wollen. Kann er mich hier überhaupt diskret beobachten? Oder hat er mich zur Bank gehen sehen und wartet, bis mein Zug fährt und ich wieder in die große Halle komme?

Georg stand auf und folgte dem Wegweiser ›Men‹. Ein Gang, eine Tür, ein großer weißer Raum, auf der einen Seite eine lange Reihe Urinierbecken und Männerrücken, auf der anderen Seite eine lange Reihe weißer Türen. Einer im weißen Kittel putzte die Waschbecken. Er summte eine Melodie, Wasser rauschte.

Jetzt schnell. Tür schließen, Schloß drehen, alles raus aus der Tüte und auf den Boden. Wo kann ich den Spiegel aufstellen, hält er auf dem Kasten der Wasserspülung an den Geldbeutel gelehnt? Georg hockte sich davor, schützte Hals und Gesicht mit dem Taschentuch, sprühte Schwarz aufs Haar, verstrubbelte es und sprühte wieder. Farbreste wegwischen, Hautcreme auftragen, Bart ankleben, Krawatte umbinden. Wie der feige Schuft in einem Mantel- und Degenstück, fand Georg, und mit Brille und getönten Gläsern wie der Winkeladvokat in einem Stummfilm. Immerhin erkannte er sich nur schwer. Als er sich erhob, den Mantel anzog und den Hut aufsetzte, fiel sein Blick auf seine Turnschuhe aus hell- und dunkelgrauem Leder. Er sprühte sie mit dem Rest des Haarsprays ein.

Niemand beobachtete ihn, als er aus dem Klo kam. Auf dem Weg zur Halle versuchte er, anders zu gehen, mit kleineren Schritten und wiegendem Körper. Jetzt, dachte er, jetzt.

Der Rotschopf stand unter dem Plakat, auf dem Snoopy für ›Metropolitan Life‹ warb, und schaute sich um. Georg kaufte am Zeitungsstand die ›New York Times‹, schlug sie auf und blätterte sie durch. Als der Rotschopf weiterging, faltete Georg die Zeitung zusammen, folgte ihm in die große Halle und sah ihn vom oberen Treppenabsatz die Passanten beobachten und die Abfahrtszeiten studieren. Er hatte einen schweren Stand, die Rush-hour hatte begonnen, und in Kaskaden strömten die Menschen die Treppen hinunter.

Dann gab der Rotschopf auf. Er ließ sich die Treppe hinuntertreiben, drängte sich durch die große Halle in die kleine, hielt dort noch mal Ausschau und schmolz in den Strom, der durch den anderen, mit ›Ladies‹ und ›Subway‹ ausgewiesenen Gang floß. Auch Georg ließ sich treiben, eine Rampe und eine Treppe hinunter, durch das Drehkreuz und auf den Bahnsteig. Der Rotschopf stand weiter vorne, Georg kämpfte sich zu ihm durch und, als die U-Bahn kam, mit ihm in denselben Wagen. *Downtown Lexington Avenue Express.* Also weder zum russischen noch zum polnischen Konsulat.

Am Union Square stiegen sie aus. Die Treppe hinauf, durch den kleinen Park mit kümmerndem Gras und lange nicht mehr gestrichenen, aussätzig gefleckten Bänken, am anderen Ende in den hier engen und schäbigen Broadway. Der Rotschopf lief zügig. An der zweiten Ecke trat der Rotschopf in ein Haus.

Georg blieb stehen. Das Haus war alt, schmutziger, brauner Stein, Säulen zwischen den Fenstern. Über dem Erdgeschoß mit vergitterten Schaufenstern zählte Georg neun Stockwerke und ein halbes zehntes, ein auf die Ecke gerücktes Schmuckstück romanischer Bögen und Kapitelle; über dem schmalen Eingang las er ›MacIntyre Building 874‹. Das Haus überragte die umstehenden, hatte bessere Zeiten gesehen und eine schäbige Würde bewahrt.

Die Tür war verschlossen. Da war auch kein Blick in ein Foyer, auf den Aufzug und auf eine Anzeige, an der abzulesen wäre, wo der Aufzug mit dem Rotschopf hinfuhr und anhielt. Neben dem zweiten Klingelknopf konnte Georg ›Anderson‹ entziffern, neben dem fünften stand auf neuer Bronze in geschwungener Gravur ›Townsend Enterprises‹, bei den anderen war die Schrift verblichen oder nie dagewesen.

Was nun? Es war Viertel nach fünf, der Verkehr auf Fahrbahn und Bürgersteig dicht. Georg ging auf die andere Straßenseite und blieb vor den Auslagen eines Sportgeschäfts stehen, den Eingang des MacIntyre Building im Auge. Um Viertel vor sechs kam der Rotschopf heraus, mit Aktentasche und in Begleitung eines jungen Mannes in Jeans und offenem, blauem Hemd. Kurz nach sechs verließ ein Schwung junger Frauen das Gebäude, Georg vermutete Sekretärinnen, und gegen sieben gaben mehrere Herren in dunklen Anzügen einander die Tür in die Hand. Es wurde dunkel, und im fünften und sechsten Stockwerk gingen Lichter an.

Georg war müde. Er schwitzte unter dem Perlon des Mantels, der Bart juckte, und das Kreuz schmerzte. Mit der Erschöpfung kam die Enttäuschung. Jedesmal, wenn die Tür aufging, hatte er auf Françoise gehofft. Oder doch auf Bulnakof. Oder – ach, er wußte auch nicht, worauf.

Alle wissen, daß gut Ding Weile hat. Aber natürlich glaubt niemand, daß es das gute Ding selbst ist, das die Weile hat. Wir lernen von den Eltern oder den Lehrern, daß der liebe Gott vor den Preis den Schweiß gesetzt hat. Daß wir dann, wenn wir machen und schaffen, auf den Erfolg aber auch rechnen dürfen. Was wir nicht lernen, ist warten. Das alles ging Georg durch den Kopf. Wenn er wenigstens einem sicheren Ereignis entgegenwarten könnte. Aber er stand ohne Ahnung, ob er Françoise auch nur um die winzigste Winzigkeit nähergekommen war.

9

Am nächsten Tag kam Georg um sieben Uhr zum MacIntyre Building, hatte Haarspray und Hautcreme, Mantel und Hut weggelassen und sich mit Schnurrbart und Sonnengläsern begnügt. Er ging die gegenüberliegende Straßenseite ab. Bei McDonalds konnte er vom Tisch am Fenster den Eingang im Auge behalten. Er konnte auch auf den Eingang schauen, wenn er sich in das Restaurant an der nächsten Ecke setzte, in dem Frühstück, Hamburger und Hähnchen angeboten wurden. Aber weil er den Blick auf die Klingelknöpfe haben und sehen wollte, auf welchen der Rotschopf drücken würde, mußte er sich in einen gegenüberliegenden Eingang stellen. Nachdem er von allen, die das Haus betraten, befremdet gemustert worden war, bekam er es mit dem Hausmeister zu tun. Was er hier mache? Seine Freundin arbeite gegenüber, komme heute, er wisse nicht wann, von einer Reise zurück direkt zur Arbeit, und er wolle sie abpassen. Bei wem sie denn arbeite. Eben das wisse er nicht, anders würde er nicht hier herumstehen, sondern eine Nachricht hinterlassen. Er wisse nur, daß sie hier arbeite, habe sie hier mehrfach abgeholt. Noch sei sie nicht gekommen.

»Warum fragen Sie drüben nicht einfach?«

Das war so naheliegend und einleuchtend, daß Georg nichts mehr einfiel, was sein Bleiben rechtfertigen könnte. Er überquerte die Straße. Der Hausmeister sah ihm nach. Georg drückte auf den untersten Klingelknopf. Er wußte nicht, was er fragen oder sagen sollte, wußte auch nicht, warum er unter den Augen des Hausmeisters weder einfach gehen noch nur so tun wollte, als klingele er. Die Sprechanlage blieb stumm. Georg klingelte am nächsten Knopf. Der Hausmeister sah ihm weiter zu. Da kam der Rotschopf die Straße hoch. Er lief rasch und ließ die Arme schwingen, Georg drehte sich um und ging davon. Er brauchte alle seine Kraft, ruhig zu gehen. Er hätte rennen mögen. Das Herz schlug ihm im Hals. Nach zwanzig Metern schaute er zurück und sah weder Rotschopf noch Hausmeister.

Am Abend nahm ihn Helen zu einem Baseballspiel mit, New York Yankees gegen Cleveland Indians. Schon von außen sah das Stadion groß aus. Aber als sie über Rolltreppen, Rampen und Treppen zu ihren Plätzen gefunden hatten, war Georg, als säßen sie am oberen Rand eines riesigen Kraters, dessen eine Seite weggesprengt war. Steil senkte sich die obere Tribüne herab; darunter, wie unter einem Balkon, neigte sich eine weitere Tribüne sanft zum Spielfeld. Dort waren der Pitcher und der Catcher und der Batter und wen ihm Helen noch benannte klein wie Spielzeug zu unseren Füßen. Wo der Rand des Spielfelds einen Bogen beschrieb und nicht mehr von der Tribüne, sondern von einer flachen Reihe kinoleinwandgroßer Anzeigentafeln und Bildschirme überragt wurde, sah Georg auf die Häuser der Bronx und darüber den dämmernden Abendhimmel.

Helen erklärte gut, und Georg konnte dem Spiel folgen. Der Pitcher wirft zum Catcher, und der Batter, allein gegen alle anderen, muß versuchen, im Flug den Ball mit einem Stock zu treffen, weit weg zu schlagen und zu einem bestimmten Punkt zu rennen, ehe der Ball dorthin geworfen und dort gefangen werden kann. Immer wieder steht das

Spiel, wechseln die Rollen und die Spieler der Mannschaften, werden die Bälle wie zur Übung oder zum Vergnügen geworfen und gefangen. Das Publikum feuert an und buht aus, klatscht und johlt, aber rast nicht, zerschlägt nichts und verprügelt niemanden. Heiße Würstchen werden feilgeboten, Erdnüsse und Bier. Wie ein Picknick, dachte Georg, und er hatte den einen Arm um Helens Schulter gelegt, in der anderen Hand den Pappbecher und fühlte sich gut.

»Hast du Spaß?« Sie lachte ihn an.

Manchmal stieg der Ball im Scheinwerferlicht steil und hoch auf, ein weißes Rund vor dem dunklen Himmel. Einmal flog eine Möwe durch das Scheinwerferlicht über dem Stadion. Auf einem Bildschirm wurden Spieler vorgestellt und Szenen nachgespielt. Dazwischen schwenkten die Kameras ins Publikum.

»Wo ist das?« Georg fuhr Helen an.

»Was?«

»Da, auf dem Bildschirm, wo sitzen die Leute?« Er hatte Françoise gesehen, ihr Gesicht, ihr Gesicht. Jetzt zeigte die Kamera eine Familie, einen lachenden Dicken mit der Mütze der New York Yankees, zwei schwarze Mädchen, die die Kamera sahen und ihr winkten, alles sekundenschnell.

»Das sind Leute hier im Stadion.« Sie begriff nicht.

»Aber wo im Stadion? Da unten, da drüben? Wo sind die Kameras?«

Er sprang auf und rannte die steilen Treppen hinunter. Unten mußte sie sitzen, die Kamera hatte fast ebenerdig gestaffelte Sitzreihen gezeigt. Georg stolperte, stürzte schier, fing sich, rannte weiter. Ein quer verlaufender Gang, ein Geländer, Wächter in roten Mützen, blauen Hemden und blauen Hosen vor den versetzt fortführenden Treppen – hier begannen bessere Plätze. Georg sprang über das Geländer, über die Rücklehnen dreier leerer Sitzreihen, rannte nach links zur nächsten Treppe und weiter hinunter. Er hatte den Wächter umlaufen, aber der war aufmerksam geworden. Wieder steile

Stufen, wieder trieb es Georg immer schneller voran und hinein in das nächste Geländer. Unter diesem waren die Sitzreihen besetzt, er wollte nach links zur wieder versetzten Fortsetzung der Treppe hetzen, sah den Wächter, rechts dasselbe. Also doch über das Geländer, da wo immerhin ein Platz leer war, durch die Reihe, über die Lehne des nächsten leeren Platzes, dasselbe noch mal, und noch mal die Treppe hinunter.

Dann stand er am Geländer, mit dem die obere Tribüne endet. Und immer noch waren die Spieler und die Zuschauer tief unter ihm. Hatte Françoise etwas Rotes angehabt? Eine Bluse? Sein suchender Blick fuhr die Reihen entlang, sah überall Rot, konnte kaum Männer und Frauen unterscheiden, Jacken, Pullover, Blusen.

»Françoise!« Er schrie, und inzwischen waren die Umsitzenden seiner gewahr geworden, fanden sein Gerenne und sein Geschrei lustig und stimmten ein. »Françoise!« Und noch lauter. »Françoise!«

Als die Wächter kamen, ging Georg ohne weiteres mit. Er hatte nicht auch nur einen Kopf hochschauen sehen. Die Wächter waren freundlich, ließen sich seine Eintrittskarte zeigen und führten ihn zurück zum oberen Gang. Da wartete Helen.

»Es tut mir leid. Aber ich muß ganz nach unten.«

»Wir sind im letzten Inning. Wenn kein Wunder passiert, sind die Indians in zwei Minuten besiegt.«

Er hörte ihr gar nicht zu. »Es tut mir wirklich leid, ich muß wirklich gehen.« Er ging auf den Gang zu, der ins Innere der Tribüne zu den Rampen und Treppen führte. Sie blieb neben ihm. »Geht es um sie? Hast du sie gesehen und nach ihr gerufen? Liebst du sie so sehr?«

»Weißt du, wie ich ganz nach unten komme? Zu den vorderen Reihen?« Er lief schneller. Solange es nur nach unten ging.

»Es ist aus, das Spiel ist zu Ende. Hör doch!«

Er blieb stehen. Aus dem Stadion klang rhythmisches Klatschen und »Yanks, Yanks«. Und binnen Sekunden strömten die Menschen auf die Gänge, Rampen und Treppen.

»Aber ich muß...«

»Im Stadion sind vierzigtausend Menschen.«

»Vierzigtausend im Stadion sind besser als die ganzen Millionen in New York«, beharrte er eigensinnig, konnte aber schon nicht mehr stehenbleiben, um mit Helen zu argumentieren. Sie wurden treppab gedrängt und auf die Straße gespült. Auf dem Weg zur U-Bahn und in der U-Bahn reckte Georg den Kopf und sah sich um.

»Was hättest du gemacht, wenn... Ich meine, was machst du, wenn du sie gefunden hast?« Helen stand mit ihm vor ihrem Haus und spielte an den Knöpfen seines Hemds.

Er brachte keine Antwort zustande. Alles hatte er schon phantasiert: den wütenden Ausbruch, den überlegenen Abgang, die stürmische und die verhaltene Versöhnung.

»Willst du wieder mit ihr zusammen kommen?«

»Ich...« Er stockte.

»Die, um die man so hart kämpfen muß, mit denen wird es nichts. Zuerst ist es der Himmel auf Erden, daß du sie hast. Aber dann... Wie soll sie dir vergelten können, was du für sie gelitten hast? Warum soll sie's dir überhaupt vergelten wollen? Hat sie dich darum gebeten?«

Er schaute nur traurig.

»Du kannst mich ja die Tage mal anrufen.« Sie gab ihm einen Kuß auf die Wange und ging.

Georg kaufte ein Bier und setzte sich auf eine Bank im Riverside Park. Er hatte keine Ahnung, wie es weitergehen, was er weitermachen sollte. Morgen, sagte er sich, morgen werde ich alles entscheiden. Oder es entscheidet sich von selbst. Vielleicht wollen wie das gute Ding auch die guten Entscheidungen Weile haben. Vielleicht fällen wir sie nicht, sondern sie fallen einfach.

10

Am nächsten Morgen verwandte Georg mit brauner Hautcreme und schwarzem Haarspray, Schnurrbart und getönten Gläsern, Jackett und Krawatte viel Sorgfalt auf die Verwandlung. Gestern war der Rotschopf um Viertel nach acht aufgetaucht; Georg wartete um acht beim Sportgeschäft, sah den Rotschopf kommen, ging über die Straße und erreichte gleichzeitig mit ihm die Eingangstür. Sah nett aus, pubertätszernarbtes Gesicht, aber klare blaue Augen, kaugummitrainierte Backen und lachbereiter Mund. Mit dem grauen Anzug und der Aktentasche aus Büffelleder konnte er jeder Investment Bank oder jedem Law Office Ehre machen. Er sah Georg indifferent, vielleicht ein bißchen neugierig an und klingelte beim vierten Knopf. Georg drückte auf den achten.

»Wird wieder ein heißer und feuchter Tag.«

»Mhm.«

Die Tür summte und ging auf. Im Flur und auf der Treppe lag graues Papier, Holzpaneele und Treppengeländer waren abgeschmirgelt, und an den Wänden hatte man mit einem neuen Anstrich begonnen. Statt der Lifttür zwei Balken über Kreuz.

»Die arbeiten immer noch am Lift. Sie haben einen ganz schönen Weg vor sich.«

»Immerhin habe ich für den halben Weg Gesellschaft.«

Das Papier rutschte auf der Treppe. Im dritten Stockwerk begann neuer dunkelgrauer Teppichboden, die Wände waren hellgrau und das Holzwerk bordeauxrot gestrichen. Es roch noch nach der frischen Farbe. Im vierten Stock wünschte der Rotschopf einen guten Tag und schloß eine schwere Metalltür ohne Aufschrift auf. Georg stieg weiter. Im fünften Stock eine braungetönte, undurchsichtige Glastür, darauf in goldenen Buchstaben ›Townsend Enterprises‹, im sechsten und siebten Stock wieder die Metalltür ohne Aufschrift. Im achten Stock war sie angelehnt. Georg schob sie auf.

Das Stockwerk war leer. Auch hier frischer Anstrich, Papier auf dem Boden, Malerleitern und Tapeziertische. Vom Eckfenster sah Georg hinter geteerten Dächern mit hölzernen Wasserbehältern den Union Square, weiter weg die beiden Türme des World Trade Center. Der Rotschopf mußte wissen, daß der achte Stock leerstand. Was er denken mochte?

Georg stieg die Treppe hinab und klingelte bei Townsend Enterprises. Mit leisem Klicken schwang die Tür weit auf und gab den Blick in einen großen Raum und auf eine meterbreite und -hohe Weltkarte, eine Einlegearbeit aus Gold und Bronze, frei. Georg trat ein, hinter ihm fiel die Tür ins Schloß, und aus dem linken der beiden seitlich führenden Gänge kam eine junge Frau in rosa Bluse und grauem Kostüm, mit hochgestecktem, überbordendem schwarzen Haar und häßlich geschwungener rosa Brille.

»Kann ich Ihnen helfen?«

»Ich habe im achten Stock nach der Kanzlei Webster, Katz und Weingarten gesucht – wissen Sie, wohin das Büro umgezogen ist?«

»Wir sind selbst erst vor zwei Wochen eingezogen, über die alten Mieter weiß ich nicht Bescheid. Ich will gerne im Telefonbuch nachsehen.«

»Machen Sie keine Umstände.« Im Umdrehen sah er, daß sie auf Lima drückte, ehe die Tür aufsprang. Und er sah im rechten Gang die Wendeltreppe, die ein Stockwerk tiefer führte.

Vom nächsten Telefon rief Georg Mr. Epp an. »Wissen Sie, ob beziehungsweise wie sich feststellen läßt, um was für eine Gesellschaft es sich bei Townsend Enterprises, 874 Broadway, handelt?«

»Sie können einen Credit Report einholen.«

»Wo mache ich das?«

»Das will ich gerne erledigen. Rufen Sie mich in ein paar Stunden wieder an.«

Nach zwei Stunden erfuhr Georg, daß Townsend Enterprises seltene Hölzer und Metalle importierte und vor einem halben Jahr bankrott gegangen und übernommen worden war.

»Von wem übernommen?«

»Darüber sagt der Report nichts.«

»Wo ein Verkäufer ist, muß doch ein Käufer sein.«

»Natürlich. Aber der Käufer ist mit Townsend Enterprises am Kreditmarkt nicht in Erscheinung getreten.«

»Das heißt?«

»Das heißt, daß er kein Geld aufgenommen hat, um das Unternehmen zu übernehmen. Wenn Sie, sagen wir, ein Apartment am Central Park South kaufen und Cash zahlen, dann gibt's über Sie auch keinen Credit Report. Das ist ein schlechtes Beispiel, weil Sie sich mit der halben Million Dollar Cash verdächtig machen würden. Und es stimmt auch nicht, daß der Käufer kein Geld aufgenommen hat, muß jedenfalls nicht stimmen. Wenn er mit dem, was er sonst hat, für das nötige Geld gut ist, dann ist dem Kreditgeber egal, ob er damit Townsend kauft oder nach Jamaica fährt.«

»Und wie finde ich den Käufer?«

»Wenn er von Ihnen oder von jemandem wie Ihnen nicht gefunden werden will, ist nichts zu machen.«

»Wer hat verkauft?«

»Das können Sie versuchen. Townsend Enterprises haben einem Mr. Townsend gehört, der eine Adresse in Queens hatte. Vielleicht hat er sie noch. Wollen Sie sie haben?«

Georg ließ sich die Adresse geben, fuhr nach Queens und war nach dem Besuch bei Townsend so klug wie zuvor. Nein, er werde nichts sagen. Nein, er wolle Georg nicht hineinlassen und anhören, worum es gehe. Nein, es sei ihm egal, ob die Angelegenheit wichtig sei. Nein, er gebe auch gegen Geld kein Interview. Er nahm nicht einmal die Kette von der Tür.

Zu Hause telefonierte Georg nach Deutschland. Es kostete ihn mehr Geld, als er noch hatte. Aber am Ende hatten ihm die Eltern und zwei Freunde siebentausend Mark versprochen, telegraphisch, wenn's denn sein müsse.

Dann rief er Helen an. »Können wir uns heute abend treffen? Ich habe ein Problem, mit dem ich nicht weiterkomme und über das ich gerne mit dir reden würde.« Der Anruf fiel ihm nicht leicht. »Klar«, sagte sie zögernd.

11

Sie trafen sich wieder bei ›Pertutti‹ und mußten warten, bis ein Tisch frei war.

»Wie hast du den Tag verbracht?«

»Ich habe geschrieben.«

»Was?«

»An meiner Doktorarbeit.«

»Woran bist du gerade?«

»Nun, die Brüder Grimm haben mehrere Fassungen ihrer Märchen vorgelegt, und... ach, laß das. Du interessierst dich nicht dafür und ich mich jetzt auch nicht. Wenn du noch nicht anfangen willst, was du mit mir reden möchtest, dann sag halt nichts. Kannst du doch so gut.«

Sie schwiegen, bis sie saßen, bestellt und den Wein vor sich hatten.

»Es geht um das Mädchen aus Frankreich, von dem ich dir erzählt habe.«

»Die, die du suchst? Soll ich dir suchen helfen?«

Er drehte das Weinglas zwischen den Handflächen hin und her.

»Also das ist es. Findest du nicht... Du schläfst mit mir, möchtest eigentlich mit ihr zusammensein, und jetzt soll ich dir auch noch helfen, daß du wirklich mit ihr zusammenkommst. Findest du nicht, daß da was nicht stimmt?«

»Helen, es tut mir leid, wenn ich dir weh getan habe. Ich habe das nicht gewollt. Ich fand die Nacht mit dir schön, und ich habe nicht an Françoise gedacht, als wir zusammen geschlafen haben. Du hast mich gefragt, ob ich sie noch liebe –

ich weiß es wirklich nicht. Aber finden muß ich sie. Ich muß wissen, was zwischen uns gewesen ist, ob ich es mir nur eingebildet habe. Ich traue nichts und niemandem und vor allem mir selbst und meinen Gefühlen nicht mehr. Ich… Es ist, als ob alles blockiert ist, bremst, knirscht.«

»Was hast du dir eingebildet?«

»Daß zwischen uns alles stimmt. So stimmt, wie ich es noch nie mit einer Frau erlebt habe.«

Helen sah ihn traurig an.

»Ich kann dir nicht die ganze komplizierte Geschichte erzählen. Ich denke, daß du es verstehst, wenn ich dir erzähle, was ich dir erzählen kann. Wenn du nicht willst«, er sah auf die Spaghetti, die die Kellnerin gebracht hatte, »wenn du nicht willst, dann essen wir einfach unsere Spaghetti.« Er streute Käse. »Du hast mir gestern abend gesagt, ich muß wissen, was ich will. Ich will nicht nur Françoise finden, ich will auch mein Leben wieder auf die Reihe kriegen. Ich will endlich wieder normal mit Menschen zu tun haben, von mir erzählen, von ihnen hören, um Rat fragen, wenn ich nicht weiter weiß, und auch um Hilfe bitten. Du hast es neulich vielleicht nicht ernst genommen, aber es stimmte wirklich: Ich bin gesellschaftsunfähig geworden. Ich glaube, wenn ich so weitermache, werde ich tatsächlich verrückt.« Er lachte. »Daß die Menschen mich mit offenen Armen wieder aufnehmen – mir ist klar, daß ich das nicht erwarten kann und daß ich mich nicht zurückziehen und bemitleiden darf, wenn es nicht so kommt.« Er drehte die Spaghetti um die Gabel. »Weißt du, wahrscheinlich kann ich schon froh sein, daß ich dich überhaupt fragen konnte.«

»Und was ist die Frage, bei der du froh sein kannst, daß du fragen konntest, ob du sie fragen kannst?«

»Oh, du hast wieder ein linguistisches Problem gefunden.«

»Ein logisches. Und nicht gefunden, sondern gemeistert. Leg los.«

Er schob den vollen Teller zur Seite. »Ich weiß nicht einmal ihren Namen. In Frankreich nannte sie sich Françoise Kramski, aber ich bin sicher, daß sie nicht so heißt. Der französische und polnische Hintergrund, nach dem der Name klingt – er kann stimmen oder auch nur zu ihrer Rolle gehört haben. Sie hat die Rolle einer Polin gespielt, die für den polnischen oder russischen Geheimdienst arbeiten muß, weil ihre Eltern und ihr Bruder in Polen in Gefahr sind. Vielleicht ist das so, vielleicht nicht. Jedenfalls hat sie in New York gelebt, und ich glaube, sie lebt noch hier, seit gestern abend mehr denn je.«

»Woher weißt du, daß sie hier gelebt hat?«

Georg erzählte vom Plakat in ihrem Zimmer in Cadenet, von seiner Suche im Umfeld der Kathedrale, von seinem Gespräch mit Calvin Cope. »Und gestern abend warst du dabei.«

»Heißt das, daß alles, was du gewußt hast, als du nach New York gekommen bist... daß du nicht mehr gewußt hast, als daß sie ein Plakat von einer New Yorker Kirche aufgehängt hatte? Bei mir hing lange Schloß Gripsholm an der Wand.«

»Aber du hast vermutlich nicht verheimlicht, daß es sich um Schloß Gripsholm handelt. Françoise hatte die Unterschrift abgeschnitten und von der Hochzeitskirche der Eltern in Warschau geredet. Wie auch immer – ich weiß jetzt, daß sie vor ein paar Jahren in einer Theatergruppe an der Kathedrale mitgespielt hat. Und damals jedenfalls nicht als Polin oder Russin aufgefallen ist. Sie spricht also nicht nur Französisch, sondern auch Amerikanisch, beides anscheinend fließend.«

»Und Polnisch.«

»Das weiß ich nicht. Ich kenne die Sprache nicht.«

»Das konnte sie nicht wissen. Sie mußte darauf gefaßt und vorbereitet sein, daß du polnisch sprichst. Red weiter.«

»Ich bin schon fast am Ende. Vieles spricht dafür, daß ihr damaliger Auftraggeber ein Büro in Chelsea hat, und es spricht nichts dagegen, daß er auch ihr heutiger Auftraggeber ist.«

»Du hast die Adresse?«

»Ja.«

»Und warst dort?«

»Ein paarmal, habe sie aber weder raus- noch reingehen sehen.«

»Du willst also sagen... hier in Manhattan... du willst sagen, daß der polnische oder russische Geheimdienst hier in Manhattan eine Filiale betreibt? Und daß du die Adresse weißt? Sechzehnte Straße, siebtes Stockwerk, dreimal klingeln, KGB?«

»So natürlich nicht. Aber in Cucugnan hat man mich bedroht, verfolgt, verprügelt, und hier hat man mich beschattet, und ich kann mir keinen anderen Reim darauf machen, als daß es derselbe polnische oder russische Geheimdienst ist. Und der Bursche, der mich beschattet hat, beginnt morgens in der Chelsea-Adresse seinen Arbeitstag und kehrt abends nach getaner Beschattung dorthin zurück.«

»Deine Spaghetti werden kalt.«

Er zog den Teller heran und aß. »Sie sind schon kalt.«

Sie hatte fertig gegessen. »Und jetzt möchtest du von mir wissen, wie du nach Françoise weitersuchen sollst. Weil ich in New York lebe und für eine Suche in New York Ideen haben könnte. Gut, meine Ideen kriegst du. Aber ob es dir paßt oder nicht, du kriegst auch meine Ideen zu den Bruchstücken deiner Geheimdienstgeschichte, die du mir erzählt hast. Erstens. Wenn du dein Mädchen in den Fängen eines Ostblockgeheimdienstes sehen und meinen solltest, du könntest und müßtest sie daraus befreien – Quatsch. Wenn sie in irgendwelchen Fängen ist, dann kann der CIA sie allemal besser befreien als du, und wenn sie nicht zum CIA geht, dann entweder kann oder will sie nicht befreit werden. Zweitens. Zum CIA solltest auch du gehen. Ich weiß nicht, was du mit dem KGB zu tun hattest und was du mit ihm zu tun haben willst. Du hättest eben dein Gesicht sehen sollen, als du erzählt hast, daß sie dich verhauen haben. Willst du jetzt sie verhauen? Erpressen, daß sie dir dein Mädchen wiedergeben? Entschädigung für bezogene Prügel kassieren? Vermutlich sind Geheimdienste nie ihr Geld wert, aber wenn sie mit einem wie dir nicht fertig würden, würde niemand auch nur einen Dollar in sie investieren. Jetzt hab ich drittens und zweitens miteinander vermengt, macht auch nichts. Zum CIA gehen – auch die Finger von der Sache lassen und gar nichts machen, wäre nicht dumm. Ich weiß nicht genau, was es ist – ich mag Chelsea, und es läßt mich nicht kalt, wenn ich von einem KGB-Büro in Chelsea höre. Da ist die Reinigung, da das Sportgeschäft, da gibt's die schicken Blusen und da die schönen Portfolios, da hat ein Restaurant aufgemacht und da, na ja, da ist der KGB eingezogen – es paßt mir einfach nicht. Ist dir das völlig egal?«

»Herrgott noch mal, Helen, die haben mich fertiggemacht, meine Liebe ausgenützt und mein Können, haben meine Existenz in Cucugnan kaputtgemacht, mich zusammengeschlagen. Sie haben einen Unfall provoziert, bei dem einer umgekommen ist. Und sie haben meine Katzen erschossen.«

»Sie haben was?«

Georg erzählte. »Vielleicht ist es das, womit sie die freie Welt bedrohen. Ich meine nicht Unfälle provozieren und Katzen erschießen, sondern Leute manipulieren. Dann mag meine... meine Rache, wenn du so willst, etwas mit dem weltweiten Kampf zwischen Gut und Böse zu tun haben. Aber das berührt mich nicht, und ob sie in Chelsea oder Moskau oder Cadenet sitzen, ist mir auch egal, völlig egal. Ich will sie mit dem, was sie mit mir gemacht haben, nicht davonkommen lassen. Ja, ich will Geld von ihnen, auch wenn es die Katzen nicht lebendig macht und Maurin, den ich nicht leiden konnte, aber der kein übler Kerl war und mir nichts getan hat. Ich will Geld, weil sie mein Leben miserabel gemacht haben und ich nicht weiter miserabel leben will. Und weil es eine Niederlage für sie sein wird.«

Sie zuckte die Schultern. »Ich verstehe dich nicht. Aber gut, ich habe dir meine Ideen versprochen. Du hast ein Bild von

Françoise? Ich würde in die ausländischen Buchhandlungen gehen, in die französischen und polnischen oder russischen, ich weiß nicht, wo sie sind, aber daß es sie gibt. Ich würde in die entsprechenden Bibliotheken gehen. Ich würde in die Restaurants in der Nähe des Büros gehen. Und vor allem anderen – sie war an der Kathedrale in einer Theatergruppe und wird auch hier gewohnt haben, und wenn sie so gut französisch und polnisch kann, hat sie studiert, vermutlich hier an Columbia. Ich würde im French und im Russian Department fragen.«

»Hast du da Kollegen?«

»Du kannst mir ein Bild geben, vielleicht kann ich jemanden fragen.« Sie steckte es kopfschüttelnd ein. »Und wenn du dein Geld hast und vielleicht sogar dein Mädchen – läßt du sie dann hochgehen?«

»Hochgehen – das heißt doch nur, daß sie ausgewiesen, abgeschoben werden. Da war einer, Bulnakof, der Kopf in Cadenet, den ich hätte erschlagen oder erwürgen können. Dachte ich oft. Aber ich könnte es nicht, und wenn ich es könnte, würde ich mich nicht mehr mögen.«

»Die Katzen, ich denke an deine Katzen. Waren sie wie Effi?« Sie kniff die Augen zusammen, preßte die Lippen aufeinander, und ihr Gesicht war Trauer und Abscheu.

»Eine war weiß, die andere getigert, die dritte war schwarz mit weißen Pfoten. Drei Jahrgänge, und der kleine Dopy tanzte Sneezy auf der Nase herum wie Sneezy im Vorjahr dem alten Schneewittchen.«

»Die Namen aus Schneewittchen... Was ich nicht begreife... Du hast gesagt, daß sie deine Existenz in Cucugnan zerstört haben – warum haben sie das gemacht und warum konnten sie es?«

»Ich weiß nicht. Sie müssen einen Draht zum französischen Geheimdienst haben.«

»Der polnische oder russische Geheimdienst zum französischen? Das macht doch keinen Sinn.«

»Frag mich nicht. Jedenfalls bekam ich keine Aufträge mehr und hatte Ärger, wo's nur geht, mit der Gemeinde und der Polizei und der Bank und dem Vermieter.«

»Was sollten die davon haben?«

»Das hab ich mich auch gefragt. Vielleicht wollten sie, daß ich ausgestoßen, als unglaubwürdig abgestempelt war. Ich hätte mit meiner Geschichte zu niemandem mehr gehen können.«

»Und du stellst dir vor, daß sie über den französischen Geheimdienst auch von deiner Reise nach New York erfahren haben?«

»Muß wohl so gewesen sein. Jedenfalls hat mich der französische Zoll gründlich ausgefragt, als ich nach Brüssel und auf das Flugzeug nach New York gefahren bin, und von denen könnte es der französische Geheimdienst erfahren haben und von denen der polnische oder russische.«

»Mir gefällt das alles nicht.«

Georg spürte, daß Helen nach wie vor fand, er müsse zum CIA gehen. Hatte sie recht? Sie hatte nicht von der Bedrohung der nationalen amerikanischen oder europäischen Sicherheit gesprochen. Gleichgültig, wo der Geheimdienst seine Büros hat, er hat sie, und daß ihm sein Geschäft saurer wird, wenn die Bürger ihn beobachten und melden, wenn sein Personal ausgewiesen wird und seine Filialen umziehen müssen, kann für die Belange der nationalen Sicherheit vernachlässigt werden. Daß Helen mit ihrer Liebe zu Chelsea argumentiert hatte, nahm Georg ernst. Da war was dran. Andererseits fand er die Vorstellung hübsch, daß eine Stadt ein kleiner Spiegel der ganzen Welt ist und Wohnen und Arbeiten, Geschäfte und Kirchen, Armut und Reichtum, schwarz und weiß, CIA und KGB in sich birgt. Das mochte er an New York: es ist die ganze Welt, ganzer als die deutschen Mittelschichtsstädte. Er versuchte, es Helen zu erklären. Sie war nicht zu überzeugen.

12

Georg fragte in ausländischen Buchhandlungen und Bibliotheken nach Françoise. Er zeigte ihr Bild an den Kassen und
Theken der Restaurants und Geschäfte, die in der Nähe des
MacIntyre Building lagen und bei denen es Lunch gab.
Nichts. Jeden Abend rief er Helen an und holte zu immer
weitschweifigeren Entschuldigungen aus, denn sie hatte ihn
anzurufen versprochen. Noch hatte sie niemanden erreicht.

Es kümmerte ihn nicht mehr, ob er beschattet wurde. Am
letzten Tag seiner Recherchen in der Gegend um das MacIntyre Building ging er in ein Lokal und sah, als er in der
Schlange stand und auf einen Tisch wartete, den Rotschopf
beim Lunch. Im Lokal war viel los, die Kellner hetzten mit
vollen Tabletts, und der Chef wies mit lauter Stimme die Tische zu. Der Rotschopf aß einen Hamburger, trank eine Cola
und hatte die Zeitung vor sich. Ein Stammgast bei der Mit-
tagspause.

Georg löste sich aus der Reihe, ging zwischen den Tischen
durch und setzte sich zum Rotschopf. Der schaute auf, für einen Augenblick überrascht, dann geschäftsmäßig gelassen.

»Lassen Sie sich's schmecken. Wir müssen uns einander
nicht vorstellen. Sie kennen mich besser als ich Sie, aber ich
weiß genug über Sie, um Sie um die Übermittlung einer
Nachricht zu bitten. Zu Ihrer… zu Ihrer Organisation gehört
ein Herr, den ich sprechen möchte. Er hat unlängst in Frankreich gearbeitet, arbeitet vielleicht noch dort, ich weiß es
nicht. Er nannte sich Bulnakof, ist klein, dick, um die sechzig.
Sie kennen ihn?«

Der Rotschopf sagte nichts, nickte weder noch schüttelte er
den Kopf.

»Eben den möchte ich sprechen. Sie werden über seine Zeit
nicht verfügen – er soll mich anrufen, wir können dann ein
Treffen ausmachen. Sagen Sie ihm, daß es wichtig ist. Und ich
will nicht dramatisch werden, aber sagen Sie ihm auch, mich

umzubringen wäre keine gute Idee. Ich habe alles, was ich weiß, aufgeschrieben und weggeschickt, und wenn ich nichts mehr von mir hören lasse, geht es an Mermoz, an die Polizei und an die Presse.«

»Darf ich Ihre Bestellung aufnehmen?« Der Kellner stand am Tisch.

»Bringen Sie mir ein Coke.«

»Diet?«

»Classic.«

»Haben Sie einmal daran gedacht, Ihr Haar zu färben?« Georg fühlte sich wie die drei Musketiere zusammen. Der andere strich sich mit der Hand über den roten Schopf. Nein, er sah doch nicht nett aus. Die Augen waren zu klein, und die Nase war zu breit. Georg wartete nicht auf seine Cola. Er stand auf.

Als er draußen war, kam die Angst. War ich verrückt? fragte er sich. Wie kann ich wieder zurück? Abreisen? Hat er mir angesehen, daß ich gar nichts aufgeschrieben und abgeschickt habe? Er schaute sich um, sah die leere gelbe Taxe kommen, winkte und stieg ein. Nach Hause. Die Fahrt dauerte eine halbe Stunde, und in Georgs Kopf kreisten die Gedanken. Ihm brach der Schweiß aus, er sah auf Straßen, Verkehr und Passanten mit großer Eindringlichkeit. Die Kutsche, die in den Central Park bog, Columbus auf der hohen Säule, die Oper, die Kinos, die Restaurants, die ihm zu teuer gewesen waren und die er für bessere Zeiten vorgemerkt hatte, die Bänke auf dem Mittelstreifen des Broadway, wo er einmal einen Nachmittag vertrödeln wollte, der kleine Park an der 106. Straße, dessen Gras, Bäume und Bänke vom Verkehr grau geworden waren, die Feuerleitern an den Hauswänden.

Mit zitternden Knien wartete er auf den Aufzug. Helen war es neulich nicht gut gewesen, sie hatte »meine Beine sind wie Nudeln« gesagt, er hatte »al dente« gefragt, und sie hatte gelacht. Die läppische Szene kam ihm jetzt als der Inbegriff fröhlicher Normalität vor. In seinem Zimmer legte er sich aufs Bett. Er schlief ein und träumte von Françoise, Bulnakof und vom Rotschopf, wurde verfolgt und rannte, rannte, rannte. Dann saß er im Central Park auf einem Felsen. Die Wolken hingen tief und schwarz, aber die Sonne hatte ein Loch gefunden und ließ die Farben leuchten. Es war ganz still. Georg spielte mit dem Gras und zog an einem Halm. Als er mit langer Wurzel aus der Erde kam, erklang ein Wimmern, wurde lauter und rollte als dröhnendes Heulen durch den Park. Georg wachte schweißnaß auf. Unten auf der Straße war ein Polizeiauto vorbeigefahren, er hörte die Sirene in der Ferne verklingen. Er stand auf und duschte sich. Die Furcht war weg. Von ihm aus konnte es losgehen.

13

Der Anruf von Townsend Enterprises kam am nächsten Morgen um zehn Uhr.

»George, Telefon.« Larry rief aus der Küche, wo das Telefon stand und er beim Frühstück saß, und sagte dann leise: »Es ist eine Frau, aber nicht Helen.« Sie waren am Abend zu dritt essen gegangen. Georg hatte viel geredet, gescherzt, geflirtet und von Helen und Larry verwunderte Blicke bekommen. Was war mit dem schweigsamen Wohngefährten und schwierigen Bettgenossen? Als Georg Helen nach Hause brachte, kamen sie vor dem Foodmarket bei einem Bettler vorbei, Helen tat etwas in seinen Styroporbecher hinein und erzählte, wie sie in den ersten Wochen in New York von der großen Armut entsetzt und bewegt in alle Becher gab, bis ein Mann sie fragte: »He, warum werfen Sie einen Quarter in meinen Kaffee?« Georg schüttete sich aus vor Lachen und hatte später das Gefühl, daß Helen ihn gerne mit hoch genommen hätte, seine plötzliche Leichtigkeit und Fröhlichkeit aber einfach unheimlich gefunden hatte. Zu Françoise wußte sie noch nichts.

»Mister Polger? Townsend Enterprises. Mister Benton würde sich freuen, wenn Sie heute nachmittag vorbeikommen könnten. Sie haben unsere Adresse?«

»Sagen Sie Mister Benton, daß ich um vier da bin.« Georg legte auf, merkte Larrys Neugier, sagte aber nichts. Der Kaffee war fertig, Georg nahm eine Tasse auf sein Zimmer, holte Papier und Feder. »Lieber Jürgen, es wird Dich verblüffen, von mir einen Brief aus New York zu bekommen. Es wird Dich noch mehr erstaunen, daß ich Dich bitte, den beiliegenden Umschlag nur dann zu öffnen, wenn Du in vier Wochen nichts von mir gehört hast. Das klingt nach Räuber- und Gendarmromantik, nach Flaschenpost, Geheimschrift und Schatzsuche, klingt albern, ich weiß. Vielleicht erinnert's Dich an die Spiele, die wir früher gespielt haben. Vielleicht klingt es Dir aber auch gar nicht kindisch, ich weiß nicht, an was Du Dich als Amtsrichter in Mosbach hast gewöhnen müssen. Wie auch immer – ich bin Dir sehr dankbar, hoffe, bald mehr von mir hören zu lassen, und grüße Dich, Anne und die Kinder in alter Treue…« Dann schrieb Georg auf, was er erlebt hatte, wußte, ahnte und fürchtete, steckte den dicken Stoß in einen Umschlag, zwängte diesen mit seinem Brief in einen weiteren und ging zur Post. Er wußte nicht, ob man ihn beobachtete. Aber vor seinem inneren Auge hatte er die Szene, wie er zum Briefkasten ging, einwarf, weiterging, und dann krachte es, schoß die Flamme aus dem Kasten und flatterten die Briefe über den Broadway. Die Post würden sie nicht sprengen.

Um vier Uhr stand Georg vor dem MacIntyre Building. Die Tür war offen, im Treppenhaus arbeiteten Maler. Dieselbe dunkelhaarige Schönheit mit der häßlichen Brille ließ Georg ein und bat ihn in einen kleinen Konferenzraum ohne Fenster. »Mister Benton kommt in wenigen Minuten.«

Der Raum war düster. Aus einem Spalt zwischen abgesenkter Decke und Wand floß trübes Licht. Ein schwerer Tisch aus dunklem Holz, darum herum sechs Stühle mit dunklem Leder, in die Wand eingelassen ein leerer, schwarzer Bildschirm. Die Klimaanlage rauschte.

Georg schaute sich nach einem Dimmer um, wollte das Licht heller stellen. Aber da war kein Schalter, und an der Tür war auch kein Knauf. Mit leisem Knacken und Knistern kam Leben in den Bildschirm, ein kleines Bild in der Mitte, das größer wurde, auf Georg zukam und dann den ganzen Schirm füllte. Viel Schwarz und huschende gelbe und rote Lichter, erst nach einer Weile erkannte Georg, daß er Aufnahmen aus einem fahrenden Auto sah, gelbe Scheinwerfer und rote Rückleuchten, zuckend im Schütteln des Autos, aus dem sie gefilmt worden waren. Manchmal kamen Kühlerhaube, Scheibenwischer, Rand der Windschutzscheibe oder des Lenkrads ins Bild. Das Auto fuhr schnell, die gelben Scheinwerfer rasten vorbei. Es folgte einem anderen Auto, blieb hinter dessen roten Rückleuchten auf der rechten Straßenseite und wechselte mit ihnen zum Überholen auf die linke. Die Überholmanöver waren ruckartig und rücksichtslos, einmal schoß das entgegenkommende Lichterpaar wie sprühende Funken nach links aus dem Bild. Der Film war ohne Ton.

Der Verkehr wurde dünner. Als keine gelben Lichter mehr entgegenkamen und nur noch ein Paar roter Rückleuchten vorausfuhr, schob sich das Auto nach vorne neben das andere. Die Kamera schwenkte in dessen Inneres, auf das Profil des Fahrers, die Hände am Lenkrad. Ein paarmal hüpfte das Bild, zeigte Wagenhimmel und Hosenbeine, als hätten Schläge die Hand verrissen, die die Kamera führte. Eine kurze Weile konnte Georg gar nichts erkennen.

Dann waren beide Autos im Bild. Sie hielten, das eine hatte das andere an die Böschung gedrängt. Im Licht der Scheinwerfer schlugen zwei Männer einen dritten zusammen. Mechanische, pumpende Bewegungen. Der dritte ging zu Boden, die beiden traten auf ihn ein. Die Kamera kam auf den blutigen Kopf des reglos Liegenden zu, zeigte das Gesicht von der Seite, eine Schuhspitze, die den Kopf drehte, das Gesicht von vorne. Mit leisem Knacken verschwand das Bild in die Tiefe des Schirms. Georg kroch die Kälte den Rücken hoch. Das war er gewesen. Sie hatten gefilmt, wie sie ihn auf der Rückfahrt von Marseille zusammengeschlagen hatten.

»Mein junger Freund!« Die Tür ging auf, das Licht wurde hell, Bulnakof lärmte jovial. Genauso dick, aber statt des Hemds mit offenem Kragen, aufgerollten Ärmeln und Schweißflecken ein dreiteiliger blauer Anzug. Ein Hauch von Eau de Toilette. Sein Englisch hatte den gleichen harten Klang wie sein Französisch. »Daß Janis Sie aber auch in diese Koje setzen mußte. Kommen Sie hoch in mein Büro.«

Georg folgte Bulnakof an der Weltkarte vorbei und über die Wendeltreppe in den nächsten Stock, in einen leeren Raum mit großen Bildern von Bäumen und durch eine Doppeltür. Bulnakof redete und redete. »Nicht wahr, das ist etwas anderes als das Büro in Cadenet? Allerdings hätte ich mir hier einen grünen Teppich gewünscht. Sie haben's ein bißchen übertrieben mit der Farbe des Holzes, finde ich, und ohne das Grün der Blätter kein Braun des Holzes. Was habe ich um die Baumbilder kämpfen müssen. Ach, das Improvisieren da unten im Süden hatte auch seinen Charme. War überhaupt eine schöne Zeit. Aber, was heißt da unten im Süden? Sie wissen, daß New York auf demselben Breitengrad wie Rom liegt? Unsere feuchte Hitze haben Sie ja schon reichlich erlebt. Fährt er einfach nach New York, in die neue Welt. Sie nehmen's nicht übel, wenn ich Ihnen sage, daß mich das überrascht hat, daß ich es Ihnen nicht zugetraut hätte. Aber nun sind Sie hier, und ich sage: Willkommen in der City und willkommen in meinem Büro.« Er schloß die Tür. Sie standen im Eckzimmer, zwei Seiten Fenster, eine Wand kahl, eine mit dem Bild zweier Liegestühle unter einem Sonnenschirm vor weitem Meer, in der Ecke zwischen den Fenstern der große Schreibtisch, gegenüber die Sitzgruppe. Sie setzten sich. Effekthascherei, dachte Georg, nicht einmal gut gemacht. Die Koje, die Tür ohne Knauf und der Film, das war stark. Aber sie hätten ihn gleich unten stellen müssen. Nach dem langen Weg und Bulnakofs Schwadronieren war die Angst vergangen.

»Ich schaue Sie an und darf sagen: Sie sind ein anderer geworden. Das ist nicht mehr derselbe schüchterne junge Mann, der...«

»Das hatten wir schon einmal. Sie können sich denken, was ich will. Ich mag die Provence nicht mehr, und die Provence mag mich nicht mehr. An anderem Ort ein neues Leben anzufangen, kostet Geld. Das Geld möchte ich von Ihnen.«

Bulnakof seufzte. »Geld... Wenn Sie in Cadenet mit einer finanziellen Lösung einverstanden gewesen wären, hätten wir uns eine Menge Ärger ersparen können. Vor allem Sie sich. Aber Ärger hin, Ärger her – die Geschichte ist erledigt, der Schlußsatz geschrieben, der Schlußstrich gezogen, der Etat geschlossen. Ich habe gar kein Geld mehr, über das ich in dieser Angelegenheit verfügen könnte.« Er hielt Georg die leeren Hände hin.

»Erledigt? Die Geschichte hat das Zeug zum Fortsetzungsroman. Wie spannend ist sie nur schon für mich weitergegangen – die Schauplätze haben gewechselt, statt des Provinznests die Weltstadt, statt des schäbigen Büros das elegante Office, von Übersetzungen zu seltenen Hölzern und Metallen, von Bulnakof zu Benton, und doch sind die Interessen und Personen dieselben geblieben. Und wie spannend kann erst die nächste Fortsetzung werden, wenn die neugierigen Reporter, die Polizisten und die Leute vom CIA einsteigen.«

»Wir wollen nicht wieder damit anfangen. Wir haben schon in Cadenet geklärt, daß niemandem mit der Polizei weniger gedient wäre als Ihnen.« Bulnakof schüttelte den Kopf und schaute mit dem mitleidigen, genervten Ausdruck, der dem quengelnden Kind gilt.

»Ich komme zu Ihnen, weil mir mit zwei Millionen Dollar besser gedient ist als mit Polizei, CIA oder Reportern. Aber wenn nicht, dann will ich das bißchen Ärger, das ich mit der

Polizei vielleicht kriege, schon auf mich nehmen.« Georg betonte »bißchen« und »vielleicht«.

»Zwei Millionen Dollar? Sind Sie verrückt?«

»Gut denn, drei Millionen. Sie dürfen nicht vergessen, daß ich sehr ärgerlich bin, ich habe mein Leben in Cucugnan geliebt, meine Katzen und meine körperliche Integrität. Ich bin mir schon einen großen Betrag schuldig, wenn ich auf den großen Krach verzichten soll.«

Bulnakof lachte. »Wie stellen Sie sich das vor? Einfach beim CIA hineinspazieren, den Diensthabenden verlangen und Ihre Geschichte erzählen? Mit geheimnisvollem Gesicht enthüllen, daß sich hinter Townsend Enterprises...«

»...der polnische oder auch der russische Geheimdienst verbirgt.«

»Und wer es nicht glaubt, zahlt einen Taler. Sie sind mir aber auch...« Bulnakof lachte weiter, der dicke Bauch hüpfte, und die Hände klatschten auf die Schenkel.

Georg wartete. »Wenn es Sie interessiert...« Bulnakof wurde ruhig. »Zuerst würde ich zur Presse gehen. Mit denen würde ich meine Kopien und Photos durchsehen, von denen würde ich entscheiden lassen, wann ich den Besuch beim CIA oder bei der Polizei machen soll. Die werden ihre Erfahrungen und Vorstellungen zum richtigen Timing haben. Übrigens... Sie haben, wie ich sehen konnte, zwar reichlich Bildmaterial, aber vielleicht freut Sie dieses Andenken an die schöne Zeit, unsere schöne Zeit in der Provence.« Georg holte das Photo heraus, auf dem Bulnakof am Steuer seines Lancia saß, den Arm im offenen Fenster, die Sonne im Gesicht und auf dem Nummernschild, und reichte es über den Tisch.

»Hübsch. Und hübsch, wie Sie das gesagt haben: unsere schöne Zeit in der Provence. Sie haben sich wirklich erstaunlich entwickelt. Es ist jammervoll, daß wir nicht in dem Geist, dessen Kind Sie jetzt sind, schon da unten zusammenarbeiten konnten. Ich kann Ihnen einen kleinen Vorwurf nicht ersparen. Was aber das Geld angeht...« Er schüttelte den Kopf. »Auch wenn wir Ihren Scherz mit den drei Millionen vergessen, sehe ich nicht... Andererseits...« Er stützte den Kopf auf die rechte Hand und rieb mit dem Mittelfinger die linke Augenbraue. Dann richtete er sich auf. »Lassen Sie mir ein paar Tage Zeit. Ich muß mir das überlegen, das eine oder andere Telefongespräch führen. Können wir Sie weiter unter der Nummer Ihres Freundes erreichen?«

Beim Weg hinaus erwähnte Georg Françoise. »Es geht ihr gut?«

»Aber ja doch. Sie hat sich ein bißchen zurückgezogen, lebt ziemlich häuslich. Ab und an ein Baseballspiel«, er lächelte, »vielleicht treffen Sie sie dort einmal. Ich höre, daß Sie Yanks-Fan geworden sind.«

14

Die nächsten Tage waren wie Urlaub. Georg verbummelte sie im Riverside Park. In den Straßen der Stadt stand die Hitze, hier wehte ein Wind vom Fluß. Georg wurde sogar duldsam gegenüber den Tauben. Wie überall kleksten sie die Bänke voll und wackelten dumm mit den Köpfen. Spatzen badeten im Staub. Eichhörnchen huschten in nervösen, suchenden Sprüngen über den Weg. Jeden Tag zur gleichen Zeit saßen dieselben Penner auf denselben Bänken. Joggten dieselben Jogger. Führten dieselben Leute dieselben Hunde aus. Die einen lasen die Hundescheiße mit Plastiktüten auf, die anderen ließen sie liegen und sahen sich nur schlechten Gewissens um. Dieselben kleinen Gören in Designer-T-Shirts terrorisierten dieselben schwarzen Kindermädchen.

Mit dem Gespräch mit Bulnakof war Georg zufrieden. Er hatte nicht erwartet, das Geld sofort zugesagt oder überreicht zu bekommen. Die sollten sich ruhig eine Weile winden und zieren und dann zähneknirschend einsehen, daß sie keine Wahl hatten.

An einem Nachmittag blieb Georg einfach sitzen, als ein Gewitter losbrach. Der Wind wühlte in den Bäumen des Parks. Im Licht der Blitze fielen die Regentropfen als leuchtende Perlen. Von den Häusern an der Straße hatte eines kein flaches, sondern ein schräges Dach. Das Wasser stürzte die Schräge hinab, wurde von der Rinne nicht mehr aufgefangen und sprang in sprühenden Zungen über den Rand. Georg wurde naß bis auf die Haut und war sehr fröhlich.

Manchmal nahm er ein Buch, eine Zeitung oder Zeitschrift mit. Er hatte sich lange nicht mehr um die Welt gekümmert. Kümmerte sich die Welt um ihn? So eng wollte er's jetzt nicht mehr sehen. Jetzt, wo die Welt ein freundliches Gesicht bekam. Wo außerdem bald größere Investitionen anstanden.

In ›Newsweek‹ fand er einen Artikel, der ihn besonders interessierte. Er handelte von der Entwicklung eines neuen Kampfhubschraubers sowohl durch ein Konsortium europäischer Flugzeugwerke als auch durch die Gilman Aircraft Company. Geplant war ein politischer Durchbruch: Ab den späten neunziger Jahren sollte ein- und derselbe Kampfhubschrauber bei allen Streitkräften des westlichen Bündnisses eingeführt werden. Es gelte, die quantitative und qualitative Überlegenheit der Russen zu brechen. Die konventionellen Kriege der Zukunft würden mit Kampfhubschraubern gewonnen oder verloren. Einheitlichkeit sei bei diesem Waffensystem wichtiger als bei jedem anderen. Deshalb hätten sich die Verteidigungsminister des westlichen Bündnisses bei ihrem Treffen in Ottawa zum politischen Durchbruch entschlossen. Der technologische Durchbruch sei schon gelungen; es war von Stummelflügeln, ABC-Rotoren und RAM-Beschichtung die Rede.

Sieh mal einer an, dachte Georg. Klar, daß die Russen hinter den Plänen von Mermoz her sind wie der Teufel hinter der armen Seele. Zu Hause holte er die Kopien hervor, die er in den letzten Wochen seiner Arbeit für Mermoz gemacht hatte. Er hatte Wörter wie Schrauben, Bolzen, Stutzen, Zapfen,

Spindeln, Flanschen, Muttern, Klammern, Kappen, Gelenke, Holmen, Platten, Dämpfer, Regler, Filter, Schlitze, Achsen, Rotoren und so weiter übersetzt, ohne sich für die Bedeutung zu interessieren, die sie auf den Plänen hatten und den Plänen gaben. Jetzt versuchte er, diese Bedeutung zu entschlüsseln.

Bei der Buchhandlung um die Ecke fand er ein Buch über Kampfhubschrauber und las nach, was es mit Stummelflügeln, ABC-Rotoren und RAM-Beschichtung auf sich hatte. Stummelflügel dienen zur Unterstützung des Rotors und zur Mitführung von Kampflast – als Georg sich einlas, konnte er die Aufhängungen, von denen ein Plan handelte, den Stummelflügeln zuordnen. Er erkannte auf seinen Plänen auch die dicht übereinander angeordneten starren Rotoren, die beim ABC-Konzept auf beiden Seiten hohen Auftrieb gewährleisten und die für Hubschrauber außergewöhnliche Geschwindigkeit von rund fünfhundert Stundenkilometern ermöglichen. Schließlich glaubte er, auch die letzte Folge von Plänen entschlüsselt zu haben. Bei den Schlitzen mußte es sich um die Heckluftschlitze für den Ausstoß des verdichteten Luftstroms handeln, der zusammen mit dem Rotorabwind die Steuerwirksamkeit generiert und damit den lärmenden und verwundbaren Heckrotor entbehrlich macht. Zur radarabsorbierenden RAM-Beschichtung hatte er keine Pläne; aber da schien es auch mehr um ein Problem des Werkstoffs und des Preises als um eines der Konstruktion zu gehen. Über den Hokum, den modernsten Kampfhubschrauber der Russen, konnte das Buch nicht viel berichten. Aber wenn stimmte, daß er nur dreihundertfünfzig Stundenkilometer erreichte und noch mit Heckrotor operierte, mußte den Russen das, was sie von den westlichen Projekten mitbekamen, angst machen.

Am Sonntag holte er Helen zum Brunch ab. Das Geld aus Deutschland war gekommen; Georg hatte die Miete bezahlt, viele Hundert-Dollar-Noten im Gürtel, ein dickes Bündel Zwanzig-Dollar-Noten in der Tasche und fühlte sich reich. Helen hatte unter seiner schlechten Verfassung zu leiden gehabt, jetzt sollte sie sich an seiner guten freuen. Als er kam, telefonierte sie.

»Nein, Max, zunächst beide Schultern... Du nimmst die beiden Schultern in beide Hände und faltest den Rücken, bis sich die beiden Schultern berühren. Jetzt nimmst du die beiden Schultern in eine Hand. Hast du sie? Hast du... nicht die Ärmel, Max... Ich weiß auch, daß an den Schultern die Ärmel anfangen, und wenn du den Anfang der Ärmel meinst... Hast du die beiden Schultern, die beiden Stellen der Jacke, an denen die Ärmel anfangen, in einer Hand? Gut, dann dreh mit der anderen Hand die Seite mit den Knöpfen so über die andere Seite... über die Seite mit den Knopflöchern... Das geht nicht? Weil du die beiden Schultern mit der Hand zusammenhältst? Du mußt kurz loslassen. Dann drehst du die Seite mit den Knöpfen so über die Seite mit den Knopflöchern, daß du nur noch Futter siehst. Was? Die Jacke ist dir auf den Boden gefallen? Als du losgelassen hast? So darfst du natürlich nicht loslassen, sondern nur so, daß du gerade die eine Seite über die andere... Das geht nicht?« Sie stand auf, klemmte den Hörer zwischen Ohr und Schulter und griff sich ihre Jacke von der Stuhllehne. »Schau, Max, ich habe in einem Kleidergeschäft gearbeitet und sollte es wissen. Ich habe selbst eine Jacke in der Hand und...« Sie tat wie beschrieben. Da habe ich etwas gelernt, dachte Georg. »Du kannst nicht schauen? Das war eine Redewendung, Max, natürlich kannst du nicht schauen, ich wollte sagen... Ich habe selbst eine Jacke in der Hand, und es geht ganz leicht, wenn die Hand, die die beiden Schultern zusammenhält, von innen... Nein, Max, ich komme nicht vorbei, um deine Jacken in deinen Koffer zu packen. Nein. Nicht mehrere Jacken, sondern eine Jacke? Du... warum ziehst du sie nicht an? Weil sie dir in Italien zu warm ist? Hör zu, Max, ich muß jetzt gehen. Du kannst mich heute abend... Warum versuchst du's nicht ein paarmal? Oder nimmst einfach keine Jacke mit, wenn sie dir sowieso...« Helen hatte die ganze Zeit mit der äußersten Ernsthaftigkeit geredet. Jetzt warf sie Georg einen ungeduldigen, verzweifelten Blick zu. »Ich muß jetzt wirklich gehen. Ja, ich lege jetzt auf. Ja, Max, jetzt.«

Sie legte auf und sah Georg an. »Das war Max.«

»Das habe ich gehört.«

»Er wollte wissen, wie man eine Jacke faltet, wenn man sie in den Koffer packt.«

»Wie geht das? Ich nehme also beide Schultern in...«

»Hör du auf, mich auf den Arm zu nehmen. Gehen wir?«

Am Broadway winkte er einer gelben Taxe. Helen sah ihn von der Seite an. Als sie bei ›Julia's‹, einem schicken Restaurant in der 79. Straße, im Wintergarten saßen, Eggs Benedict bestellt und Bloody Marys vor sich hatten, meinte sie: »Das ist nicht, was ich mir unter Coke und French Fries im Park vorgestellt habe.«

»Ist es auch nicht.«

»Essen wir hier auf Spesen des KGB?« Sie klang spitz.

»Wir verprassen redlich geborgtes Geld. Ich habe was aus Deutschland geschickt bekommen.«

»Hast du's dir noch mal überlegt? Zum CIA oder auch zum FBI zu gehen?«

Sie sollte nur so weitermachen. »Wenn du die ehrliche Antwort haben willst – nein. Ist das Verhör zu Ende?«

»Mich hat die Sache... Wenn du von mir nichts hören magst, dann hättest du nichts erzählen dürfen. Jetzt ist's zu spät. Mich hat die Sache beschäftigt, und je mehr sie mich beschäftigt, desto weniger habe ich dich verstanden. Es sei denn, du bist zynisch.«

»Was?«

»Zynisch. Damit meine ich... das bedeutet für mich Verachtung gegenüber dem, was unsere Welt zusammenhält, gegenüber Gemeinschaft, Ordnung, Verantwortung. Das heißt nicht Law und Order über alles. Aber das versteht ihr Deutschen nicht. Als Schülerin war ich zum Austausch in Krefeld und habe mitgekriegt, wie ihr voneinander abschreibt. Mit dem besten Gewissen, als sei das voll Ruhm und Ehre...« Helen schüttelte den Kopf.

»Aber beim Abschreiben hält die Gemeinschaft der Schüler doch gerade zusammen.«

»Gegen die Ordnung, die von oben kommt. Für euch kommt die Ordnung immer noch von oben, und entweder ihr betet sie an, oder ihr versucht, ihr wie böse kleine Kinder ein Fnippchen zu schlagen.«

»Schnippchen.« Er lachte. »Vielleicht hast du recht, aber das ist doch nicht zynisch, auch nicht nach deiner Definition. Die Verachtung fehlt.«

»Lach du nur, es ist nicht komisch. Die Verachtung kommt später, wenn die Kinder groß sind. Oder die Anbetung.« Die Eggs Benedict kamen. Pochierte Eier auf geräuchertem Schinken und Toast, Sauce Hollandaise darüber, Pommes frites dazu. Helen ließ nicht locker. »Siehst du, was ich meine?«

»Ich muß einen Augenblick nachdenken.« Georg genoß jeden Bissen. Mit dem Behagen wuchs die Einsicht. Er wußte nicht, ob Helen recht hatte oder nicht. Aber Gemeinschaft, Ordnung und Verantwortung waren ihm in der Tat egal. Er hielt sich nicht für unmoralisch. Die Schwachen treten, die Armen ausbeuten, die Dummen reinlegen – das macht man nicht. Aber das hat nicht mit Gemeinschaft, Ordnung und Verantwortung, sondern mit Instinkt zu tun und reicht nur so weit, als man die Folgen des Tuns selbst wahrnehmen kann. Man macht bestimmte Sachen einfach nicht. Weil man sich sonst im Spiegel nicht mehr ins Gesicht schauen mag. Das mag man mit Pickeln allerdings auch nicht, und der Teint ist keine Frage der Moral. Bin ich nicht un-, dafür aber amoralisch? Kann ich das Helen sagen? »Was du sagst, würde bedeuten, daß wir immer noch nicht die obrigkeitsstaatliche Vergangenheit hinter uns gelassen haben. Das hat was. Wie das, was du mir neulich von den Märchen im neunzehnten Jahrhundert erzählt hast und wozu ich dich ohnehin noch fragen wollte...«

»So billig willst du mich ablenken? Aber gut, ich höre auf. Was machen wir nach dem Brunch? Kriege ich noch eine Bloody Mary?«

Von ›Julia's‹ spazierten sie durch den Central Park zum Metropolitan Museum. Es hatte einen Anbau bekommen, auf dessen Dach man hinaustreten konnte. Sie standen über den Bäumen des Parks. Wie auf einem Steg, hineingebaut in einen grünen See wogender Wipfel, umgeben von Häuserbergen.

15

Mehrfach hatte Georg in New York überrascht festgestellt, wie schnell Arbeiten ausgeführt werden können, die sich in Deutschland oder Frankreich Tage oder Wochen hinziehen. Eines Samstagmorgens war er vom Lärm der Baumaschinen aufgewacht, die den Bürgersteig über die ganze Länge der 115. Straße aufbrachen. Am Abend war der neue Belag fertig, hellgrauer Zement, durch Furchen in große Quadrate geteilt, und die Erde um die Bäume mit dunkelrotem Backstein gefaßt. Weiter unten am Broadway sah Georg ein Haus mit vierzig bis fünfzig Stockwerken entstehen; als er das erste Mal daran vorbeifuhr, ragten nur die Kräne in den Himmel, dann wuchs eckig der Stahl, und jetzt war aus dem Skelett ein massiger Körper geworden.

Aber bei Townsend Enterprises ging es nicht voran. Georg war am Montagmorgen vom Anruf geweckt und auf zehn Uhr bestellt worden. Als er die Treppe hinaufstieg, waren die Maler immer noch an der Arbeit.

Georg wartete vor der Weltkarte, wurde von Bulnakof verhalten begrüßt und nicht in das Eckzimmer, sondern in einen Arbeitsraum mit zwei metallenen Schreibtischen, einem metallenen Aktenschrank und viel zu vielen metallenen Stühlen geführt. Offene Schubladen, gelbe Blätter auf dem Boden, das Wasser im Trinkwasserbehälter brackig braun, Staub. Bulnakof lehnte sich ans Fenster, Georg blieb in der Mitte des Raums stehen.

»Herr Polger, ich freue mich, Ihnen ein Angebot machen zu können. Sie bekommen dreißigtausend Dollar und die Garantie, daß der Ärger, der Ihnen das Leben in Cucugnan verleidet hat, vorbei ist. Sie bekommen außerdem ein Ticket New York – Marseille oder New York – Brüssel, was Ihnen lieber ist. Damit ist die Angelegenheit endgültig abgeschlossen. Abgeschlossen ist auch Ihr Besuch in der neuen Welt. Sie nehmen heute abend im Kennedy-Airport den TWA-Flug 126 oder den Air-France-Flug 212, auf beiden ist für Sie gebucht. Und dann brauche ich noch eine Unterschrift.« Bulnakofs Hand fuhr in die linke Innentasche, kam mit einem dicken Bündel Dollarnoten hervor, legte es auf den Schreibtisch, griff aus der rechten Außentasche ein gefaltetes, beschriebenes Papier und reichte es Georg.

Manchmal ist's, als hielte die Welt für einen Augenblick den Atem an. Als stünden alle Räder still, blieben Flugzeuge, Tennisbälle und Schwalben in der Luft hängen, als würden die Bewegungen der Menschen gefrieren. Als zögere die Erde, ob sie sich weiterdrehen, rückwärtslaufen oder die Achse, um die sie kreist, verändern soll. Die Stille ist absolut; der Verkehr verstummt, keine Maschine stampft, keine Welle klatscht ans Ufer, kein Wind rauscht durch die Blätter. In diesen Augenblicken scheint alles möglich. In ihnen wird wahrnehmbar, daß die Bewegung der Welt aus unendlich kleinen Zuständen der Bewegungslosigkeit zusammengesetzt ist, und wird denkbar, daß sich die Zustände zu einem anderen Lauf der Dinge fügen.

Daher handelt es sich oft um Augenblicke der Entscheidung. Noch steht die Geliebte im Eingang des Waggons, und noch kann man »bleib« sagen, ehe der Schaffner pfeift, die Türen zuschlagen und der Zug abfährt. Oder man steht selbst im Eingang des Waggons und wartet auf ihr »bleib«; in den Augenblicken einer fremden Entscheidung kann die Welt ebenso den Atem anhalten wie in denen der eigenen. Sie kann es sogar, wenn eine spektakuläre Entscheidung gar nicht ansteht, wenn man im Café vor einer Tasse Schokolade sitzt und durch die Scheibe den Passanten zuschaut, wenn man beim Bügeln innehält oder wenn man gerade den Füllhalter zugeschraubt hat. Warum auch nicht? Daß der Lauf der Welt anders sein könnte und daß wir über unser Leben entscheiden, ist allemal richtig.

Und allemal falsch. Georg sah die gefrorene Bewegung der ausgestreckten Hand, sah das Papier, hatte kein Ohr für den Verkehr auf der Straße und die Schritte auf dem Gang. Dreißigtausend Dollar, sechzigtausend Mark, hundertachtzigtausend Franc – das war mehr, als er für ein Jahr in Cucugnan zum Leben brauchte. Hatte er nicht immer Zeit und Ruhe zum Schreiben haben wollen? Hatte er nicht genug von den Kämpfen mit Bulnakof und von der Suche nach Françoise? Aber schon als es ihm durch den Kopf schoß, wußte er, daß da eigentlich nichts mehr zu überlegen und zu entscheiden war.

»Monsieur Bulnakof, so läuft das nicht.«

Bulnakof ging zur Tür, machte sie auf und rief in den Gang: »Kommen Sie!« Zwei Männer traten ein, in grauen Anzügen, aber mit Polizistengesichtern und -staturen. »Bringen Sie Herrn Polger zum Flughafen und sorgen Sie dafür, daß er das Land mit der Maschine nach Brüssel oder der nach Marseille verläßt, wie besprochen. Sein Gepäck kann er sich schicken lassen.« Bulnakof steckte das Bündel Dollarnoten ein und verließ das Zimmer. Georg war Luft für ihn geworden.

Als Georg zögerte, kamen die beiden näher. Der eine griff nach Georgs Arm. Komm mit, sagte das Gesicht, oder ich breche dir die Knochen. Georg ging lieber. Die beiden folgten. Im Foyer stand die dunkle Schöne und drückte auf den Türöffner.

Im Treppenhaus hielt sich der eine an Georgs Seite und der andere hinter ihm. Georg gab den Schritt an. Verdammt, dachte er, verdammt. Auf dem Absatz des dritten Stocks fiel ihm der auch hier mit gekreuzten Latten verstellte offene Liftschacht auf, auf dem Weg zum zweiten Stock hörte er weiter unten die Maler arbeiten. Er konnte es immerhin versuchen.

Bevor sie den Absatz des zweiten Stocks erreichten, blieb Georg stehen und beugte sich zu seinen Schuhen herab. Auch der Mann hinter ihm blieb stehen, der andere machte noch die paar Stufen bis zum Absatz und schaute sich wartend um. Er war an Georgs rechter Seite gegangen, an der Wand, und stand jetzt vor den gekreuzten Latten des offenen Liftschachts. Georg machte die Schleife am Schuh auf und wieder zu. Er richtete sich auf, trat die nächste Stufe hinab. Der unten drehte sich um, erwartete, daß Georg aufschließen, daß es weitergehen würde. Jetzt. Georg drückte sich von der Stufe ab und rammte, mit dem doppelten Schwung der Vorwärts- und der Abwärtsbewegung, Schulter und Arm in den breiten Rücken. Er hörte Holz brechen, hörte einen verblüfften Aufschrei und dann gebrülltes Entsetzen. Er sah sich nicht um, sondern rannte los, schaffte die erste Treppe, die Kehre, die zweite Treppe, rutschte auf dem Papier, das den Absatz des ersten Stocks vor den Spuren der Malerarbeiten schützte, fing sich und sah in die erstaunt aufschauenden Gesichter der auf der nächsten Treppe arbeitenden Maler. Sie waren viel zu überrascht, hielten ihn nicht fest, als er an ihnen vorbeirannte. Hinter sich hörte er den anderen mit schweren Schritten die Stufen hinuntertrampeln. Es war eng, rechts standen die Maler an der Wand, links am Geländer Farbtöpfe, dann versperrte ein großer Kübel mit Farbe die Treppe, Georg kickte dagegen, sprang über den kippenden Kübel, drei Stufen auf einmal. Dann die letzte Kehre und die letzte Treppe. Er hatte die oberen Stufen geschafft, als er es poltern hörte. Diesmal wandte er sich kurz um. Sein Verfolger war auf der Farbe ausgeglitten, rutschte mit aufschlagendem Kopf rücklings die Treppe hinab und donnerte bei der Kehre in die Wand. Georg nahm die letzten Stufen, hastete durch den Gang und durch die Tür auf die Straße.

Er rannte weiter, wich den Passanten aus, wischte zwischen den Autos hindurch auf die andere Straßenseite, blickte zurück und bog in die nächste Seitenstraße. Niemand war ihm gefolgt. Er hielt eine Taxe an und ließ sich nach Hause fahren. Larry war nicht da.

Georg stand in seinem Zimmer und sah in den Spiegel. Er war vom eigenen Gesicht befremdet, es war wie immer. Habe ich den einen umgebracht? Er merkte, daß er am ganzen Körper schweißnaß war, und duschte. Als er mit dem Handtuch um die Hüften in der Küche Kaffee aufgoß, klingelte es an der Tür. Auf Zehenspitzen ging Georg durch den Flur und sah durch den Spion. Zwei Männer, vom gleichen Typ wie die Begleiter zum Flughafen. Sie klingelten noch mal, wechselten leise Worte, die Georg nicht verstand, und dann lehnte sich der eine an die Wand gegenüber und verschwand der andere aus Georgs Gesichtskreis. Georg wartete. Der an der Wand veränderte gelegentlich die Haltung. Daß er jetzt mit dreißigtausend Dollar in der Tasche auf dem Weg zum Flughafen sein könnte, fiel Georg ein. Oder hatten sie ihn nur ohne Ärger aus dem Haus und ins Auto kriegen und unterwegs umbringen wollen? Was wollten die beiden neuen Scheißkerle mit ihm machen? Sollte er Larry abwarten und mit ihm zur Tür raustreten? Raustreten, um wohin zu gehen? Er mußte jedenfalls auf Larry warten und ihn nach dem Namen des Reporters von der ›New York Times‹ fragen. Warum habe ich das nicht schon längst gemacht?

Georg zog sich an und suchte in eine Mappe zusammen, was er dem Reporter zeigen wollte. Die Kopien der Pläne von Mermoz, die Photos, die er von Bulnakof und dessen Leuten in Pertuis gemacht hatte, die Zeitungsnotiz, das Hubschrauberbuch, das Photo von Françoise. Dann hörte er im Treppenhaus laute Stimmen. Der Spion zeigte Larry, die Tüte vom Food Market in der einen Hand und die Schlüssel in der anderen, den einen Scheißkerl, der redete und redete. Larry schüttelte den Kopf, zuckte die Schultern, wandte sich zur Tür und steckte den Schlüssel ins Schloß. Sein Gesicht war in der Linse des Spions nah und groß, Mund und Nase aufgebläht, Augen, Haar und Kinn in grotesker Perspektive fliehend.

Ehe die Wohnungstür aufging, hatte Georg das Küchenfenster erreicht, das Fenstergitter zur Seite geschoben und war auf die Feuerleiter geturnt. Mit einem Griff zog er das Gitter wieder vor das Fenster, mit wenigen großen Sätzen war er vor der nächst unteren Küche. Die Feuerleiter vibrierte und klirrte, von den Wänden des engen Hofs dröhnte das Echo. Georg preßte sich unter das Sims an die Wand und hörte das Dröhnen leiser werden. Dann lauschte er angstvoll nach oben: nichts. Er sah nach unten: Mülltonnen, Abfallsäcke, eine Katze.

Er wartete zwanzig Minuten. Hätte ich oben bleiben sollen und helfen müssen, falls die Scheißkerle Larry zusetzen? Aber vielleicht ist es gerade darum harmlos gelaufen, weil ich nicht dabei war. Der eine drängt mit Larry in die Wohnung, sieht mich, stürzt auf mich los, Larry will dazwischen gehen, der Kerl zieht den Revolver oder die Pistole oder wie die Dinger heißen – Georg sah die Szene vor sich. Er überlegte, wie es weitergehen solle. Zu Larry konnte er nicht mehr. Zu Helen? Wahrscheinlich standen auch da zwei Mann, und außerdem wollte er sie nicht in Gefahr bringen.

In der Hand hielt er immer noch die Mappe für den Reporter. Den muß ich finden, sagte er sich. Dann übernehmen er und der CIA oder das FBI die Regie. Und machen was? Wie, wenn Bulnakof und seine Leute wieder ausfliegen, abtauchen, ihre Spuren verwischen und wenn mein Material zu dünn ist? Dann kann ich wenigstens in Ruhe meine Sachen packen und nach Hause fliegen. Nach Hause?

Aber das war später. Jetzt mußte er den Tag überstehen und vielleicht auch die Nacht, er wußte, daß Larry nach Long Island fahren, *a literary critic* besuchen und über Nacht bleiben wollte. Mary... Mary... Eine schöne Frau sei sie, die Literaturkritikerin oder kritische Literatin oder literarische

Kritikerin. Auch den Nachnamen hatte Larry genannt, aber er fiel Georg nicht ein, und so würde er Larry bei ihr nicht erreichen. Er sah auf die Uhr: Es war noch nicht einmal zwölf.

Vorsichtig stieg Georg die Treppe ab, vermied laute Tritte und paßte auf, daß er nicht die Hausfrauen in den Küchenfenstern erschreckte. Im dritten Stock waren Gitter und Fenster auf. Die Küche war leer, keine Töpfe auf dem Herd, kein Geschirr am Spülstein, keine angebrochene Packung Corn Flakes oder aufgeschlagene Zeitung auf dem Tisch. Georg stieg ein und ging von einem Zimmer ins andere. Die Jalousien waren heruntergelassen; ihre Lamellen warfen Licht und Schattenstreifen auf die frisch gestrichenen Wände und abgeschliffenen Böden. Die Wohnung wartete darauf, wieder bewohnt zu werden. Leise legte Georg die Kette ins Schloß. Er wollte rechtzeitig hören, wenn der Hausmeister, der Vermieter oder der neue Mieter hineinkämen. Im Flur legte er sich auf den Boden.

16

Als er aufwachte, war es dunkel. Ihm taten vom harten Boden die Knochen weh, er stand auf, lief herum und schaute hinaus. Er sah in erleuchtete Fenster, die Straßenlampen brannten, auf der 115. Straße war alles ruhig, und am Broadway huschten die Lichter des Verkehrs vorbei. Es war elf Uhr. Er hatte fest geschlafen. Er war hungrig.

Er dachte noch nicht wach und klar. Er kletterte über die Feuerleiter in den Hof, kam in den Keller, stahl sich durch den Wasch- und Trockenraum und durch die Hausmeisterkammer und fand die Tür, die unterhalb des Hauseingangs über eine Treppe auf den Bürgersteig hinaufführte. Erst als er sie sachte hinter sich ins Schloß gezogen hatte, fiel ihm ein, daß er nicht mehr zurückkonnte und immerhin hätte versuchen sollen, noch mal hochzusteigen, in Larrys Wohnung.

Und selbst mit leerem Magen in der leeren Wohnung wäre die Nacht besser verbracht als – als wo? Er hatte keine Ahnung, wo er unterkommen könnte.

Er wartete lange, ob sich auf der Straße in einer Einfahrt, unter einem Vordach oder in oder hinter den gegenüber geparkten Wagen eine verdächtige Gestalt zeigte. Er sah niemanden und ging los, nicht zum Broadway, sondern zum Riverside Drive und im Schatten des Parks bis an dessen Ende. Er bog in die 72. Straße, überquerte Westend Avenue und Broadway und trat auf der Columbus Avenue in ein italienisches Restaurant. Es war teuer, aber die Bedienung flitzte und die Pasta schmeckte, und Georg, der sich auf dem Klo gewaschen und gekämmt und im Spiegel gefallen hatte, genoß. Er hatte überlebt. Ach was, er hatte gesiegt. Das war, nachdem er die Flasche Cabernet Sauvignon geleert hatte. Er kicherte, wenn er an die beiden Scheißtypen dachte, an das krachende Holz, den Schrei aus dem Schacht und den Sturz über Topf, Farbe und Treppe. Ich habe das geschafft, triumphierte er, ich. Schade, daß ich nicht habe anhalten und zuschauen können. Wie die beiden wohl ausgesehen haben?

Die Nacht verbrachte er auf einer Bank im Park, die Mappe für den Reporter unter dem Kopf. Auch auf anderen Bänken lagen welche, von denen sich Georg mit Turnschuhen, Jeans, Polohemd und alter blauer Jacke nicht sichtbar unterschied. Manchmal wachte er auf, hörte Hunde bellen, Betrunkene lärmen oder eine Polizeisirene heulen, drehte sich um und schlief wieder ein. Am Morgen wurde es frisch, Georg kroch ganz in sich zusammen. Um sechs Uhr ging er in das nächste Lokal, in dem Frühstück angeboten wurde. Spiegeleier mit Speck und Kartoffeln, Toast mit Marmelade, Kaffee. Der Kopf war schwer vom Wein.

Am späten Vormittag müßte er Larry erreichen können. In Gedanken erzählte er dem Reporter seine Geschichte, breitete die Pläne aus und die Photos, erklärte. Neben ihm lag die ›New York Times‹; sein Nachbar am u-förmigen Tisch hatte sie liegengelassen. Georg las über Afghanistan und Nicaragua, einen hoffnungsvollen Präsidentschaftskandidaten und das Handelsbilanzdefizit.

Es stand unter den städtischen Meldungen. »*Beim Versuch, einen unerwünschten, sich illegal aufhaltenden Ausländer festzunehmen und abzuschieben, sind gestern zwei Beamte verletzt worden. Der eine liegt noch im FDR-Hospital, der andere konnte nach ambulanter Behandlung entlassen werden. Der Ausländer, ein Deutscher mit dem Namen Georg Polger, ist flüchtig. Sachdienliche Hinweise…*«

Zuerst konnte Georg gar nichts denken. Dann ging ihm immer wieder dasselbe durch den Kopf: Das gibt keinen Sinn, hinten und vorne nicht, gibt schlicht hinten und vorne keinen Sinn. Die Russen mochten ihre Leute bei den Franzosen sitzen haben, aber nicht bei den Amerikanern. Oder vielleicht auch bei den Amerikanern, aber doch nicht so, daß sie Beamte gegen ihn in Marsch setzen konnten.

Georg ging die Geschichte noch mal Schritt um Schritt durch. Wie er sie gestern für den Reporter zurechtgelegt hatte. Ein europäisches Konsortium, Engländer, Deutsche, Italiener und Franzosen, entwickeln gemeinsam einen neuen Kampfhubschrauber. Soweit klar? Soweit klar. Dabei gelingt ihnen ein technologischer Durchbruch; es geht nicht einfach um einen schnelleren Hubschrauber mit stärkerer Panzerung und höherer Nutzlast, sondern um eine Kampfmaschine, die Waffensysteme zu Schrott werden läßt. Die daher zur Einführung in den Streitkräften nicht nur der vier europäischen Herstellerländer, sondern aller Nato-Staaten einschließlich der USA vorgesehen ist. Auch das ist klar. Klar ist auch, daß das die Russen interessiert, die ihre eigenen Leute und Helfer und Helfershelfer darauf ansetzen. Als Übersetzungsbüro getarnt haben sie ihn, Georg, kontaktiert; ihn haben sie an die Spitze des von Mermoz abhängigen, für Mermoz arbeitenden Übersetzungsbüros gebracht, von ihm haben sie die Unterlagen geholt. Immer noch klar? Immer noch klar.

Die Fortsetzung der Geschichte erzählte sich nicht mehr so leicht. Georg erinnerte sich an Helens Frage, warum die Russen oder Polen seine Existenz in Cucugnan zerstört und wie sie das geschafft haben. Daß sie ihn als verräterische Spur ausschalten, unglaubwürdig machen wollten und den Franzosen einen entsprechenden Hinweis gegeben haben – Helen hatte es dabei bewenden lassen, wie er bisher auch. Aber warum haben sie sich überhaupt um verräterische Spuren gekümmert und nicht einfach hinter den Vorhang abgesetzt, der auch heute noch eisern genug ist, allfällige Spurensucher und Verfolger abzuhalten? Nun gut, Georg verstand, daß für die Russen das Wissen darum, was die anderen machen, wertvoller ist, wenn die anderen nicht wissen, daß die Russen es wissen. Blieb die Frage, wie die Russen ihren Hinweis bei den Franzosen plaziert, ihn unglaubwürdig und sein Leben in Cucugnan miserabel gemacht hatten. Vermutlich gab's tausend Möglichkeiten. Klar? Irgend etwas störte Georg, er war mit der Fortsetzung der Geschichte nicht mehr recht zufrieden, wußte aber auch nicht, was ihn störte und was er anders erzählen sollte.

Weiter zu New York und zu Townsend Enterprises. Daß Georg über das Plakat in Françoises Zimmer auf New York gekommen war, hier nach ihr gesucht hatte, dadurch die anderen nervös gemacht hatte und daher beschattet worden war, seinerseits den Rotschopf beschattet und Townsend Enterprises gefunden hatte – das war das eine. Das war klar, weil es so abgelaufen war. Das andere war gar nicht klar. Warum setzte der KGB ausgerechnet Leute aus New York in der Provence ein? Bei Bulnakof mochte das noch angehen; Georg dachte an Habib, den die Amerikaner, und an Wischnewski, den die Deutschen in schwierigen Missionen hierhin und dorthin schicken. Bei Françoise konnte er sich keinen Reim darauf machen. Noch mal. Der KGB hat in New York ein Büro. Warum nicht in Washington, sondern in New York? Vielleicht hat er auch in Washington eines und eines in Dallas und eines in San Francisco, oder vielleicht passen die Amerikaner in New York nicht so gut auf, und immerhin beträgt die Flugzeit nur eine Stunde. Das Büro ist als Unternehmen getarnt, das mit seltenen Hölzern und Metallen handelt. Warum gerade damit? Nun mach einen Punkt, sagte sich Georg. Hölzer, Metalle, Blumen, Bücher – was soll's? Weil der Chef ein besonders erfahrener Agent ist, wird er mit einem besonders wichtigen Auftrag in Frankreich betraut. Weil seine Mitarbeiterin seine Geliebte ist, nimmt er sie mit. Kann eine KGB-Agentin die Geliebte eines KGB-Agenten sein? Georg seufzte. Ob der KGB seine Leute miteinander bumsen läßt oder nicht – jedenfalls kann er schwerlich Beamte des CIA oder des FBI oder der New Yorker Polizei für sich springen lassen.

Georg bestellte noch einen Kaffee. Egal, wie die Beamten ins Spiel kamen – jetzt waren sie hinter ihm her. Ob sie ihn nach wie vor nur abschieben wollten? Oder wollten sie ihn vor Gericht bringen? Oder abschieben und dafür sorgen, daß er vor ein deutsches Gericht gestellt würde? Ich kann zu einem Anwalt gehen, am besten zum Reporter und zu einem Anwalt.

Vor ihm lag immer noch die Zeitung. Das Titelfoto zeigte den Flugzeugträger Tennessee beim Einlaufen in den Golf von Mexiko, über ihm zwei Hubschrauber. Georgs Blick blieb an den beiden Hubschraubern hängen, schweifte ab, kehrte zurück.

Zwei Hubschrauber, dachte Georg, nicht einer. Im ›Newsweek‹-Artikel hatte es gestanden, er hatte es gelesen: Bei der Entwicklung eines neuen Kampfhubschraubers für die Streitkräfte des westlichen Bündnisses konkurrieren ein europäisches Konsortium und Gilman, die amerikanische Firma mit Sitz in Kalifornien. Beide haben, so war berichtet worden, gleiches zu bieten. Hubschrauber mit Stummelflügeln, ABC-Rotoren, RAM-Beschichtung. Beide haben, so war weiter gerühmt worden, denselben technologischen Durchbruch geschafft. Georg erinnerte sich nicht mehr, ob der Durchbruch bei den Flügeln, den Rotoren oder der Beschichtung gelungen war, aber daran erinnerte er sich genau: Von demselben Durchbruch war die Rede gewesen, von gleichen Eigenschaften, gleichen Fähigkeiten, gleichen Leistungen.

Es geht gar nicht um die Russen und die Europäer, sondern um Gilman und Mermoz. Ob Bulnakof sich das ausgedacht hatte: die doppelte Tarnung als östlicher Geheimdienst und als Übersetzungsbüro?

Georg sammelte Fragen, als er die Geschichte noch mal durchging, wichtige und weniger wichtige. Bulnakofs Person war weniger wichtig, wichtig war, für wen er stand. Für den CIA? Georg war bereit, allen Geheimdiensten alle Gemeinheiten zuzutrauen, konnte sich aber nicht vorstellen, daß der CIA oder eine ähnliche staatliche Einrichtung selbst Industriespionage betrieb, Spionage bei einem europäischen Industrieunternehmen im Auftrag und Interesse eines amerikanischen Industrieunternehmens. Daß er die amerikanische Rüstungsindustrie bei Spionageaktionen schützte und deckte – das mochte angehen und genügte, um die beiden Beamten im MacIntyre Building zu erklären. Es genügte auch, um das Verhalten der Franzosen zu erklären; Bulnakof hatte den CIA gebeten, seine Beziehungen zum französischen Geheimdienst spielen zu lassen, und der französische Geheimdienst hatte seine Hinweise an Polizei, Kommune, Bank und Vermieter gestreut. Aber wenn nicht für den CIA – für wen stand Bulnakof dann? Und für wen Townsend Enterprises? War das Gilmans eigener Geheimdienst, die Abteilung für heikle Aufgaben, schmutzige Geschäfte? Oder war Bulnakof oder Benton, wie Georg ihn in Gedanken zu nennen anfing, mit Townsend Enterprises selbständiger Unternehmer, ein Spezialist für krumme Touren, von Spionage bis Mord, den man anheuern konnte und den Gilman für die Operation Mermoz angeheuert hatte? Wahrscheinlich hatten sie vornehmere Bezeichnungen: Mermoz Study, Mermoz Investigation, European Helicopter Project.

Auch ohne die Antworten auf diese Fragen – jetzt stimmte die Geschichte. Mit Françoise, die aus New York kam, für Townsend Enterprises in New York und dann in Cadenet gearbeitet hatte und danach wieder nach New York zurückgekehrt war. Ob sie noch für Townsend Enterprises arbeitete? Noch Bulnakofs/Bentons Geliebte war?

Georg hatte eine stimmige Geschichte, aber keine Ahnung, was er machen sollte. Er wußte nicht, ob er für seine Geschichte einen Reporter interessieren konnte, ob Zeitungen so etwas drucken und Leser so etwas lesen mochten. Selbst wenn – er hatte wenig Beweise und sah nicht, wie er weitere Beweise beschaffen sollte. Auch ein Anwalt konnte ihm ohne Beweise nicht helfen. Falls er ihm überhaupt helfen wollte und nicht gleich die Polizei rief. Ich werde gesucht, verdammt noch mal, werde richtiggehend steckbrieflich gesucht.

Aufgeben oder weitermachen – das waren die Alternativen, in denen Georg bisher gedacht hatte. Jetzt wußte er nicht einmal mehr, was sie bedeuteten. Was und wie konnte er noch weitermachen? Aufgeben – hieß das zur Polizei gehen, zum deutschen Konsulat, in der Stadt untertauchen oder in den amerikanischen Westen abhauen? Georg zahlte und ging. Immerhin konnte er seine Geschichte vervollständigen. In der Bibliothek der Columbia University mußten sich Fachzeitschriften über Hubschrauber, Waffentechnik und Rüstungsindustrie finden und klären lassen, ob Gilman die Konzeption seines Hubschraubers erst nach der Operation Mermoz vorgestellt hatte. Und ob Townsend Enterprises ein Ableger von Gilman war oder selbständiges Unternehmen und Benton gehörte – Georg wollte es einfach wissen, auch wenn er nicht wußte, was ihm das Wissen nützen sollte.

Von der Straßenecke rief er Helen an. »Ich bin's, Georg.«

»Mitten in der Nacht? Wir haben... wir haben sieben Uhr – was um Himmels willen ist los?«

»Entschuldige, es geht noch mal um die Geschichte, von der ich dir...«

»Ich habe dich gestern abend schon anzurufen versucht. Deine Freundin«, sie sagte es betont sachlich, »hat jedenfalls vor einem guten Jahr in der Prince Street gewohnt. Die Kollegin aus dem Russian Department hat sie im Konversationskurs gehabt.«

»Wo?«

»Im Konversationskurs... in 160 Prince Street, Nähe Seventh Avenue und Houston.«

Georg holte tief Luft. »Vielen Dank, Helen. Ich hoffe, du hattest nicht...«

»Nein, ich hatte nicht viel Mühe. Ich habe ihr das Bild gezeigt, und sie hat mir die Adresse gesagt. Und den Namen – Fran Kramer.«

»Fran Kramer... Bei den Kramers habe ich einmal im Telefonbuch geblättert. Aber weißt du, wie viele es davon gibt? Kramers, Krameks, Kramerows und so weiter? Ich glaube, die haben drei Seiten gefüllt.«

»Mhm.«

»Jedenfalls vielen Dank. Bist du sauer, wenn ich mit noch einer Bitte komme?«

»Wenn ich's bin – kommst du dann nicht mit ihr?«

»Nachdem schon der CIA auf mich sauer ist oder ich weiß nicht wer, das FBI, die Polizei, wär mir lieber, du wärst es nicht auch noch. Aber ich wär auch froh, wenn...«

»Was redest du da?«

Georg erzählte. Er hatte sich die Geschichte jetzt so oft erzählt, falsch und richtig, daß er nicht lange brauchte. »Und so kommt's, daß du mich heute in der ›New York Times‹ findest, Seite 14, sachdienliche Hinweise nimmt jede Polizeidienststelle entgegen.«

»Was willst du machen?«

»Ich weiß es nicht. Ich habe keine Ahnung, was man mit mir vorhat, wie intensiv ich gesucht werde und von wem alles. Kannst du bei Townsend Enterprises anrufen, die hochkarätige Sekretärin von IBM oder Nabisco oder Mercedes-Benz spielen und um einen Termin wegen eines betrieblichen Sicherheitsproblems bitten? Wenn sie darauf eingehen, spricht's eher für das selbständige Unternehmen als für die Gilman-Abteilung.«

»Hast du keine anderen Sorgen?«

»Doch. Aber im Unterschied zu den anderen läßt sich diese vielleicht beheben. Es interessiert mich einfach, Helen, ich möchte wissen, was gelaufen ist und läuft. Und außerdem würde es mich ein bißchen erleichtern, wenn ich's nicht mit einem eurer bedeutendsten Rüstungskonzerne, sondern mit dem verrückten Cowboy Benton zu tun habe.«

»Aber steht nicht schon fest, daß Gilman... Ich meine, würden Beamte für den verrückten Cowboy Benton marschieren?«

»Vielleicht nein, vielleicht ja – bist du so lieb und rufst an? Nimm ein ruhiges öffentliches Telefon, und in fünf, ach was, in zwei Minuten ist die Sache erledigt.«

»Also gut. Ich versuch's heute vormittag. Du kannst mich am Abend zu Hause erreichen, nachmittags bin ich in der Universität. Paß auf dich auf.«

17

Als Georg bei der 79. Straße am Eingang zur Subway-Station stand und mit den anderen die Treppe hinunterhetzen und -drängen wollte, wurde ihm das Absurde seines Tuns deutlich. Was er mehr als alles andere hatte, war Zeit.

Er ging die Amsterdam Avenue in Richtung Columbia University. Langsam, er rechnete nicht damit, daß die Bibliothek vor acht Uhr öffnen würde. Dann fiel ihm ein, daß er schon einmal die Amsterdam Avenue hochgelaufen war, am ersten Tag in New York, auf dem Weg von Epps Wohnung zur Kathedrale. Zwei Monate war das her. Damals tat ihm niemand etwas, er wußte, wo er schlafen würde, konnte jederzeit nach Deutschland zurückkehren. Jetzt nichts mehr davon. Dennoch war ihm leicht. Die ersten Tage und Wochen in New York waren ein unsicheres Tappen im Dunkeln gewesen. Und ein dauerndes Wundscheuern; er war wundgeschlagen angekommen, und jede vergebliche Bewegung hatte ihm weh getan und ihn müde gemacht, ihn weiter in das Mißtrauen und die Abwehr getrieben, die er von Cucugnan mitgebracht hatte. Bulnakof/Benton hatte recht, er war ein anderer geworden.

Die Kathedrale lag grau und schwer in der Morgensonne. Verläßlich. Der Brunnen daneben sprühte Wasser, beim ›Hungarian Pastry Shop‹ wurden die Tische auf den Bürgersteig gestellt, und in der Mitte der Amsterdam Avenue verlegten Arbeiter Rohre. Vertraut. Und weil alles wie immer und vertraut war, wurde Georg unvorsichtig. Er hatte den Campus der Columbia University von hinten, von der Amsterdam Avenue betreten wollen. Er wußte keinen Grund, warum sie ihn dort vermuten, ihm dort auflauern sollten. Aber dann ging er doch den direkten Weg und bog in die 114. Straße. Nicht wegen der drei Minuten, die er dadurch sparen konnte. Es war einfach so selbstverständlich.

Sie mußten am Broadway an der Ecke gestanden und die Bushaltestelle und den Subway-Aufgang beobachtet haben. Weiß der Himmel warum; vielleicht hatten sie auch an der Ecke zur 115. Straße gewartet, den Eingang zu seinem Apartmenthaus im Auge, und sich nur kurz die Beine vertreten. Georg sah den Rotschopf und drehte sich um, aber da hatte der Rotschopf ihn auch schon gesehen und war losgerannt, der andere mit ihm.

Georg rannte die 114. Straße zurück und in die Amsterdam Avenue. Die anderen beiden waren schnell und holten rasch auf; Georg sah sich kurz um und erschrak. Er würde das Tempo nicht lange halten. Wenn er die Kathedrale vor den anderen schaffte und wenn sie schon offen war und wenn die anderen den kleinen seitlichen Ausgang nicht kannten und wenn auch der offen war – dann, dann hatte er eine Chance. Wenn nicht – er hatte keine Zeit, daran zu denken. Er rannte schräg über die Straße, Autos hupten und bremsten, sein Herz stampfte, und seine Beine liefen ihm nicht schnell genug, holten nicht in den federnden Sprüngen aus, in denen sein Kopf sie rennen machen wollte. Bevor die anderen die Fahrbahn überquert hatten, war er am Fuß der Stufen. Breiter als die Front der Kathedrale führten sie zu deren Toren, zu den immer verschlossenen und, von einem hölzernen Dach geschützt und von hölzernen Geländern begrenzt, zu dem einen, das hoffentlich, hoffentlich offen war. Georg hastete hoch, zwei Stufen auf einmal, keine Kraft mehr in den Beinen. Er drückte gegen die Tür – sie blieb zu. Er drückte fester, rüttelte, und die Tür bewegte sich, und als er zog, schwang sie schwer auf. Noch mal ein Blick über die Schulter – die anderen hatten die Fahrbahn überquert und den Aufgang erreicht. Würden sie das falsche Tor versuchen? Georg rannte durch das Seitenschiff der Kathedrale. Er schaute immer wieder zurück, wollte sich, wenn die anderen reinkamen, nicht durch lautes Rennen verraten. Dann versperrten Säulen die Sicht auf die Tore, und er ging langsam. Im Innern der Kathedrale war es warm, die Luft muffig und drückend. Georg begegnete keinem Menschen und vernahm keinen Laut. Im Mittelschiff hing ein großer Fisch von der Decke, aus Röhren zusammengesetzt, die vom Schwanz zum Kopf erst länger und dann kürzer wurden, in bunten Farben leuchteten und im Luftkreislauf der Kathedrale zitterten. Weit hinter sich hörte Georg ein Tor zufallen.

Er war an der Seitentür, ehe die anderen ihn gesehen hatten. Sie war nicht verschlossen, er drückte sie einen Spalt auf, huschte hindurch und führte sie leise ins Schloß. Wieder rennen – durch den Hof, durch den Garten, über die Amsterdam Avenue, die 110. Straße entlang, am Broadway hinunter in die Subway-Station.

Vor der Kathedrale hatte weder der Rotschopf noch der andere nach ihm Ausschau gehalten, er hatte sie auch nicht gesehen, als er sich am Broadway noch mal umgedreht hatte. Dennoch sah er vom Bahnsteig die Treppe hoch, bis der Zug einlief, und aus dem Wagen auf den Bahnsteig, bis die Türen zuschnappten und ruckend die Fahrt begann.

Er setzte sich, lehnte den Kopf an die Scheibe und schloß die Augen. Er spürte den Schmerz in der Brust und seine schweren und müden Beine. Die anderen meinten es ernst. Sie wollten ihn kriegen. Wo sie noch nach ihm suchten? In Hotels? Hatten sie Photos von ihm? War sein Bild bei der Polizei und bei jedem Revier über die Monitoren geflimmert?

Der Zug fuhr und hielt, fuhr und hielt. Leute stiegen aus und ein. Georg hätte ewig so sitzenbleiben, einschlafen und an anderem Ort und zu anderer Zeit aufwachen mögen.

DRITTER TEIL

I

Georg stieg aus. Im Treppenaufgang stank es nach Pisse. Auf der Houston Street drängten Lastwagen, und ihr Fahrtwind ließ über dem staubigen Mittelstreifen Papierfetzen und Zeitungsseiten flattern wie müde Vögel. In der Ferne machte Georg hängende Gärten aus, grüne Feuerleitern vor roten Backsteinfassaden.

Nach rechts sah er in gepflegte, ruhige Straßen. Hinter einer dem heiligen Antonius von Padua geweihten Kirche, deren Romanik ihn an die wilhelminische Turnhalle seines Heidelberger Gymnasiums erinnerte, bog er in die Thompson Street. Wieder gut erhaltene vier- bis fünfstöckige Häuser, in den Erdgeschossen Antiquitäten-, Kunst- oder Modeläden. Über den Häusern am Ende der Straße waren die Türme des World Trade Center zum Greifen nahe. Bei der nächsten Kreuzung war Georg an der Prince Street.

Erst beim genauen Hinsehen konnte er über dem Eingang des Eckhauses die stumpfe goldene Aufschrift lesen: 160 Prince. Gegenüber machte gerade das ›Café Borgia‹ auf, Georg setzte sich ans Fenster und bestellte frischgepreßten Orangensaft. Er studierte das Eckhaus, als müsse er es nachher aus dem Gedächtnis zeichnen. Roter Backstein, hohe Fenster, Ziergiebel, deren graue Steine wie Kronen nach oben und auseinander strebten und im obersten Stockwerk kleine Tempelfriese formten. Im Erdgeschoß neben dem Eingang auf der einen Seite die ›Vesuvio Bakery‹ und auf der anderen eine Bar, aus deren Fenster eine neonrote, geschwungene Leuchtschrift für Miller Beer warb. Darüber fünf Stockwerke; zwischen dem ersten und zweiten mäanderte ein graues Steinband um das Haus. Schwarze Feuerleitern. Vor dem Eingang ein Hydrant.

Das Café war leer. Das Radio spielte Evergreens. Auf der Straße fuhr der Lieferwagen der ›Vesuvio Bakery‹ vor. Ein Postauto kam, hielt an und fuhr weiter.

Noch ehe Georg Françoises Gesicht erkennen konnte, erkannte er ihren Gang, das ruckhafte Schwingen von Rock und Hüften, die kleinen, raschen Schritte der kurzen Beine. Sie schob einen Wagen, gab ihm manchmal einen Stoß, ließ ihn vorausrollen und holte ihn wieder ein. Sie lachte. Nein, das war kein Einkaufswagen. Es war ein Kinderwagen, aus dem sich zwei Ärmchen streckten.

Vor dem Eingang nahm sie das Kleine behutsam heraus. Als Georg fünfzehn Jahre alt war, erstmals unglücklich verliebt, sah er eines Nachmittags vom obersten Treppenabsatz der Schule, in der gerade irgendwelche Arbeitsgemeinschaften stattfanden, sie, wie sie unten in der Halle am Geländer lehnte und ein Kätzchen auf dem Arm hielt und koste. Es war nur das Kätzchen aus dem Wurf der Katze des Hausmeisters, aber die Eifersucht auf das Kätzchen durchfuhr ihn damals so schmerzhaft, so körperlich, wie er es danach nie mehr erlebte. Jetzt sah er François das Kleine auf dem Arm halten und in die Decke hüllen, und für einen Augenblick krampfte ihm die Eifersucht Bauch und Brust und erinnerte ihn an die Szene mit dem Kätzchen.

Françoise klappte mit dem Fuß und der freien Hand den Kinderwagen zusammen und ging ins Haus. In Georg stieg die Wut auf, eine kalte und helle Lust am Zuschlagen, Wehtun, Zerstören. Er zahlte und ging hinüber. *Fran Kramer, fünfter Stock, Apartment B.* Die Haustür stand offen. Er nahm die Treppe. Auf den Absätzen standen Fahrräder, Kinderwagen, gebündelte Umzugskartons, Mülltüten. Neben der Tür 5 B lehnte der zusammengeklappte Kinderwagen. Georg klingelte.

»Gleich.« Georg hörte sie einen Stuhl rücken, zur Tür kommen, die Kette vorlegen und den Riegel zurückschieben. Das Kind schrie. Die Tür öffnete sich einen Spalt, Georg sah die Kette und Françoises Gesicht, das vertraute und verhaßte verstörte Türkenmädchengesicht.

Mit einem Tritt brach er die Kette und stieß die Tür auf. Françoise wich zurück, preßte sich an die Wand und hielt die Hände vor die Brust. Als erstes fielen ihm der Flecken auf der Bluse und die fettigen Haare auf; er hatte sie nie anders als gepflegt und elegant gesehen.

»Du?«

»Ja, ich.« Er trat in den kleinen Korridor und machte die Tür zu.

»Aber wie... was... Was machst du hier?« Sie sah ihn völlig entsetzt an.

»Hier in deiner Wohnung?«

»In meiner Wohnung, in der Stadt... Woher kommst du? Woher weißt du?«

»Daß du hier wohnst?«

»Überhaupt. Ich meine...«

»Du willst mir doch nicht erzählen, daß du nicht gewußt hast, daß ich in der Stadt bin? Ausgerechnet du?« Er schüttelte den Kopf. »Aber das Kind schreit.«

Sie drückte sich an der Wand zum Durchgang ins Wohnzimmer. »Entschuldige, ich... ich war gerade dabei...« Sie ging zum Kind, das auf einer Decke auf dem Boden strampelte und nahm es auf. Ihre Bluse fiel auf, und er sah ihre vollen Brüste. Sie setzte sich auf das Sofa und führte die tropfende Brust in den schreienden Mund. Das Kind schloß die Augen und saugte. Françoise schaute auf. Nicht mehr verstört, nicht mehr entsetzt. Sie schob die Unterlippe ein bißchen vor, er kannte das. Sie wußte, daß sie so kokett und schmollend aussah, und in ihren Augen lag die Bitte, daß er ihr nicht böse sein dürfe, die Gewißheit, daß er nicht böse sein könne. Sein Zorn kam wieder hoch. »Ich werde eine Weile hierbleiben, und Françoise, wenn du Bulnakof oder Benton oder dem CIA oder der Polizei... wenn du irgend jemandem irgend etwas sagst, dann bringe ich das Kind um. Von wem ist es? Bist du verheiratet?« An diese Möglichkeit hatte Georg überhaupt nicht gedacht, er sah sich im Wohnzimmer um, durch die offene Tür ins Schlafzimmer, schaute nach Anzeichen dafür, daß hier noch ein Mann lebte.

»Ich war.«

»In Warschau?« Georg lachte verächtlich.

»Nein«, antwortete sie ernsthaft, »hier in New York. Wir sind gerade geschieden worden.«

»Bulnakof?«

»Unsinn. Benton ist mein Chef, nicht mein Mann.«

»Und von dem ist das Kind?«

»Nein... ja... wen meinst du?«

»Herrgott, Françoise, kannst du etwas anderes als nein und ja sagen?«

»Und kannst du mit diesem ekelhaften, widerlichen Verhör aufhören? Du kommst hier zur Tür hereingeplatzt, machst das Schloß kaputt und Gill verrückt und mich auch. Ich will nichts mehr hören.« Da war wieder die Kleinmädchenstimme, quengelnd und weinerlich.

»Ich prügele es aus dir heraus, Françoise, Wort um Wort, wenn es sein muß. Oder ich hänge das Kind... hänge Gill an den Füßen auf, bis ich alles weiß, was ich wissen will. Von wem ist das Kind?«

»Von dir – tust du ihm jetzt nichts?«

»Ich will nicht hören, was dir im Moment in den Kram paßt, sondern was los ist. Von wem ist das Kind?«

»Von meinem Ex – bist du jetzt zufrieden?«

Georg spürte die alte Hilflosigkeit. Er wußte, daß er weder sie noch das Kind quälen konnte. Und er zweifelte, daß sie ihm dann die Wahrheit sagen würde. Er würde nur hören, was sie meinte, daß er es hören wolle und daß es die peinliche Situation beende. Sie war wie ein Kind, lebte in der Hoffnung auf unmittelbare Belohnung und in der Angst vor unmittelbarer Bestrafung und hatte für die Wichtigkeit der Wahrheit keinen Sinn.

»Schau mich nicht so an.«

»Wie schaue ich dich an?«

»Prüfend... nein, mehr verurteilend.«

Georg zuckte die Schultern.

»Ich habe nicht gewußt... nicht gewollt, daß alles so kam. Es ging auch viel länger, als ich gedacht hatte, und war so schön mit dir. Erinnerst du dich noch an die Musik, die wir auf der Fahrt nach Lyon gehört haben? Es war ein Potpourri.«

»Ich weiß.« Und ob er sich an die Fahrt erinnerte und an die Nacht und die anderen Nächte und das Aufwachen neben Françoise und das abendliche Nachhausekommen nach Cucugnan. Wie eine Woge wollte ihn die Erinnerung nehmen und tragen. Sentimentalität war das Letzte, was er brauchen konnte. »Reden wir ein anderes Mal weiter. Ich habe die letzte Nacht auf einer Bank im Park verbracht, bin heute morgen von Bentons Leuten gejagt worden und bin müde wie ein Hund. Gill schläft, und du legst sie ins Bett und schiebst das Bett ins Schlafzimmer, und ich schlafe in deinem Bett. Die Tür schließe ich von innen ab – klar können Bentons Leute die aufbrechen, aber vergiß nicht, daß ich näher und schneller bei deinem Kind bin als jeder, der durch die Tür stürmt.«

»Aber wenn sie schreit?«

»Dann werde ich schon aufwachen und kann dich reinlassen.«

»Aber ich verstehe nicht...«

Sie sah ihn ratlos an, das kleine Grübchen über der rechten Augenbraue.

»Du brauchst jetzt nichts zu verstehen. Du verhältst dich einfach wie immer, vergißt, daß du mich heute gesehen hast, vergißt, daß ich hier bin, und sorgst dafür, daß niemand davon erfährt.«

Sie blieb sitzen – Georg nahm ihr das Baby aus dem Arm, legte es in das Kinderbett und schob das Kinderbett ins Schlafzimmer. Er schloß die Tür ab, zog sich aus und legte sich schlafen. Er roch Françoises Geruch. Im Nebenzimmer hörte er sie leise weinen.

2

Um zwei Uhr wachte er auf. Es klopfte leise. Er stand auf und schaute nach Gill – sie hatte den Daumen im Mund, saugte und schlief.

»Ja?« Er flüsterte an der Tür.

»Machst du auf?«

Er stand unschlüssig. War das eine Falle? Wenn es eine war, wenn das Kind an seiner Seite und in seiner Gewalt ihn so wenig schützte, dann hatte er ohnehin keine Chance. Er zog die Jeans über und öffnete.

Sie hatte das Kleid an, das sie auf der Fahrt nach Lyon getragen hatte, das blaßblau und -rot gestreifte mit den großen blauen Blüten. Sie hatte das Haar gewaschen, Augen und Lippen geschminkt und hielt ein Fläschchen in der Hand. Auch sie flüsterte. »In einer Stunde wacht Gill auf, denke ich – gibst du ihr dann die Flasche? Danach mußt du sie aufrecht halten und kannst ihr leicht auf den Rücken schlagen, bis sie ihr Bäuerchen gemacht hat. Und wenn sie naß ist, kriegt sie frische Windeln. Sie liegen im Badezimmer.«

»Wohin gehst du?«

»Ich muß Übersetzungen abgeben, die ich gemacht habe.«

»Arbeitest du nicht mehr für Bulnakof?«

»Doch, aber ich habe noch Mutterschaftsurlaub. Ich verdiene mit Übersetzungen nebenher – New York ist teuer, weißt du.«

»Warst du letzte Woche bei dem Spiel der Yankees gegen die Indians?«

»Das war ein lausiges Spiel. Hast du es gesehen? Ich muß jetzt weg. Danke fürs Babysitting.« Von der Wohnungstür winkte sie ihm zu, das kokette Flattern der Hand.

Er legte sich wieder. Er konnte nicht mehr schlafen, lauschte Gills zufriedenem Schmatzen und nörgelnden Seufzern. Dann duschte er, nahm vom Badewannenrand den rosaroten Einwegrasierer für die Beine der Dame und rasierte sich. Unter der Spüle fand er ein Waschmittel, weichte Unterwäsche, Hemd und Socken ein, zog zu seinen Jeans den weitesten Pullover aus Françoises Schrank an. Als er an Gills Bett trat, lag sie mit offenen Augen. Sie sah ihn an und verzog den Mund, schrie und bekam einen roten Kopf. Er hob sie hoch, hatte vergessen, wo Françoise die Flasche hingestellt hatte, lief suchend durch die Wohnung. Gill hörte nicht auf zu schreien.

Georg hatte nie Kinder haben wollen. Er hatte sie auch nie nicht haben wollen. Das Thema hatte ihn einfach nicht beschäftigt; als Steffi und er heirateten, war ihnen selbstverständlich, daß sie eines Tages Kinder haben würden, und mit Hanne, die sich hatte sterilisieren lassen, waren Kinder ebenso selbstverständlich ausgeschlossen. Er hatte einen Patensohn, den Ältesten seines Schul- und Studienfreundes Jürgen, der in Mosbach Amtsrichter geworden war, mit dreiundzwanzig geheiratet und mittlerweile fünf Kinder hatte. Mit dem Patensohn war Georg im Frankfurter Zoo und im Mannheimer Observatorium gewesen, er hatte ihm bei gelegentlichen Besuchen Gutenachtmärchen vorgelesen und zum zehnten Geburtstag das große Schweizer Offiziersmesser mit zwei Klingen, Schraubenziehern, Flaschen- und Dosenöffner, Korkenzieher, Schere, Feile, Säge, Lupe, Pinzette, Zahnstocher und einem Gerät zum Entschuppen von Fischen geschenkt, das er selbst gerne gehabt hätte. Dem praktischen Jungen war's zu schwer, außerdem fing er keine Fische.

Georg fand die Flasche, Gill trank sie im Handumdrehen leer und schrie wieder. Was will das Balg jetzt, dachte Georg.

Ihm fiel der Auftrag ein, sie aufzurichten und ihr leicht den Rücken zu klopfen; er machte es, sie rülpste und schrie weiter.

»Was willst du noch? Warum schreist du mir die Hucke voll? Männer mögen schreiende Frauen nicht, und sie mögen häßliche Frauen nicht, und wenn du weiterschreist, kriegst du ein schiefes und krummes Gesicht, häßlich wie die Nacht.«

Gill war still. Aber als er nichts mehr sagte, schrie sie wieder, und so redete er weiter, wiegte sie hin und her, ging mit ihr auf und ab. Er brachte dududu und eieiei nicht über die Lippen, obwohl ihm klar war, daß sie damit ebenso zufrieden wäre wie mit den Märchen, Wildwestfilmen und Kriminalromanen, die er für sie aus der Erinnerung kramte.

Er legte sie im Badezimmer auf die Kommode und machte die nasse Windel ab. Nicht nur vollgepinkelt, sondern vollgeschissen – Georg wusch Gill den Hintern ab und cremte ihn ein. Das nackte, haarlose Geschlecht faszinierte ihn. Was mochte sich der liebe Gott gedacht haben, als er das Schamhaar erfand? Er fuhr mit Gills Beinen Fahrrad und machte mit ihren Armen Bewegungen nach links und rechts, oben und unten und ließ ihre Hände nach seinen Daumen greifen und sich daran festhalten. Er knuddelte den Speck an ihren Schenkeln, Armen und Hüften. Sie quiekte vergnügt. Eigentlich ist der Unterschied zwischen kleinen Kindern und kleinen Katzen minimal, dachte er. Kleine Kinder machen mehr Arbeit, man investiert gewissermaßen mehr in sie, und dafür bringen Menschen später mehr als Katzen, das ist nur recht und billig. Er studierte Gills Gesicht, suchte nach dem Ausdruck von Verstand. Sie hatte dünnes dunkles Haar, eine hohe Stirn, Stupsnase, Stupskinn und keine Zähne. In den blauen Augen konnte Georg nicht lesen; als er sich über sie beugte, spiegelte er sich darin. Sie lachte – ist das ein Anzeichen von Verstand? Auf dem Rand ihrer Ohren entdeckte er dichten dunklen Flaum. Sie hielt immer noch seine Daumen fest.

»Meine kleine Geisel. Wenn die Mama nach Hause kommt, ist Schluß mit dem Flirten. Sie muß nicht wissen, was für ein Papiertiger ich bin. Ist das klar?«

Gill war eingeschlafen. Georg legte sie ins Bett, rief Jürgen in Deutschland an und bat ihn, den Brief, der noch nicht angekommen war, als erledigt anzusehen. Er hatte überlegt, die alte Geschichte durch die neue zu ersetzen und die Bitte zu belassen. Aber wozu? »Was machst du in New York?« Sein Freund machte sich Sorgen. »Ich melde mich wieder. Grüß die Kinder.«

Georg wußte, daß eigentlich Überlegungen und Entscheidungen anstanden. Wie geht es weiter? Was planen die anderen? Was kann und will ich machen? Aber die Welt draußen war weit weg. Georg kannte das Gefühl von Eisenbahnfahrten; zwar trennen einen nur die dünne Wand und das dünne Glas von den vorüberziehenden Landschaften, Städten, Autos und Menschen, aber diese Trennung und die Geschwindigkeit reichen, um einen einzukapseln. Dazu kommt, daß man da, von wo man aufgebrochen ist, nichts mehr, und da, wo man ankommen wird, noch nichts tun kann. Bei der Ankunft mögen Entscheidungen und Handlungen anstehen. Aber in der Einkapselung ist man zur Passivität verurteilt und befreit. Wenn überdies niemand weiß, daß man im Zug sitzt, wenn niemand einen erwartet und man einer gänzlich fremden Stadt entgegenfährt, gewinnt die Einkapselung existentielle Qualität. Keine Autofahrt kann dabei mithalten; man ist als Fahrer am Steuer aktiv oder nimmt als Beifahrer aktiv Anteil und Einfluß. In Françoises Apartment erlebte Georg dieselbe Einkapselung. Zwar lag es nur an ihm, hinauszutreten und sich in das Leben draußen einzufädeln. Er wußte, daß ihm das bevorstand, er es tun mußte und würde. Er fühlte sich auch nicht innerlich blockiert. Der Zug war einfach noch nicht angekommen, und der Fahrplan mit den Ankunftszeiten war verlorengegangen.

Er saß im Wohnzimmer im Schaukelstuhl und sah aus dem

Fenster. Ein Innenhof mit Baum, Feuerleitern, Wäscheleinen und Mülltonnen. Er konnte nicht ausmachen, aus welchen Wohnungen die Geräusche kamen: Hämmern, das Klappern von Töpfen, ein Saxophon, Kinderstimmen und sich laut über den Hof unterhaltende Frauen. Françoise kam nicht. Die Schatten kletterten die Wände hoch. Um sechs Uhr wachte Gill auf, und diesmal ging es ohne Geschrei. Als sie wieder eingeschlafen war, wusch er seine Wäsche aus und hängte sie zum Trocknen auf. Es begann zu dämmern. Der Himmel über den Nachbarhäusern und hinter dem World Trade Center wurde rot.

Françoise hatte eine große braune Einkaufstüte auf dem Arm. »Wie geht es Gill?«

»Sie schläft.«

»Immer noch? Sie wacht sonst um sechs auf.«

»Ist sie auch. Ich habe ihr noch einen Tee gemacht und die Flasche gegeben.«

Sie schaute ihn skeptisch an. »Es tut mir leid, daß ich so spät bin. Ich war noch bei Benton.«

»Du bist also wirklich... Und wo sind sie jetzt? Wieviel Zeit habe ich, mit erhobenen Händen rauszukommen?« Er stand auf.

»Nein«, rief sie, ließ die Tüte fallen und platzen und stürzte vor die Schlafzimmertür, »nein, laß sie, tu's nicht. Ich habe nichts gesagt von dir, in der ›New York Times‹ ist eine Meldung, eine Meldung über dich, wart, ich zeig sie dir«, sie streckte ihm abwehrend die linke Hand entgegen, bückte sich, zog die Zeitung aus den Trümmern der Tüte, blätterte, »gleich hab ich's, hier.«

»Ich kenne die Meldung.« Sie glaubte also wirklich, daß er Gill etwas antun könnte.

Sie richtete sich auf. »Nächste Woche ist mein Urlaub zu Ende, und ich wollte sowieso diese Woche vorbeischauen, und als ich die Meldung gelesen hatte...«

»Hast du Benton gesprochen?«

»Ja, er ist ziemlich sauer. Er hat die Meldung gar nicht in der Zeitung haben wollen. Die Maler auf der Treppe haben die Ambulanz und die Polizei alarmiert, dann sind auch die Reporter gekommen, haben herumgehört und -geschnüffelt, und deinen Namen hat der von der Treppe genannt, der war nach dem Sturz nicht mehr ganz dicht. So viel Wind, hat Joe gesagt, so viel Wind.«

»Joe ist Benton?«

»Ja. Weißt du, daß der andere, der vom Lift, beide Beine gebrochen hat?«

»Woher soll ich das wissen? Ich hatte keine Zeit, stehenzubleiben und nachzuschauen.«

»Warum hast du das gemacht?« Sie fragte ängstlich. Er war ein anderer für sie geworden. Einer, der zuschlägt und den das nicht schert und vor dem sie sich besser in acht nimmt.

»Was hat er dir erzählt? Bulnakof – Benton – Joe – bald ist es soweit, daß ich Sweetie und Honey zu dem Schweinehund sage.«

»Er hat gesagt, daß du nicht mehr zufrieden bist mit dem, was du in Cucugnan bekommen hast, mehr haben und ihn erpressen wolltest.«

»Und womit wollte ich ihn erpressen?«

»Du hast herausgefunden, daß wir ... daß er ... daß du es in der Provence nicht mit den Russen zu tun hattest, und hast gedroht, daß du es den Russen sagst und daß die es nicht mögen.«

»Mit dieser läppischen Erpressung soll ich zu Benton gekommen sein? Und was soll ich in Cucugnan bekommen haben?« Georg wurde immer zorniger. »Für wie blöd hältst du mich? Du weißt doch selbst, daß das Scheiße ist – was soll das klägliche Theater? Mein Gott, was hab ich deine Lügen satt, satt, satt.« Und mit jedem »satt« schlug er ihr klatschend ins Gesicht. Er ballte die Fäuste. Sie schützte das Gesicht mit dem Arm. Sie standen sich gegenüber, Auge in Auge, ihr erschreckter Blick und sein wütender. Er holte tief Luft. »Es ist vorbei, ich tue dir nichts mehr. Kommt Benton manchmal hierher? Hast du noch ein Verhältnis mit ihm?«

»Das ist vorbei. Und sonst – wer zu mir kommt, ruft mich vorher an, schon wegen dem Kind. Du mußt keine Angst haben. Und ich sag bestimmt niemand was. Ich will auch meinen Babysitter nicht verlieren.« Vom einen auf den nächsten Moment schaute sie anders und klang anders, zuerst furchtsam, dann verschwörerisch ernsthaft, bei den letzten Worten fröhlich mit einem Augenzwinkern. »O weh, was für ein Chaos!« Sie sah zur geplatzten Tüte. Milch lief aus. »Hilfst du mir mit dem Abendessen?«

Als sie später schlafen gingen, blieb er hart. Er nahm im Schlafzimmer das Bett neben Gill, Françoise die Couch im Wohnzimmer. Er schloß die Tür ab; er werde es hören oder sie solle klopfen, wenn Gill aufwachen und Françoise brauchen würde. Er hörte es auch, noch vor Françoise, und ging ins andere Zimmer und weckte sie. Als sie Gill die Brust gegeben hatte, war er längst wieder eingeschlafen. Sie zog das Nachthemd aus und schlüpfte zu ihm unter die Decke.

3

Schon am nächsten Tag war das Zusammenleben eigentümlich alltäglich. Es erinnerte Georg an die Alltäglichkeit der letzten Zeit, die sie in Cucugnan zusammen verbracht hatten.

»Was hast du damals gedacht, als du vom einen auf den anderen Tag nicht mehr kamst? Ohne mir ein Wort zu sagen?« Durch die Jalousie sah Georg den blaßblauen Morgenhimmel, Françoise lag erschöpft und befriedigt neben ihm, den Kopf auf seinem Arm.

»Joe hatte mich plötzlich nach New York geschickt, und hier hieß es dann, ich sollte bleiben.«

»Aber was hast du dabei gedacht, ich meine, über mich und uns?«

Sie dachte sichtbar angestrengt. Sie verstand seine Frage nicht, wollte es ihm aber recht machen, ihn nicht enttäuschen, sondern mit der richtigen Antwort zufriedenstellen.

»Denk nicht soviel. Sag einfach, wie du es erlebt hast.«

»Es war doch mein Job. Und Gill war unterwegs, und du fingst an, verrückt zu spielen. Ich habe meinen Job nicht riskieren können, wo ich bald für Gill sorgen mußte, und auf dich konnte ich mich nicht verlassen. Du hast immer so, ich weiß nicht, wie ich's sagen soll, so ... du willst immer mehr als ist und machst dabei was ist kaputt. In der Provence jedenfalls hast du mit deinem Stolz und Trotz alles kaputtgemacht, hast dich unbedingt mit Joe anlegen müssen. Man muß im Leben kleine Brötchen backen.«

»So ein Quatsch.«

»Siehst du, du verstehst das nicht.«

»Kriegst du keinen Unterhalt für Gill?«

»Nein, ich weiß doch nicht, wer der Vater ist.«

»Benton oder dein Ex ... Kann sie auch von mir sein?«

Sie stützte sich auf den Ellenbogen und sah auf ihn herab. »Du bist lieb. Ich hab's mir manchmal gewünscht. Du warst noch sehr in mir, als ich wieder hier war. Ich erinnere mich, wie ich die Madison Avenue entlangging, und vor mir lief ein Mann, der dein Eau de Toilette hatte, und ich war verrückt vor Sehnsucht.«

»Und als später Benton nach New York zurückkam, erzählte er, daß er mich schließlich doch noch rumgekriegt hat, gekauft hat?«

»Ja.«

»Willst du wissen, wie es wirklich war?«

»Nicht jetzt, Gill wacht gleich auf.« Sie schob die Decke weg und küßte seine Brust.

Georg verbrachte den größten Teil des Tags allein mit Gill. Fran, wie er sie jetzt nannte, erledigte ihre neue Übersetzung in der New York University. Georg telefonierte mit Helen, sie hatte einen Termin bei Townsend Enterprises bekommen.

Er spielte mit Gill, fütterte und badete sie. Er las in Frans Büchern und durchsuchte systematisch ihre Schränke, die Kartons unter ihrem Bett und ihren Schreibtisch. Danach wußte er, daß sie dreißig Jahre alt war, aus Baltimore stammte, Williamstown College und Columbia University besucht hatte und sechs Jahre mit David Kramer verheiratet gewesen war. In einer Schublade fand er ein Bild von sich; er lag in der Hängematte vor dem Haus in Cucugnan, Dopy auf dem Bauch. Als Fran um sechs Uhr nach Hause kam, stand das Essen auf dem Tisch.

Ebenso ging es die nächsten Tage. Abends und morgens, wenn sie miteinander geschlafen hatten und Fran von schnurrender Zufriedenheit war, bekam Georg auf gelegentliche Fragen gelegentliche Antworten. Das Bild der Kathedrale hatte sie in Cadenet aufgehängt, weil sie als Studentin gegenüber gewohnt hatte und glücklich gewesen war und ein Andenken an New York haben wollte. Ja, Townsend Enterprises gehörte Joe Benton. Der war viel rumgekommen in der Welt, war zunächst orthodoxer Priester geworden, dann zu den Marines gegangen und dann in ein Ashram in Kalifornien. Als er Privatdetektiv wurde, hat er das zunächst unter eigenem Namen betrieben, aber als seine Aufträge brisanter und seine Kunden renommierter wurden, mußte er sich Tarnungen zulegen. Fran arbeitete seit vier Jahren für ihn und war im zweiten Jahr seine Geliebte geworden. Der Auftrag für Gilman war der größte, an den sie sich erinnern konnte; er hatte Joe dreißig Millionen gebracht. Daß er Maurins Leben gekostet hatte, tat ihr leid, sagte sie. Aber Georg hatte den Eindruck, daß es ihr egal war und daß sie für den Überfall auf ihn und den Tod seiner Katzen ihn selbst verantwortlich machte. Joe hatte Verbindungen zu staatlichen Stellen. »Eine Hand wäscht die andere, verstehst du? Manchmal braucht er die Offiziellen und manchmal sind sie froh, wenn ein Problem inoffiziell erledigt wird. CIA? Keine Ahnung, ob es der CIA ist oder irgendeine seiner Agenturen.«

Politik interessierte Fran nicht. Und so interessierte sie auch die politische Dimension ihrer Arbeit nicht, kaum die moralische. Aber, fragte Georg sich, bin ich anders? Ich habe Helen gesagt, daß es für Benton/Bulnakof eine Niederlage bedeutet, mir Geld zu zahlen, und daß es mir um diese Niederlage zu tun ist. Aber was wollte ich mit dem Geld machen? Strafen und Rächen und Kassieren – ich hab's mir ziemlich einfach gemacht.

Trotzdem blieb die Frage, was Fran eigentlich interessierte.

Ihr Job? Sie hatte ein geradezu unterwürfiges Verhältnis zu ihrer Arbeit; das unterwürfige Verhältnis zu Benton war Teil davon gewesen. »Hast du ihn geliebt?« – »Er war nicht schlecht zu mir. Ich verdanke ihm viel, er wollte sogar für Gill zahlen.« – »Warum läßt du ihn nicht?« Georg war gespannt auf die Antwort. Ihre Unterwürfigkeit hatte ihn an den Fatalismus erinnert, mit dem man sich dem Wetter unterwirft und Sonne oder Regen nimmt, wie sie kommen. Also hätte sie auch Bentons Geld als Geschenk des Himmels nehmen können. Aber nein. »Das kann ich doch nicht machen, wo ich nicht weiß, ob er der Vater ist.« Sie schien verwundert über sein Ansinnen, moralisch verwundert. Also war's nichts mit der Wettertheorie. Dennoch war der Job für sie bloß ein Job, wie das Wetter nur das Wetter ist. Er ließ sie innerlich unbeteiligt.

Gill? Frans Leben kreiste um Gill. Zugleich erlebte Georg Fran im Umgang mit Gill seltsam geschäftsmäßig; Gill war ein praktisches Problem, das praktische Lösungen verlangte. Wenn Fran die Brust gab, dann war das ein technischer Vorgang der Nahrungsaufnahme beziehungsweise -abgabe. Keine Mutter-Kind-Innigkeit. Georg erinnerte sich an Bilder in Museen, die mehr Wärme ausstrahlten als der Anblick von Fran mit Gill an der Brust.

Und ich? Interessiert sie sich für mich? Liebt sie mich? Georg hatte oft das Gefühl, daß auch er für sie ein Teil der Welt war, die man nicht ändern kann, die man hinnehmen muß, an deren Freuden man sich eben freut und unter deren Schlägen man sich eben duckt. Sie freute sich jeden Tag mehr an ihm. Das merkte Georg. Warum auch nicht? Er versorgte Gill, putzte und kochte für Fran und schlief mit ihr. Wenn sie ihren Orgasmus hatte, wenn die Schreie aus ihrem Körper brachen und sie sich ganz fest an ihn klammerte – jetzt, dachte er, jetzt habe ich dich erreicht, erschüttert. Aber wenn sie sich danach streckte und räkelte, erinnerte sie ihn an einen Hund, der lustvoll durchs Wasser geplantscht ist und sich trockenschüttelt, daß die Tropfen stieben. Er hatte sie nicht erreicht, hatte sie nicht erschüttert, sondern war einfach eine der Freuden gewesen, die die Welt bereithält.

Manchmal wollte er sie packen und schütteln. Als stecke in der Fran, mit der er zusammen war, noch eine andere, als könne er die Hülle, in der sie ihm, ob fröhlich oder traurig, letztlich unbeteiligt und unerreichbar schien, sprengen. Den Rosenhag zerreißen und die Schlafende wachrütteln, wenn er sie denn nicht wachküssen konnte. Er kannte das Gefühl aus Cucugnan. Inzwischen hatte er, einmal in Helens Büchern stöbernd, das Märchen von Dornröschen gefunden und gelesen. Er wußte, daß der Königssohn, der Dornröschen küßte, einfach zur rechten Zeit gekommen war. Die hundert Jahre waren verflossen und der Tag war gekommen, da sie wieder erwachen sollte. Dornröschen wird nicht wachgeküßt.

Einmal packte und schüttelte Georg sie trotzdem. Es war am Sonntag, und erstmals ging Fran nicht zum Übersetzen in die Bibliothek, und sie verbrachten den ganzen Tag zusammen. Sie holten Gill zu sich ins Bett, badeten zu dritt in der Badewanne, hatten Bloody Marys und Eggs Benedict zum Frühstück und lasen sich durch das dicke Paket der ›New York Sunday Times‹. Um zwei Uhr klingelte das Telefon. Fran nahm ab und sagte nur ein paarmal »Ja« und »Gut« und zuletzt »bis dann«. Um drei fing sie davon an, daß der gemeinsame Sonntag schön, ihr die viele Gemeinsamkeit aber ungewohnt sei. Sie brauche Raum und Zeit für sich ganz allein. Er stimmte zu und las weiter. Sie fragte ihn, ob es ihm nicht auch so gehe und ob er nicht für ein paar Schritte und Stunden raus wolle.

»Bei dem Wetter?« Es schüttete.

»Das bißchen Regen... er schützt dich, daß du nicht gesehen und erkannt wirst. Du hast die ganze Woche in der Wohnung gehockt.«

»Vielleicht nachher.«

Um halb vier kam sie zur Sache. »Du?«

»Ja?«

»Um vier kommt jemand, und ich wäre froh, wenn du mich mit ihm eine Weile allein lassen könntest.«

»Wer? Um was geht's?«

»Manchmal... manchmal kommt ein Mann zu mir, und wir...«

»Ihr schlaft zusammen.«

Sie nickte.

»Hat er vorhin angerufen?«

»Er ist verheiratet und weiß oft erst kurz davor, ob er weg kann.«

»Dann ruft er an, kommt vorbei, ihr bumst, und er knöpft die Hose zu und geht wieder.«

Sie sagte nichts.

»Liebst du ihn?«

»Nein. Es ist... er ist...«

»Benton?«

Sie sah ihn furchtsam an. Wie er den Blick kannte und haßte. Und die kleine und spitze Stimme, mit der sie ihn schließlich fragte: »Tust du mir jetzt was? Oder Gill?«

Das alte Gefühl der Hilflosigkeit und Müdigkeit wollte ihn überschwemmen. Nein, dachte er, das lasse ich nicht mehr zu, und schlagen werde ich sie auch nicht. »Fran, ich will das nicht. Was zwischen uns ist – ich weiß es nicht genau, aber es geht kaputt, wenn du jetzt mit Benton schläfst, und ich will nicht, daß es kaputtgeht. Du machst ihm nicht auf.« Soll ich ihr sagen, daß ich sie liebe?

Aber schon redete sie los, stanzte mit vernünftelnder Quengeligkeit Satz hinter Satz. »Nein, George, das geht unmöglich. Er weiß, daß ich da bin, und wenn ich da bin, mache ich auf. Er kommt extra von Queens gefahren, den ganzen langen Weg. Er ist mein Chef, und am Montag geht die Arbeit wieder los. Montag, das ist morgen. Ich lasse mir von dir mein Leben nicht durcheinanderbringen. Das könnte dir so passen. Und wie hast du dir das gedacht? Joe steht vor der Tür und hört Gill schreien und mich herumlaufen, und ich mache nicht auf? Hast du dir das überlegt? Nein, so läuft das nicht. Du platzt einfach in mein Leben und stellst Ansprüche. Ich habe dir nichts versprochen. Und was glaubst du, daß Joe tut, wenn er vor der Tür steht und ich ihn nicht hereinlasse? Meinst du, der zuckt mit den Schultern und geht die Treppe runter und setzt sich ins Auto und fährt nach Hause? Außerdem muß er denken, mir wäre etwas passiert, wenn ich zuerst sage, er kann kommen, und dann nicht aufmache. Er ruft den Hausmeister und die Feuerwehr, und was dann los ist, möchte ich nicht erleben. Ich…«

Er packte und schüttelte sie und schrie in ihr Gesicht, in dem der Mund ohne Stimme weiter Sätze formte: »Schluß jetzt, Fran, hör auf.« Sie verzog das Gesicht unter seinem Griff. »Du schreibst einen Zettel, daß du mit Gill ins Krankenhaus mußt, und heftest ihn an die Haustür. Und wenn er trotzdem hochkommt – ich werde mit ihm fertig, und vielleicht ist das das richtige Ende für diese verrückte und beschissene Geschichte, die ich bis oben satt habe.« Gill war aufgewacht und schrie, und Georg sah wieder die Furcht in Frans Blick. Kalt fuhr er fort. »Los jetzt, sonst tut es Gill und dir leid.«

Sie schrieb den Zettel, heftete ihn an die Haustür, und Benton klingelte nicht. Sie lasen die Zeitung aus, kochten gemeinsam und gingen früh schlafen, weil Fran früh raus mußte. Sie liebten sich, und Georg war, als sei sie so leidenschaftlich, weil er so abwesend war.

Er war mit den Gedanken bei Townsend Enterprises und Gilman und den Russen. Er wollte die Geschichte zu Ende bringen. So, wie die Spieler plaziert und die Karten verteilt waren, sah es schlecht für ihn aus. Die Karten gehörten eingesammelt, gemischt und neu verteilt – und warum nicht einen neuen Spieler dazubitten? Wenn die Russen nicht mitspielten, mußte er sie ins Spiel bringen.

4

Wenn Joe Benton die dreißig Millionen von Gilman nicht reichten und er noch mal dreißig Millionen von den Russen holen wollte – wie würde er vorgehen? Kontakt herstellen, eine Konstruktionszeichnung als Muster vorlegen, einen Preis nennen, und das nicht als Chef von Townsend Enterprises und vielleicht sogar durch einen Strohmann. Wie würden die Russen reagieren? Das Muster gründlich studieren, Einsicht in das gesamte Material verlangen, den Preis drücken und herausfinden, mit wem sie zu tun haben und ob man sie reinlegt. Und wie würde er, Georg, seine Falle stellen?

Als Fran am Montagabend von der Arbeit kam, hatte Georg einen Plan. Bisher hatte er Frans Nachhausekommen nach dem Bild zelebriert, das er aus Filmen von der idealen amerikanischen Hausfrau hatte, mit Gill auf dem Arm, Essen auf dem Herd, Cocktails im Kühlschrank und Kerzen auf dem Tisch. Das war ein ironisches Spiel gewesen, aber ein liebevolles. An diesem Abend spielte Georg ein anderes Spiel.

»Was willst du zuerst hören, die gute Nachricht oder die schlechte?«

Fran merkte, daß alles anders war als sonst und lächelte unsicher. »Die gute.«

»Ich fahre in ein paar Tagen.«

»Aber du mußt doch… Ich meine, wir…«

Er wartete, aber sie brachte den Satz nicht zu Ende. Sie sah ihn mit dem zitternden Grübchen über der rechten Braue an. Er hatte gehofft, sie würde – er wußte selbst nicht, was er gehofft hatte.

»Und die schlechte Nachricht?«

»Entweder du und Gill kommen mit, oder ich nehme Gill mit.«

»Wohin mitkommen?« Alarm in der Stimme.

»Nach San Francisco, für eine Woche.«

»Bist du verrückt? Seit heute arbeite ich und kann nicht schon wieder eine Woche Urlaub machen.«

»Dann fahre ich mit Gill.«

Sie stellte die braune Einkaufstüte ab und stemmte die Arme in die Seiten. »Du bist wirklich verrückt. Du und Gill... Kannst du mir sagen, was das soll? Was du dir davon versprichst?«

»Kann ich. Ich nehme Gill als Geisel mit, wenn du's genau wissen willst. Als Geisel dafür, daß du stillhältst, bis ich wieder hier und endgültig weg bin. Daß du nicht zu Joe Benton läufst und mich verrätst.«

»Das würde ich nie machen, das habe ich doch auch nicht gemacht, in der Woche, in der du jetzt hier bist.«

»Als Geisel, daß du Benton nicht gestehst, daß du die Mermoz-Unterlagen kopiert und mir gegeben hast. Denn genau das wirst du morgen oder übermorgen tun.«

»O nein. Ich weiß nicht, was du dir da ausgedacht hast, aber das funktioniert nicht. Selbst wenn ich wollte – ich kann es gar nicht, weiß nicht, wo er die Unterlagen hat, wie ich an sie rankomme, wie ich sie kopiere –«

»Dann photographierst du sie eben. Wie das geht, weißt du ja. Und du wirst mir nicht erzählen wollen, daß du nicht... Du warst über Jahre seine Geliebte, du schläfst noch mit ihm, du weißt, daß er von Gilman dreißig Millionen gekriegt hat, was schwerlich im Geschäftsbericht von Townsend Enterprises stand, du weißt, daß er Maurin hat umbringen lassen und...«

»Und deine Katzen, vergiß deine drei Katzen nicht.« Er schaute sie entgeistert an. Sie hatte wieder den schrillen Kleinmädchenton, aber zugleich selbstgewisse Verachtung und blanken Haß in der Stimme und den zusammengekniffenen Augen. »Du auf deinem hohen Roß. Du meinst, du bist besser als er und besser als ich. Schaust runter auf uns. Aber so ist das Leben einfach, alle kämpfen um ihr Stück vom großen Kuchen, du auch, du nur schlecht, und Joe hat die Regeln nicht gemacht, nach denen der Kampf läuft.«

Er redete ruhig weiter. »Du verstehst den entscheidenden Punkt nicht. Der Punkt ist, daß du nach allem, was zwischen Benton und dir war und ist und du von ihm weißt, auch wissen mußt oder rausfinden kannst, wo er die Mermoz-Unterlagen hat und wie du sie kriegst. Der Punkt ist nicht, wer die Regeln gemacht hat. O. k., Benton hat sie nicht gemacht, du hast sie nicht gemacht, ich habe sie nicht gemacht. Was ich gemacht habe – ich habe sie endlich begriffen, wie ihr sie schon längst begriffen habt. Ich habe Gill. Du beschaffst die Unterlagen von Mermoz. Außerdem beschaffst du mir den Namen von Bentons Kontaktmann bei Gilman und einen Briefbogen von Gilman, eine Broschüre, irgendwas, wo das Firmenzeichen drauf ist. Und wenn du Gill bald wiederhaben willst, beeilst du dich besser.«

»Du meinst es ernst.«

»Ja, Fran, ich meine es ernst.«

»Und wie stellst du dir das vor? Gill und du in San Francisco?«

»Was gibt's da vorzustellen? Vermutlich sind täglich Tausende von Vätern mit kleinen Töchtern unterwegs. Wenn es geht, nehme ich sie mit, wenn nicht, besorge ich einen Babysitter, ich füttere sie und wickele sie.«

»Einfach so?«

»Einfach so. Wenn du Anregungen geben willst – ich höre. Ich kann zum Beispiel einen Sack kaufen und vor die Brust binden – du kennst die Dinger?«

Sie schauten einander an. In ihrem Blick lag kein Haß mehr, nur Traurigkeit. Traurigkeit? Georg hatte sie erschreckt, furchtsam, verschlossen, abweisend, feindlich, sprühend und fröhlich gesehen, aber noch nie traurig. Wenn sie so schauen kann, dachte er, dann ist sie doch das Dornröschen hinter dem Rosenhag. Ob sie in derselben Ernsthaftigkeit und Gesammeltheit auch glücklich schauen kann? Jetzt ging ihr Blick durch ihn hindurch – Georg hätte sie gerne gefragt, was sie dachte. Dann ein helles Glucksen in ihrer Kehle, ein ersticktes Lachen hinter vorgehaltener Hand – vielleicht amüsierte sie die Vorstellung von Georg mit Gill in der Trage vor der Brust. Aber nur kurz.

»George, wenn du das wirklich machst... ich werde es dir nie verzeihen, nie. Mir Gill wegnehmen, mich mit Gill erpressen – ich kann gar nicht sagen, wie niederträchtig ich das finde, wie gemein, wie feige. Du hast nicht wie... wie ein Mann um dein Stück vom Kuchen kämpfen können, oder vielleicht hast du es versucht und hast verloren, und jetzt willst du auf irgendeine krumme Tour, im nachhinein, hinterrücks... Was du nicht schon damals kaputtgemacht hast, in Cucugnan, das machst du jetzt kaputt. Ich hätte mich auf den Auftrag in Cucugnan nicht einlassen sollen, ich weiß, und hätte nicht geschehen lassen dürfen, daß es mit uns ernster wurde und so lange dauerte. Ich hab das nicht richtig gemacht. Habe es auch immer wieder gesehen, aber irgendwie... war's der Sex? Aber egal. Mach nicht alles kaputt, bitte. Bleib noch hier oder fahr gleich – ich will mit Joe reden, daß du ohne Schwierigkeiten ausreisen und nach Cucugnan zurückkehren kannst. Aber nimm mir Gill nicht weg und zwing mich nicht, wie ein Dieb an Joes Safe zu gehen.« Sie versuchte ihn verstehen zu machen, warum er sich seinen Plan aus dem Kopf schlagen sollte. Georg merkte das. Das war nicht Fran, die mehr für sich als zu ihm redete, die mit der Kleinmädchenstimme quengelnd Sätze herauspreßt, weil sie als großes Mädchen nicht mehr einfach schreien kann.

»Nein, Fran. Jetzt bringe ich die Sache zum Ende. Du meinst, sie sei schon am Ende. Aber ist sie nicht, nicht für mich.«

Sie versuchte am späten Abend noch mal, ihn umzustimmen. Sie versuchte es am nächsten und am übernächsten Tag. Sie versuchte es in Ruhe, mit Tränen und mit Geschrei, mit Gründen, Bitten, Drohungen, Beschimpfungen und mit Verführung. Manchmal merkte er zugleich erschreckt und erleichtert, wieviel Angst sie vor ihm hatte, dieselbe Art Angst, die sie Benton entgegenbrachte.

Am nächsten Tag brachte sie den Briefkopf von Gilman und den Namen von Bentons dortigem Kontaktmann, am übernächsten die Döschen mit den Negativen der Konstruktionszeichnungen. Auf den Kopien, die Georg besaß, war rechts unten schwach das Mermoz-Emblem sichtbar, das im Original erhabene, ins Papier geprägte Doppeldeckerflugzeug mit den Buchstaben M, E, R, M, O und Z zwischen den oberen und den unteren Flügeln. Auf einer Kopie klebte Georg das Gilman-Emblem darüber und deckte es mit Tipp-Ex ab, bis auch das G, dessen Wölbung die Rundung einer Erdkugel und dessen Querstrich den Rumpf eines Flugzeugs bildete, nur noch schwach erkennbar war. Diese Kopie ließ er von Fran noch mal kopieren. Dazu schrieb er auf Frans Schreibmaschine einen kurzen Brief. »Sehr geehrte Herren, das beiliegende Stück mag Sie interessieren. Der vollständige Satz wird für dreißig Millionen gehandelt. Wollen Sie bieten? Jemand mit Sachverstand und Vollmacht soll sich in San Francisco für ein Treffen bereithalten. Ort und Zeit des Treffens werden Ihnen am Mittwoch nächster Woche um zehn Uhr mitgeteilt werden. Weisen Sie Ihre Telefonistin an, unter dem Stichwort ›Rotoren‹ die entsprechende Mitteilung entgegenzunehmen. Das Geschäft muß am Freitag nächster Woche abgewickelt sein.« Er überlegte, ob er mit den sehr geehrten Herren auch die sehr geehrten Damen anreden und welches Stichwort er wählen sollte. Aber das eine war weiß Gott so unwichtig wie das andere. Unter die Anschrift, bei ›Betreff‹ schrieb er ›Kampfhubschrauber‹. Er steckte Brief und präparierte Kopie in einen Umschlag, adressierte ihn an die russische Botschaft in Washington und warf ihn am Mittwochabend in einen Briefkasten. Er tat es im Schutz der Dunkelheit, Gill auf dem Arm. Lange saß er mit den Negativen vor der Lampe und versuchte, ihre Authentizität und Vollständigkeit zu prüfen. Als er sie wieder zusammenrollte und in die Dosen packte, war er nicht viel klüger als zuvor.

Auf Samstag buchte er für Gill und sich den Flug nach San Francisco. Am Mittwoch wollte er den Russen treffen und davor mit Buchanan reden, Bentons Kontakt bei Gilman. Davor wollte er vor allem den Platz finden, wohin er den Russen bestellen konnte; er plante dafür zwei Tage ein.

Nachdem Fran die Hoffnung aufgegeben hatte, Georg umstimmen zu können, versuchte sie, ihm aus dem Weg zu gehen. Er war bereit, das zu respektieren, aber in der kleinen Wohnung ging es schlecht. Wenn sie sich gegenübersaßen, sich gegenseitig an der Tür zwischen Wohn- und Schlafzimmer oder im Korridor, von dem Bad und Küche abgingen, den Vortritt ließen oder mit leichter Berührung aneinander vorbeiglitten, fiel kein Wort, und Fran schlug die Augen nieder. Eine verdorrte Intimität, die Georg traurig machte. Manchmal war er aber auch an Mädchen in alten oder fernen Kulturen erinnert, die einem Mann versprochen sind und sich ihm erst nach der Hochzeit zeigen dürfen. Fran schlief wieder im Wohnzimmer; schon nachdem sie ihn in den ersten Nächten erregt und ihm gleichwohl nicht das Versprechen entlockt hatte, von seinem Plan abzulassen, war sie jeweils aufgestanden und hinübergegangen.

Am Freitagabend begrüßte er sie noch mal nach dem Ritual der vorangegangenen Woche. Er hatte am Vormittag mit Gill eingekauft, auch um sich wieder an die Welt draußen zu gewöhnen, und den Nachmittag in der Küche verbracht. Ein Cucugnan-Essen mit Tapenade auf Toast, provençalisch gewürzter Ente und Schokoladenmousse. Sie blieb gedrückt, blickabgewandt und wortkarg. Sie kam danach auch nicht zu ihm ins Bett. Aber am nächsten Morgen fand er in seiner Reisetasche einen Tragesack, mit dem er sich Gill vor die Brust binden konnte.

5

Zu Beginn des Flugs schrie Gill. Sie schlief ein, als das Schreien nicht mehr die Anteilnahme, sondern den Ärger der Passagiere erregte. Ein vierjähriges Mädchen versuchte, Gill für Bilderbücher und Schokolade zu interessieren. Eine alte Dame gab Georg Ratschläge zur Erziehung, besonders zur Erziehung junger Damen. Die Stewardessen brachten Dekken, wärmten Fläschchen, hielten Windeln bereit und machten dududu. Sie verwöhnten Gill, und sie verwöhnten Georg.

In San Francisco holten ihn Jonathan und Firn ab. Ein Freund aus der Heidelberger Studienzeit hatte in Stanford studiert, in San Francisco mit dem Maler Jonathan die Wohnung geteilt und auf Georgs Anruf und Bitte das Unterkommen bei Jonathan arrangiert. Georg wollte mit Gill nicht ins Hotel. Außerdem war Jonathans Freundin Firn Schauspielerin, derzeit ohne Engagement und bereit, sich um Gill zu kümmern, wenn Georg sich um sein Business kümmern würde. Sie nahmen Gills Pflege in ihre Hand, noch ehe Georg sie aus der seinen geben wollte.

In New York hatte es beim Abflug geregnet, in San Francisco schien die Sonne vom klaren blauen Himmel. Georg ließ Gill in dem umgebauten Lagerhaus an der Bay, in dem Firn und Jonathan mit Katze und Dobermann wohnten. Der Nachmittag lag noch vor ihm, er wollte anfangen, einen Platz für das Treffen mit dem Russen zu suchen.

Welche Eigenschaften der Platz besitzen sollte, war klar. Georg wollte sehen, ob der andere allein kam, also mußte der

Platz überschaubar sein. Georg wollte sichergehen, daß der andere ihm nicht folgen konnte, also mußte er in der Nähe des Platzes entweder in einer Menschenmenge untertauchen oder eine wenig befahrene Straße und einen parkenden Wagen erreichen können. Davonfahren, im Rückspiegel kein Auto folgen sehen, eine von mehreren Abzweigen nehmen und sich im Gewirr der Straßen verlieren – so stellte Georg sich den Abgang vor. Oder auch so, daß er in der Menschenmenge untertauchen, unter ihrem Schutz eine öffentliche Toilette erreichen und sich wieder kostümieren würde. Um einen oder auch drei Russen abzuschütteln, mußte das reichen. Wenn die Amerikaner seinen Brief abgefangen hatten und seinen Anruf am Mittwoch abhören würden und Hundertschaften und Hubschrauber hinter ihm herschickten, hatte er ohnehin keine Chance.

Georg mietete ein Auto, bekam einen Stadtplan dazu und fuhr los. Zuerst ließ er sich treiben, wohin ihn der Fluß des Verkehrs, die Verbote, nach links oder rechts abzubiegen, und die Einbahnstraßen leiteten. Er fuhr durch lange Straßen mit zwei- oder dreistöckigen Wohnhäusern. Die Häuser waren aus Holz, bunt gestrichen und trugen Erker, Giebel und Türmchen. Plötzlich ragten zwischen den ersten und zweiten Stockwerken Geschäftsschilder und Lichtreklamen hervor und zeigten Lebensmittel, Pepsi Cola, Antiquitäten, Trokkenreinigungen, Autowerkstätten, Breakfast, Waschautomaten, Immobilien, Restaurants, Bilderrahmungen, Budweiser, Schuhe, Moden, Coca Cola und wieder Lebensmittel an. Ebenso plötzlich verschwanden die Geschäfte und Reklamen und reihte sich wieder Wohnhaus hinter Wohnhaus. Georg fuhr durch Häuserschluchten, kürzer als in Manhattan, kühner die Architektur, sauberer und leerer die Straßen und grüner die kleinen Flecken Natur dazwischen. Wie im Rausch der Achterbahn fuhr er über die Hügel der Stadt, auf Straßen, deren über die Halbinsel geworfenes Netz sich der Topographie nicht anpaßt und die darum steil in den Himmel oder hinab in andere Straßen führen. Immer wieder sah er von oben auf Wasser, Containerschiffe, Segelboote, Brücken. Immer wieder sah er die Silhouette, zu der sich die Hochhäuser am einen Ende der Stadt ballen, und die vielen Arme, mit denen Autobahnen über und zwischen den Häusern, über- und untereinander in die Stadt greifen. Georg hatte das Fenster auf und das Radio an und ließ sich Musik und Wind um die Ohren pfeifen. Manchmal hielt er an und stieg aus wie ein Tourist, der ein Photo machen will. Aber er guckte nur, ob ein kleiner Platz offen oder eine lange Straße einsam genug war oder ob eine Treppe, die von einer hoch am Hügel geführten Straße abging, nur zu einem Haus oder zur nächst tieferen Straße führte.

Am Sonntag verbot Georg sich jeden Blick in den Stadtplan. Er versuchte, einfach so ein Gefühl für die Stadt und ihre Straßen zu bekommen. Einen geeigneten Platz hätte er sich auf dem Stadtplan vermerkt, aber er fand keinen. Immerhin hatte er am Abend eine Vorstellung von der Halbinsel, im Westen der Pazifik, im Osten die Bay, im Norden die Golden Gate Bridge. Und er hatte eine Vorstellung davon, wie die Stadt ursprünglich im Norden an der Bay gewachsen und später über den Rest der Halbinsel gewuchert war.

Am Montagmorgen ging er anhand des Stadtplans systematisch vor. Er fuhr die Parks und die Küste des Pazifiks ab. Im Golden Gate Park fand er zwar einsame Plätze, aber ihre Einsamkeit konnte nur vor der Überraschung durch einen Spaziergänger schützen, nicht vor der gezielten Neugier eines Verfolgers. Der Strand am Ozean dehnte sich lang und überschaubar; graue Wellen unter grauem Himmel, im Wind treibende Möwen, ein paar Jogger, ein paar Spaziergänger, ein Surfer, der nie mehr als die erste Welle schaffte, ein gelber Bagger, der Sand aufschüttete oder abtrug. Aber vor der Mauer, die Straße und Strand trennte, parkten zu viele Wagen, manche mit Leuten darin. Georg ging zum einsamen Hot-dog-Stand, und als der Verkäufer das heiße Würstchen aus dem Wasserbad fischte, schlug der Dampf in dichter Wolke hoch. Es war kalt hier; Georg war morgens unter blauem Himmel vom Haus an der Bay aufgebrochen und in der Mitte der Halbinsel in den Nebel eingetaucht, der über der Pazifikküste hing.

Dann glaubte er, den gesuchten Platz gefunden zu haben. Am nördlichen Ende des Strands, wo das Land bergig wird und die Küste steil zum Meer abfällt und nach Osten zur Golden Gate Bridge und zur Bay abknickt, führt die Straße auf die Höhe. Oben hielt Georg verwundert vor einer Akropolis. Ein Geviert von niedrigen Bauten und Säulengang, davor das große Rund eines Platzes, leere Brunnenschale in der Mitte, breiter Aufgang zum Säulenportikus. Georg parkte und schritt das Rund ab. Die Sonne hatte die Wolken vertrieben, durch die Bäume sah er auf die Stadt, das Meer, die roten Doppelmasten und den weiten Schwung der Golden Gate Bridge. Unter ihm flogen zwei Hubschrauber die Küste entlang. Vom Golfplatz, der bis an die Akropolis reichte, klangen manchmal die Schläge und Stimmen naher Spieler oder das leise Surren eines Golfcarts. Gelegentliche Autos konnte Georg schon in der Ferne herankommen und in der Ferne wieder verklingen hören. Sonst war es völlig still. Verwunschen.

Aber als Georg über den Aufgang zum Portikus kam, sah er, daß die Akropolis eine Kunsthalle und daß diese montags und dienstags geschlossen war, und konnte sich die Autos vorstellen, die am Mittwoch hier dicht an dicht parken würden. Und um die verwunschene Stimmung vollends zu zerstören, kamen drei Autos und leerten eine lärmende chinesische oder japanische Hochzeitsgesellschaft aus. Georg ging zurück zu seinem Wagen. Die Braut war hübsch.

Am Montagabend hatte er die Stadt, mehr aber noch sich und seinen absichtsvollen, ziellosen Tourismus leid. Ihm gefiel die Stadt mit ihrer übersichtlichen Klarheit, mit der Frische, die sie durch den steten Wind bei aller Sonne besaß, mit der Vielfalt ihrer Bezirke, Kulturen und Verheißungen. Ohne feministische Schere im Kopf hätte er das Bild der verführerischen Jungfrau im gestärkten Kleid ausgemalt, der Jungfrau, die mit ihren Reizen zugleich prunkt und geizt. Während New York die alte Vettel war, breit und fett hingefläzt, schwitzend, dünstend, stinkend, immer brabbelnd und manchmal schreiend. Aber eben – er war auch sich und seine Wahrnehmungen und seine nutzlose Sensibilität leid. Den gesuchten Platz fand er nicht. Georg parkte und ging ins Haus. Gill war noch wach; er gab ihr die Flasche und wickelte sie. Er tat es auf dem langen Tisch in der Küche, konnte sie weit nach links und nach rechts rollen und versuchte, ihr das Krabbeln beizubringen. Sie jauchzte vor Vergnügen. Dann legte er sie in das breite gemeinsame Bett. Seine Ängste waren, daß entweder sie aus dem Bett fallen oder er sie im Bett erdrücken würde. Sie verfolgten ihn bis in die Träume.

Jonathan und Firn kochten und luden Georg zum Essen ein. Freundlich und interessiert fragten sie nach seinem Business. Er litt an seinen ausweichenden Antworten und sehnte sich wieder nach Normalität und Offenheit. Die beiden waren glücklich, obwohl Firn gerade kein Engagement hatte und Jonathan eben das Malen unterbrechen und Geld verdienen mußte. Dann tranken sie alle drei zuviel, und Jonathan wurde lärmig und poltrig und holte seine Pistole aus dem Schreibtisch und schoß die Straßenlaterne gegenüber aus. Firn machte und lachte mit und wußte zugleich, wann und wie sie Jonathan bedeuten mußte, daß sie beide ins Bett gehörten. Auch danach, so gelassen und genommen zu werden, sehnte sich Georg. Ach was, ich sehne mich nach Fran, ganz egal wie sie mich läßt und nimmt. Ich sehne mich danach, mit ihr das Leben zu leben, von dem wir in Cucugnan und New York nur die Hülle gelebt haben. Oder wenn es mit dem Leben mit Fran wie mit Fran selbst ist und hinter dem, was ich sehe und kenne, nichts mehr zu entdecken, wachzurütteln und wachzuküssen gibt, dann möchte ich das, was ich sehe und kenne.

Er dachte, alles andere könne ihm gestohlen bleiben, Joe, Mermoz und Gilman, die große Rache, das große Geld. Er wußte, daß er am nächsten Tag weitermachen würde, den Platz suchen, zu Gilman fahren und Buchanan sprechen. Er wußte auch, daß beides nicht zusammenpaßte und gleichwohl zusammengehörte. Wie die Klarheit und die Betrunkenheit in seinem Kopf.

6

Georg fand sich am nächsten Morgen allein im Bett. Auf einem Zettel teilte ihm Firn mit, daß sie ihn schlafen gelassen und Gill aufgenommen hatte. Sie waren mit dem Hund spazieren. Er ging im Nachthemd und mit Kaffeetasse durch die Wohnung und schaute Jonathans Bilder an.

Es waren große Ölgemälde, zwei auf drei Meter und mehr, in dunklen und matten Farben gehalten, aus denen manchmal das leuchtende Blau oder Rot des Musters in einem Teppich brach. Eine Nackte am Schreibtisch, eine Nackte auf dem Sofa, eine Nackte, die auf dem Boden sitzt und den Rücken an die Wand lehnt, ein leerer Raum, in den der Oberkörper eines auf dem Boden an der Wand liegenden und schlafenden Mannes ragt – alle Bilder strahlten Kälte aus, als sei die Luft in den Räumen dünn und als seien die Personen in ihren Haltungen gefroren. Georg trank einen Schluck heißen Kaffee. Oder hatte Jonathan die Bilder mit mühsam beherrschter Leidenschaft gemalt und erstarrten die Bilder darunter? Das nächste Bild zeigte die Rückseite eines Fernsehapparats und ein Paar; sie sitzt auf einem Sofa und sieht auf den Bildschirm, er steht hinter dem Sofa und wendet sich zum Gehen. Oder will Jonathan beweisen, daß Kommunikation unmöglich und Einsamkeit unvermeidlich ist? Dann kam Natur in die Bilder, eine Gletscherlandschaft, vor der zwei Männer ineinander verkrallt kämpfen, eine Wiese, an deren Rand ein Paar sitzt, mehr neben- als miteinander, eine Waldlichtung, auf der ein Mann kniet und ein kleines Mädchen im Arm hält und küßt. Jetzt sah Georg die Bilder noch mal anders. Jonathan wollte nicht beweisen, daß Einsamkeit unvermeidlich ist, sondern es lief ihm alles auf diesen Beweis hinaus, ob er wollte oder nicht, vermutlich sogar gegen seinen Willen und gegen seinen Versuch, Nähe einzufangen und darzustellen. Die geschlossenen Augen des küssenden Mannes drückten nicht Selbstvergessenheit aus, sondern Anspannung; das Mädchen schien davonlaufen zu wollen.

Georg erinnerte sich daran, wie Fran Gill die Brust gegeben und wie er darin keinerlei Nähe, Wärme und Innigkeit gesehen hatte. Bin am Ende ich der, dem Einsamkeit unvermeidlich, Kommunikation unmöglich und ebenso unmöglich auch die Wahrnehmung von Kommunikation geworden ist? Auf dem Tisch lag eine Packung Zigaretten, Georg zündete sich eine an. In New York hatte er das Rauchen eines Tags einfach eingestellt. Jetzt, nach Wochen des Nichtrauchens, war der erste tiefe Zug wie ein Schlag in Kehle und Brust. Georg nahm noch einen Zug, ging in die Küche, hielt die Zigarette unter das laufende Wasser und warf sie in den Mülleimer.

Die Tür zu Jonathans Schlafzimmer stand auf, und Georg ging hinein. Vor dem Fenster, auf dem Niveau des Simses erstreckte sich eine kiesbedeckte Terrasse. Georg kletterte hinaus und sah auf die Dächer der Trucks und Container vom Transportunternehmen nebenan, gegenüber auf eine Laderampe und dahinter auf Lagerhäuser, die Masten und Drähte eines Umspannwerks, einen hohen Schornstein. Und er sah auf eine Straße, die bis zur Bay führte und dort in einer Erdaufschüttung endete. Mit einem Klimmzug stand Georg über Jonathans Schlafzimmer auf dem Dach des Hauses. Es war ein Eckhaus, und vor sich hatte Georg die Kreuzung, den freien Blick in alle vier Straßen und dahinter die Aussicht auf einen Hügel, eine Autobahn und einen Gaskessel.

Das ist er, dachte Georg, das ist der Platz, den ich suche.

Die Straße, die zur Bay führt, muß die 24. scin, die kreuzende Straße ist die Illinois Street und deren Parallelstraße die 3. Straße. Ich lasse dem Russen bestellen, daß er eine Taxe zur Ecke von 3. und 24. Straße nehmen und die 24. Straße nach Osten bis zum Ende gehen soll. Von hier oben sehe ich die Taxe an der Ecke halten, den Russen die 24. Straße entlanggehen, und sehe auch, ob davor oder gleichzeitig ein verdächtiges Auto in der wenig befahrenen 24. Straße oder Illinois Street auftaucht und anhält.

Georg turnte hinunter. Er zog sich an und ging aus dem Haus. Als er auf der Erdaufschüttung stand, stellte er fest, daß es sich um das Überbleibsel eines Parks handeln mußte. Bänke, Wege, ein Steg zum Fischen, zwei blaue Toilettenkabinen, braunes Gras und braune Büsche. Links ein kurzer Kanal, dahinter ausgemusterte Straßenbahnwagen, wieder die Lagerhäuser und der Schornstein eines jetzt hörbaren, rauschenden Kraftwerks. Rechts ein eingezäuntes Grundstück mit Baumaterialien und -maschinen, freies Gelände mit mannshohem Gestrüpp, Müll und ausgeschlachteten Autos, weiter weg grüne, gelbe, rote, blaue Container, breitbeinige Containerkräne, Scheinwerfer, Leitungen. Vor sich hatte Georg die Bay und im Dunst das ferne andere Ufer. Es stank nach Teer und totem Fisch.

Georg ging am Ufer entlang, zwängte sich durch das Gestrüpp und folgte in dessen Schutz den Zäunen, die zunächst am Ufer entlang und dann zur Illinois Street zurückführten. Georg hatte hier mit der 25. Straße gerechnet. Aber statt ihrer führten Eisenbahnschienen über weites Feld zu einem verfallenen Pier. Ein Hund streunte entlang. Der Wind trieb den Staub auf.

Der Platz war ideal. Nach dem Treffen konnte Georg den Rückweg des Russen zur 3. Straße beobachten und seinerseits unbeobachtet im Schutz des Gestrüpps zur Illinois Street und dort im Schutz der parkenden Autos zum Hauseingang zurückkehren. Und wenn Helfer des Russen nicht vor oder mit

ihm kamen, sondern den Platz während des Gesprächs um-
stellten? Georg beschloß, dem Russen ausrichten zu lassen,
daß er eine Taxe zur Ecke von 3. und 24. Straße nehmen, die
24. Straße zum Ende gehen und hinter der Erdaufschüttung
auf einem Motorboot warten solle. Er empfehle Gummistie-
fel. Dann mochten die Helfer mit Motorbooten und Fernglä-
sern auf der Bay kreuzen.

Ursprünglich hatte Georg daran gedacht, dem Russen die
Negative bei zwei Treffen zu zeigen. Er fand es besser, nicht
alle vierzehn Filmdosen dabeizuhaben. Aber jetzt entschied
er anders. Der Platz war für ein Treffen gut, aber nicht für
zwei, und einen anderen Platz für ein zweites Treffen hatte er
nicht. Er mußte aufpassen, daß der andere ihn nicht einfach
überwältigte und ihm die Negative abnahm. Er hatte sich gemerkt, wo Jonathan die Pistole im Schreibtisch verwahrte.

Also morgen. Um zehn Uhr anrufen, auf elf Uhr bestellen.
Gerade soviel Zeit geben, daß die Botschaft in Washington ih-
ren Mann in San Francisco in Marsch setzen kann. Und wenn
die in Washington nichts vorbereitet, niemanden nach San
Francisco geschickt, den Brief nicht ernst genommen hatten?
Wenn, wenn, wenn – ich immer mit meinen Wenns. Wegen
des Materials ist einer umgebracht worden. Es ist wertvoll.
Warum sollten die Russen das Angebot nicht ernst nehmen?

7

Georg fuhr nach Palo Alto, wo die Verwaltung und For-
schung von Gilman ihren Sitz hatte. Er hatte sich nicht ange-
meldet. Er wollte kein Telefongespräch, bei dem Buchanan
nur die Hälfte mitbekam, bei dem diese Hälfte aber gerade
reichte, Buchanan nach dem Hörer greifen und mit Benton
reden zu lassen.

Er nahm den Freeway 101 nach Süden. In acht Spuren
rollte Auto an Auto. Wo wollten die Leute alle hin? Und

warum kommt mir diese Frage nicht in den Sinn, wenn ich in Deutschland oder Frankreich über die Autobahn fahre? Weil hier der Verkehr anders fließt? Die Leute fahren anders, nicht nur langsamer, weil es die Geschwindigkeitsbegrenzung verlangt, sondern auch ruhiger. Kaum daß einer den anderen überholt; gleichmäßig gleiten die Autos nebeneinander her, ziehen manchmal vor, fallen manchmal zurück, Treibgut auf ein- und demselben ruhig fließenden Strom. Als gehe es nicht darum, möglichst rasch vom einen an den anderen Ort zu gelangen, als sei das Leben Fahren und nicht Bleiben.

In Palo Alto verließ Georg den Freeway. Die Adresse von Gilman war Alpine Road und nach Häusern in grünen Gärten, Straßen mit grünen Bäumen, Geschäften mit blühenden Blumen und Büschen vor Eingang und Auslage führte die Straße hoch in die von goldbraun verbranntem Gras bedeckten Berge. Keine Häuser mehr, keine Bäume, kaum Autos auf der in vielen Kurven immer höher steigenden Straße. An der Abzweigung zu Gilman stand ein großer granitener Stein mit eingelassenem bronzenen Firmenemblem. Georg bog ein, nahm noch eine Kurve und sah auf eine weite grüne Senke. Die Abzweigung mündete in eine Schleife. An drei Seiten standen fünfstöckige Gebäude, wieder aus Granit oder mit Granit verkleidet, an der vierten Seite dehnte sich links und rechts der Zufahrt ein Parkplatz. In den grünen Wiesen kreisten Wassersprenger. Georg hörte durchs offene Fenster ihr Zsch, Zsch, Zsch und sah im zischenden Wasser die regenbogenfarbenen Sonnenstrahlen.

Er parkte und ging zu dem Gebäude, vor dessen Eingang Kübel mit Lorbeerbäumen standen. In der Halle war es nicht nur kühl, es war kalt. Georg fröstelte. Der Pförtner sah aus wie ein Polizist, Wappen auf dem Hemdsärmel, Namensschild über der Brusttasche, Pistole am Gürtel. Er verlangte Georgs Ausweis und verweigerte den Zutritt, als Georg weder einen Termin mit Buchanan vorweisen konnte noch den Grund seines Kommens angeben wollte. Georg redete und redete. Schließlich rief der Polizist Buchanan an und gab Georg den Hörer.

»Mister Buchanan?«

»Ja. Und mit wem spreche ich?«

»Mein Name ist Polger. Wir kennen uns nicht. Was ich Ihnen zu sagen habe, ist wichtig. Ich will Sie nicht lange sprechen und nicht am Telefon. Sagen Sie Ihrem Polizisten hier, er soll mich zu Ihnen lassen, oder kommen Sie runter, meinethalben kann er mich auf Waffen untersuchen und können Sie welche mitbringen – ich will Sie nicht umbringen, sondern mit Ihnen reden.«

»Geben Sie mir den Pförtner.«

Georg hörte mehrmaliges »Ja, Sir« und mußte warten, bis ein Hilfspolizist kam, ihn in den dritten Stock brachte und an die Sekretärin von Buchanan weiterreichte. Sie bot ihm Kaffee an, ließ ihn nochmals warten und führte ihn dann zu Buchanan. Ein kleiner, stämmiger Mann mittleren Alters, kurzärmliges Hemd mit Wappenkrawatte, kräftiger Händedruck, auf den Wangen unzählige gesprungene Adern. Er bot Georg den Stuhl vor dem Schreibtisch an.

»Nun?«

»Meine Geschichte wird unglaubhaft klingen. Ob Sie sie glauben oder nicht glauben, ist im Moment aber auch nicht so wichtig. Entscheidend ist, daß Sie sie speichern und dann, wenn es soweit ist, abrufen können. Denn wenn es soweit ist, ist's zu spät, die Geschichte erstmals zu erzählen. Sie folgen mir?« Erst als Georg die Frage stellte, merkte er, daß Buchanan ganz leicht schielte. Das eine Auge konnte Georg einfach nicht interessiert zuhören.

»Gewiß.«

»Ich bin Deutscher, West-Deutscher, und Sie werden wissen, daß die Teilung Deutschlands viele Familien zerrissen hat. Die Hälfte meiner Familie lebt in Ost-Deutschland, darunter mein Vetter. Mein Vetter arbeitet für den Staatssicherheitsdienst, sozusagen den ostdeutschen CIA. Vielmehr arbeitet er zur Zeit nicht für den ostdeutschen Staatssicherheitsdienst, sondern für die Russen. Sie wissen sicher, daß die Russen die Ostdeutschen wie die Polen, Tschechen, Ungarn und Bulgaren an kurzer Leine führen, und das gilt auch für die Arbeit der Geheimdienste. Jetzt kommt der entscheidende Punkt. Mein Vetter hat einen Auftrag, der ihn von Frankreich in die USA geführt hat. Die Russen sind hinter den Konstruktionsplänen des neuen Kampfhubschraubers her, den entweder die Europäer unter Führung von Mermoz oder Sie hier in den USA bauen werden. Was die Russen im einzelnen unternommen haben, um an die Konstruktionspläne heranzukommen, weiß ich nicht. Mein Vetter hat mir aber mitgeteilt, daß unlängst ein amerikanischer Anbieter aufgetaucht ist, der den Russen die Konstruktionspläne für dreißig Millionen verkaufen will.«

»Wer?«

»Dazu komme ich gleich. Zunächst möchte ich Ihnen zeigen, was mir mein Vetter hat zukommen lassen. Sagt Ihnen das was?« Georg holte eine Filmdose aus der Tasche und setzte sie vor Buchanan auf den Schreibtisch. »Machen Sie auf und schauen Sie rein.«

Buchanan setzte seine Brille auf, öffnete die Dose, holte die Negative heraus, hielt sie vor das Fenster und rollte sie langsam ab. »Ja, das sagt mir was.«

»Ich soll Sie fragen, ob Ihnen die einschlägigen Hintergrundinformationen Geld wert sind. Mein Vetter wird sich in den Westen absetzen, im nächsten Jahr, im übernächsten, wie sich's ergibt, und er will vorsorgen. Er stellt sich vor, daß er Sie benachrichtigt, wenn er hinter die Person des amerikanischen Anbieters gekommen ist und Beweise hat. Vielleicht kann er sogar eine Verabredung arrangieren, Sie kurzfristig anrufen und Sie tauchen dann dort auf.«

»Das ist eine verdammt merkwürdige Geschichte, wissen Sie.« Buchanan schob den Mund nach oben unter die Nase und massierte mit der linken Hand das lang gewordene Kinn.

»Ich weiß. Mein Vetter weiß es auch. Aber sehen Sie ein Risiko für sich, wenn Sie darauf eingehen? Schlimmstenfalls lassen Sie sich umsonst irgendwohin bestellen. Bestenfalls können Sie für einen Preis, über den wir noch reden müssen, ein Loch in Ihrem System feststellen und schließen. Da ist noch etwas, was ich Ihnen geben soll.« Georg holte zwei Kopien aus der Tasche und breitete sie vor Buchanan aus. Sie waren identisch bis auf die rechte untere Ecke, in der, kaum sichtbar, einmal der Doppeldecker von Mermoz flog und das andere Mal das Flugzeug von Gilman um die Erde kreiste.

»Ich will verdammt sein, wenn ich verstehe, was ich mit zwei gleichen Kopien soll.«

»Ich kann's Ihnen auch nicht sagen.« Georg lehnte sich im Sessel zurück. »Wie sieht's aus?«

»Sie meinen mit dem Geld?«

»Ja.«

Buchanan zuckte die Schulter. »Was stellt sich Ihr Vetter vor?«

»Für dreißig Millionen, sagt er, wird der komplette Satz gehandelt.« Georg nahm die Negative vom Schreibtisch, rollte sie in die Dose und steckte die Dose weg. »So viel will er von Ihnen nicht, weil, sagt er, Sie schon bezahlt haben. Er denkt an eine Million.«

»Nur eine verdammte Million. Weil wir schon verdammte dreißig Millionen bezahlt haben sollen.« Buchanan massierte wieder sein Kinn. »Die Geschichte stinkt. Warum soll Ihr Vetter uns etwas sagen, was wir wissen wollen, und alles, was er hat, ist das Wort, das ich Ihnen gebe? Vor welchem verdammten Gericht will er seine verdammte Million einklagen?«

»Die Presse. Wenn Sie nicht zahlen, verkauft er die Geschichte der Presse. Sie würden das nicht mögen, sagt er.«

»So, sagt er. Dann sagen Sie Ihrem Vetter, daß die Million in Ordnung geht.« Er sah Georg lauernd an. »Oder sollen wir uns erst einmal gründlich mit Ihnen beschäftigen?«

»Was wollen Sie von mir noch wissen?«

»Ich weiß, Sie haben alles gesagt, was Ihr verdammter Vetter Ihnen aufgetragen hat, und mehr wissen Sie nicht. Aber vielleicht sind Sie nicht der Vetter Ihres Vetters, sondern der Vetter selbst, und einen anderen Vetter gibt es nicht. Oder wenn es den anderen gibt, könnte interessant sein, wo und wie. Sie und er stehen doch in Kontakt. Ist Ihr Vetter am Ende Ihr Onkel?« Buchanan sah Georg scharf an.

Georg lachte. »Ohne daß ich einen Vetter habe, kann ich selbst keiner sein. Aber im Ernst. Warum sollte ich ein Spiel mit vertauschten Vettern spielen? Und was den Kontakt angeht – ich kann meinen Vetter nicht erreichen, er erreicht mich.«

Buchanan hob die Arme und ließ die Handflächen auf den Schreibtisch platschen. »Hol Sie der Teufel. Wissen Sie, was mir heute morgen passiert ist? Ich habe den falschen Welpen weggegeben. Mein Golden Retriever hat geworfen, und sechs sind mir zuviel, aber einen wollte ich behalten und ausgerechnet den gebe ich weg.«

»Holen Sie ihn eben zurück.«

»Holen Sie ihn zurück, holen Sie ihn zurück... Ich habe ihn meinem Chef gegeben. Dem soll ich sagen, daß sein Welpe verdammt zu schade für ihn ist und er einen anderen nehmen soll?«

Georg stand auf. »Hat mich gefreut, mit Ihnen zu reden. Viel Glück mit dem Welpen.«

»Ist Ihnen verdammt gleichgültig, was aus dem Kleinen wird.« Buchanan brachte Georg an die Tür. »Wiedersehen.«

Mit dröhnendem Radio kurvte Georg die Berge hinunter. Das Hemd knatterte im Fahrtwind. Ich hab's geschafft, triumphierte Georg. Das, mein Freund Joe Benton, war der Anfang vom Ende. Was immer Buchanan von meiner Geschichte hält – an deiner Behandlung der Angelegenheit wird er je länger desto weniger Gefallen finden. »Benton, du verdammter Idiot. Egal, welchen verdammten Mist du gebaut hast – du hast Mist gebaut. Und jemanden, der Mist baut, kann ich verdammt noch mal nicht brauchen.« Schade, Joe, vielleicht erfährst du nie, daß ich dein Grab grabe. Buchanan wird dir von mir nicht erzählen, wie du ihm nicht von mir erzählt hast. Aber was soll's.

Georg kicherte. Jetzt noch die Russen dazu. Warum nicht auch noch die Chinesen, Libyer, Israelis und Südafrikaner? Wie ein Cocktail, in den man die scharfen Sachen mixt, ohne Rezept, aber wer ihn trinkt, springt im Dreieck? Wenn die Welt so verrückt tanzen will, warum nicht nach meiner Pfeife?

Gill holte Georg wieder auf den Boden der Erde. Sie lag mit offenen Augen im Bett, hatte erbrochen und wimmerte. Firn diagnostizierte einen verdorbenen Magen. Georg sah nur, daß das kleine Wurm litt, und hatte Gewissensbisse. Firn redete von Coca Cola.

»Was ist mit Coca Cola?«

»Bei verdorbenem Magen trinkt man Coca Cola. Jeder macht das. Meine Mutter hatte für uns sogar ein Fläschchen mit dem Sirup, aus dem man das Zeug macht.«

»Du meinst allen Ernstes, daß Gill Coca Cola trinken soll? Wie alt warst du, als deine Mutter dir dieses Hausmittel gegeben hat?« Hausmittel – Georg mochte kaum das Wort benutzen. Hausmittel waren Wermuth-, Lindenblüten- und Kamillentee, Wadenwickel und Franzbranntwein. Coca Cola als Hausmittel – das war wirklich die neue Welt.

Firn verzweifelte über seine Begriffsstutzigkeit. »Natürlich kann ich mich nicht erinnern, ob ich ausgerechnet mit zwei Monaten Coca Cola bekommen habe. Aber soweit ich mich überhaupt zurückerinnern kann, bekam ich's.«

Schließlich holten sie die Dose aus dem Kühlschrank, Georg nahm Gill auf den Arm und steckte seinen kleinen Finger zuerst in die braune Flüssigkeit und dann in Gills Mund. Sie saugte. Er machte dasselbe ein zweites und drittes Mal.

»Meinst du, das reicht?«

Firn hatte aufmerksam zugeschaut. Sie strich das Haar aus dem Gesicht und sagte so bestimmt, als wisse sie es genau: »Gib ihr fünf.«

Georg gab ihr noch zwei Finger, behielt sie auf dem Arm und schritt über die Terrasse, durch die Räume, die Treppe hinunter in die Kammer mit Werkzeugen, Wasch- und Trockenmaschine, die Treppe wieder hinauf. Er redete leise auf Gill ein, erzählte von der Mama und vom Papa, von Pommerland und von Allerleirauh. Als er wieder mit ihr auf der Terrasse stand, war sie eingeschlafen. Behutsam setzte er sich auf den Rand des Liegestuhls und schaute die Straße entlang, zählte die fünf Autowracks am Straßenrand und die drei Segelboote auf der Bay und sah einem Zeppelin nach, der nach Norden flog.

8

Am Mittwoch um Punkt zehn Uhr rief Georg von einem öffentlichen Telefon bei der russischen Botschaft in Washington an.

»USSR Embassy. Kann ich Ihnen helfen?«

»Ich möchte eine Nachricht hinterlassen. Unter dem Stichwort ›Rotoren‹. Bitte notieren Sie. Ihr Mann in San Francisco soll eine Taxe nehmen, zur Ecke 3. und 24. Straße fahren, die 24. Straße nach Osten bis ans Ende gehen und dort um elf Uhr auf ein Motorboot warten. Sie haben das?«

»Ja, aber…«

Georg hängte ein. Zurück zum Haus waren es zehn Minuten. Er beeilte sich nicht. Bis die Botschaft in Washington ihren Mann in San Francisco erreicht, benachrichtigt und losgeschickt hatte, würde allemal eine Viertelstunde vergehen. Firn und Gill waren im Golden Gate Park, Jonathan schaute kaum von der Arbeit am neuen Bild auf, als Georg an den Schreibtisch ging. Papier sei in der linken oberen Schublade. Aus der

197

rechten unteren holte Georg die Pistole. Was das neue Bild darstellen würde, war noch nicht zu erkennen.

Um zehn Uhr zwanzig lag Georg auf dem Dach. Illinois Street und 24. Straße waren ruhig. Manchmal Lastwagen, Zugmaschinen mit und ohne Containeranhänger, Baumaschinen, Lieferwagen. In zehn Minuten kein Personenwagen. Um halb elf fuhr langsam ein Polizeiauto die Illinois Street entlang, beschrieb auf der Kreuzung eine Kurve und fuhr die Illinois Street langsam zurück. Um fünf nach halb elf bog ein tiefliegender, breiter, alter Lincoln aus der 3. in die 24. Straße. Der Auspuff röhrte, die Karosserie federte schwer und schlug an den Unebenheiten der Kreuzung krachend auf. Am Ende der 24. Straße hielt der Lincoln. Niemand stieg aus. Auf der 3. Straße und auf der Autobahn am Hügel rauschte gleichmäßig der dichte Verkehr.

Georg war nervös. Das Polizeiauto. Der Lincoln. Außerdem brauchte er jetzt eigentlich zwei Augenpaare, um vor sich die Kreuzung und hinter sich den Lincoln zu beobachten. Und immer wieder dieselbe Frage: Spielen die Russen überhaupt mit? Oder halten sie das Ganze für einen Scherz? Eine Falle? Wart ab, beruhigte Georg sich, wart ab. Da ist nichts, worüber die Russen lachen oder wohinein sie stolpern können. Für einen Scherz fehlt's an der Komik und für eine Falle an den negativen Konsequenzen. Was sollten sich die Amerikaner davon versprechen, einen russischen Agenten zu stellen, der an der Bay von San Francisco auf einen Unbekannten wartet?

Erleichtert sah Georg den Lincoln rückwärts schlingernd durch die 24. Straße zurückkommen, auf der Kreuzung wenden und in die 3. Straße biegen. Es war Viertel vor elf.

Um zehn vor elf hielt an der Ecke 3. und 24. Straße eine Taxe. Ein Mann stieg aus, zahlte durch das offene Fenster und schaute sich suchend um. Dann hatte er sich orientiert und kam auf die Kreuzung zu. Mit jedem Schritt sah Georg ihn deutlicher. Kein hochgewachsener Muskelprotz mit flachsblondem Haar und slawischen Backenknochen. Ein dünner, fast kahler älterer Herr im dunkelblauen Anzug, mit blau-weiß gestreiftem Hemd und dunkler, gemusterter Krawatte. Er ging vorsichtig, als hätte er sich unlängst den Fuß verstaucht.

Niemand huschte in der Deckung der parkenden Wagen hinter ihm her. Kein Auto bog in die Illinois Street oder die 24. Straße und parkte am Straßenrand.

Als der ältere Herr unter der Terrasse vorbeilief, konnte Georg den Schritt hören, das eine Bein mit kräftigem Tritt, das andere mit leichtem Schlurfen. Er sah ihn bis ans Ende der 24. Straße gehen und hinter der Erdaufschüttung verschwinden. Wieder suchten seine Augen die Straßen ab, die parkenden Wagen, die Autowracks und fanden nichts Verdächtiges. Es war fünf vor elf.

Georg glitt vom Dach auf die Terrasse, ins Fenster, griff die Jacke mit der pistolenschweren Tasche und eilte die Treppe hinunter. Durch den offenen Türspalt beobachtete er noch mal die Kreuzung, an der Ecke spähte er die 24. Straße aus. Der ältere Herr war nicht zu sehen.

Georg ging die 24. Straße hinunter und die Erdaufschüttung hinauf. Am Ufer stand der ältere Herr und sah auf die Bay hinaus. Georg setzte den Fuß auf die Bank, stützte den Arm auf das Knie, legte das Kinn in die Hand und wartete. Nach einer Weile drehte sich der ältere Herr um, sah Georg und stieg zu ihm hoch. Als sie einander gegenüberstanden, entdeckte Georg auf der Krawatte viele kleine weiße Gartenzwerge, stehend, sitzend und liegend, mit roten Mützen auf dem Kopf.

»Bleiben wir hier?« Der ältere Herr musterte Georg über die Gläser seiner randlosen, nach vorne auf die Nase geschobenen Brille. Er schaut wie ein Professor aus, dachte Georg.

»Ja.« Georg holte die Hand mit der Pistole aus der Manteltasche. »Sie gestatten?« Er tastete sein kopfschüttelndes Gegenüber ab und fand keine Waffe. Er lachte. »Macht man das nicht? Ich kenne die Etikette solcher Treffen nicht.« Sie setzten sich. »Ich habe die Ware dabei – Sie können sie durchsehen.« Georg holte eine Dose mit Negativen hervor und gab sie dem Professor. »Insgesamt sind es vierzehn Negativrollen.«

Der Professor nahm die Negative aus der Dose und hielt sie vor den hellen Himmel. Langsam betrachtete er Aufnahme um Aufnahme. Georg sah den Segelbooten zu. Als der Professor mit der ersten Rolle fertig war, reichte er sie kommentarlos zurück, und Georg gab ihm die nächste. Ein Boot mit roten und eines mit blauen Segeln machten ein Wettrennen. Dann fuhr ein Schiff mit vielen bunten Containern auf dem Deck vorbei. Dann ein schnelles, graues Kriegsschiff. Georg gab und nahm Dose nach Dose. Auf den Wellen glitzerte zitternd die Sonne.

»Was wollen Sie dafür?« Die Stimme klang dünn und hoch und sprach die Worte mit britischer Akkuratesse und Intonation.

»Mein Auftraggeber hat mir als Wert dreißig Millionen genannt, und was ich über zwanzig Millionen kriege, gehört mir. Wenn's unter zwanzig Millionen geht, muß ich Rücksprache nehmen.«

Der Professor rollte die letzte Rolle behutsam immer kleiner. Als sie fünfmal in die Dose gepaßt hätte, steckte er sie hinein und hielt sie darin fest. »Sagen Sie Ihrem Auftraggeber, daß uns die gleichen Negative für zwölf Millionen angeboten wurden, und daß wir schon diesen Betrag zu hoch finden.« Er ließ die Rolle los, die sich mit leisem Zischen bis an den Dosenrand ausbreitete.

Georg verschlug es die Sprache. Was der Professor gesagt hatte – nicht auszudenken, was es bedeuten konnte. Wenn es stimmte. Wenn es nicht stimmte? »Ich will das meinem Auftraggeber sagen. Aber ich glaube, daß er das andere Angebot für eine Fiktion hält, mit der Sie den Preis drücken wollen.«

Der Professor lächelte. »Die Sache ist noch komplizierter.

Wenn Sie sich einmal in unsere Lage versetzen und dabei zugrunde legen, daß der erste Anbieter tatsächlich existiert, dann werden Sie sehen, daß ebenso, wie Sie an der Existenz des ersten Angebots zweifeln, auch wir an der Existenz des von Ihnen unterbreiteten als eines echten zweiten Angebots zu zweifeln Anlaß haben. Denn es verhält sich nicht nur so, wie es Ihnen zunächst in den Sinn gekommen ist, daß nämlich der potentielle Käufer, der zwei Angebote bekommen hat, die beiden Anbieter gegeneinander ausspielen kann, vielmehr kann auch ein Anbieter die Verhandlungen mit dem potentiellen Käufer dadurch zu seinen Gunsten beeinflussen, daß er noch mal, das heißt im Gewand eines weiteren Anbieters auf den Plan tritt.«

Daß jemand so reden kann. Und ebenso makellos wie die Grammatik war die Logik dessen, was der Professor sagte. Bis auf – »Überlegen Sie doch einfach, was Ihnen die Ware wert ist, und nennen die Summe.«

Jetzt lachte der Professor. »Daß gerade ich Ihnen die Gesetze von Angebot und Nachfrage und den Zusammenhang zwischen Nachfrage, Preis und Wert erklären soll, ist nicht ohne Pikanterie. Aber lassen Sie uns einen anderen Aspekt der Situation beleuchten. Wenn wir davon ausgehen, daß Sie diejenige Summe für sich persönlich erlösen, die einen bestimmten, vom Auftraggeber vorgegebenen, von Ihnen mit zwanzig Millionen bezeichneten, aber unter Berücksichtigung des Umstands, daß auch Sie Ihre Interessen zu wahren haben, realistisch bei fünfzehn Millionen anzusetzenden Betrag überschreitet, und wenn wir weiter davon ausgehen, daß Sie so, wie Sie Ihre Vorstellung über einen Abschluß in unser Geschäft eingeführt haben, mit dem Erlös eines Gesamtbetrags von mehr als einundzwanzig Millionen schwerlich rechnen konnten, dann denken Sie an einen persönlichen Profit in der Höhe zwischen einer und sechs Millionen Dollar und damit an eine Summe, über die sich ohne Zweifel besser reden läßt. Sie folgen mir?«

»Ich muß mich konzentrieren, aber das ist es wert. Sie spielen gerne mit Wenns und Danns – nur beim Reden und Denken oder auch beim Handeln?«

»Kennen Sie die Geschichte von Alexander dem Großen und dem Gordischen Knoten?«

»Warum?«

»Die Pointe der Geschichte liegt darin, daß Alexander der Große in der Burg von Gordion angesichts eines daselbst gehüteten gewaltigen Knotens, den niemand bisher aufzuknüpfen vermochte, sein Schwert nimmt und den Knoten durchhaut. Da Logik nichts anderes bedeutet als ein Entwirren der Gedanken- und Begriffsketten, die sich in unserem alltäglichen Reden und Denken ineinander verschlingen und verknoten, und da die Glieder dieser Ketten lauter Wenns und Danns sind, ist das Spiel mit Wenns und Danns, wie Sie es nennen, das Entwirren im Unterschied zum Durchhauen und damit auch dem Reden und Denken im Unterschied zum Handeln zugehörig. Wenn Sie mir erlauben, gewissermaßen die Moral der Geschichte zu nehmen und auf Sie, mich, unsere Auftraggeber und diese Ware zu beziehen, dann rücken unsere obigen Überlegungen Sie in die Rolle Alexanders, der vor seinem Knoten und zugleich vor der Alternative steht, sich wie schon vor ihm viele Besucher der Burg vergeblich am Aufknoten zu versuchen oder mit einem Schwertstreich der Große zu werden.«

»Ihre obigen Überlegungen, nicht unsere.«

Der Professor hatte bei seinen letzten Worten die Dose zwischen Zeige- und Mittelfinger emporgehalten und ließ sie jetzt in Georgs offene Hand fallen. Er zuckte mit der Schulter. »Meine Überlegungen, unsere Überlegungen – spätestens jetzt haben sie sich auch in Ihrem Kopf festgesetzt und sind damit sowohl Ihre als auch unsere Überlegungen geworden.«

»Kennen Sie den anderen Anbieter?«

»Ich?«

»Haben Sie ihn gesehen, gesprochen, wissen Sie, wer er ist?«

Der Professor schüttelte den Kopf. »Er hat uns keine Visitenkarte gegeben und keinen Paß gezeigt.«

»Vermuten Sie jemanden bestimmtes?«

»Die Überwindung der Grenzen des Wissens durch das Vermuten – so könnte man in der Tat unsere Aufgabe und unsere Tätigkeit beschreiben. Natürlich haben wir Vermutungen, und unsere wie schlechterdings alle Vermutungen wären nichts wert, wenn sie sich nicht auf Bestimmtes richten würden. Wenn ich richtig verstehe, daß sich hier für Sie eine Loyalitätsfrage stellt, dann seien Sie versichert, daß ich für Ihre Lage Verständnis habe. Da ich nicht derjenige bin, der die einschlägigen bestimmten Vermutungen anstellt und verwaltet, kann ich Ihnen unmittelbar nicht weiterhelfen, sondern nur in Aussicht stellen, daß ich Rücksprache nehmen und mich auf den neuesten Vermutungsstand bringen werde.«

»Ich habe nicht gesagt, daß ich mit meinem Auftraggeber ein Loyalitätsproblem habe.«

»Nein, das haben Sie nicht.«

»Ich kann auch gefragt haben, um die Interessen meines Auftraggebers wahrzunehmen.«

»Ja, das kann auch der Fall sein.«

»Also... Sie wollen auf keinen Fall zwölf Millionen zahlen, würden aber auf jeden Fall für sechs Millionen kaufen. Ist das so?«

Der Professor ließ sich mit der Antwort Zeit. »Ihr Auftraggeber, dem über alle oder nur über manche Themen dieses Gesprächs zu berichten Sie entscheiden müssen, drängt auf einen Abschluß am Freitag, das heißt übermorgen, während der erste Anbieter sich wesentlich weniger hastig zeigt. Ich will die Möglichkeit eines raschen Abschlusses nicht als ausgeschlossen, sondern vielleicht sogar geradezu als gewachsen bezeichnen. Aber wenn wir eben den Konkurrenzaspekt angesprochen haben, dann sollten wir nun auch dem Zeitfaktor unsere Aufmerksamkeit widmen. Lassen Sie es mich auf amerikanisch kurze und direkte Weise sagen: Je schneller Sie Cash sehen wollen, desto weniger Cash werden Sie sehen.«

»Sie sind bis Freitag in der Stadt?«

»Aber ja doch.«

»Unter welcher Telefonnummer erreiche ich Sie?«

»Sie rufen im ›Hotel St. Francis‹ an und verlangen die 612.«

»Dann bis bald.«

Der Professor nickte und ging. Georg sah ihm nach, bis er um die Ecke der 3. Straße verschwunden war. Dann machte er sich durch das Dickicht auf den Heimweg und erreichte hinter den geparkten Autos die Haustür. Es war Viertel vor zwölf.

Georg ging das andere Angebot, von dem der Professor gesprochen hatte, im Kopf herum. Versuchte er, Joe in ein Geschäft zu verstricken, in das er schon längst verstrickt war? Wenn das andere Angebot nicht erfunden war, dann deutete alles auf Joe. Außerdem arbeitete und lockte in Georgs Kopf die Aufforderung des Professors, mit ein paar Millionen abzuschließen und auszusteigen. Auszusteigen aus dem Versuch, Joe auffliegen zu lassen. Georg hatte den Gedanken an Geld nie begraben. Sein Traum war geblieben, daß am Schluß Joe fertig und er reich ist. Ende gut, alles gut. Aber wie er das Geld kriegen sollte, war ihm unklar, und wie er Joe fertigmachen konnte, war ihm klar, und entsprechend hatte er seine Prioritäten gesetzt. Und jetzt schien plötzlich wieder beides zum Greifen nahe. Oder will ich wieder, wie Fran mir vorgeworfen hat, alles und also zuviel?

Georg fuhr in den Golden Gate Park und suchte Gill und Firn. Er fand sie nicht. Er fuhr ans Meer und rannte über den Strand. Er rannte bis in den Schmerz hinein und durch ihn hindurch, rannte in wunderbarer Leichtigkeit, bis die Beine schlicht versagten und er der Länge nach in den Sand fiel. Er blieb liegen, bis ihn fror. Am Abend wußte er, daß er die Abrechnung mit Joe für das Geld nicht aufs Spiel setzen würde.

9

Um fünf Uhr wurde Georg wach. Das Haus dröhnte und zitterte. Georg trat ans Fenster. Ein langer Güterzug fuhr vorbei. Die Augen der Lokomotive warfen weißes Licht auf Schienen, die Georg in der Straße gesehen, bisher aber nicht ernst genommen hatte. Im Pulsschlag eines roten Signals flammten am Straßenrand die abgestellten Wagen und Autowracks. Schwarz und schwer ratterte Waggon auf Waggon über eine Schwelle unter dem Fenster. Auf dem letzten Trittbrett stand ein Arbeiter und schwenkte eine Lampe. Georg beugte sich aus dem Fenster, sah die Lichter kleiner und schwächer und hörte den tiefen dumpfen Ton, mit dem die Lokomotive vor jeder Straßenkreuzung warnte, leiser werden.

Gill schlief. Georg legte sich wieder neben sie und sah den Morgen grauen. Dann klingelte in der Küche das Telefon und hörte nicht auf. Als Gill unruhig wurde, ging Georg hinüber und nahm ab.

»Hallo?«

»Bist du's, George?«

»Fran! Wie um Himmels willen...«

»Dein Freund in Deutschland... du hast seine Nummer auf dem Telefonbuch notiert. Ich habe ihn angerufen, und er hat mir gesagt, wo du bist. George, du mußt weg. Joe will... hat gemerkt, daß die Negative fehlen, er hat sie im Safe gesucht und nicht gefunden, und da hat er gewußt, daß ich... Ich habe ihm sagen müssen, daß ich sie für dich... habe ihm alles sagen müssen. Er will mir Gill wiederbringen. Hörst du zu, George? Er fliegt gleich. Er hat mir versprochen, daß er dir nichts tut, aber ich weiß nicht, er war so wütend und hat so geschaut. George, bitte hau ab und laß Gill da, bitte nimm sie nicht mit. Ich habe die ganze Nacht überlegt, ob ich dich anrufen kann oder ob du das ausnutzt und mich reinlegst. Bitte laß Gill und mich in Frieden. Ich kann nicht mehr. Ich will dir nichts tun, ich will Gill wiederhaben, ich habe Angst.«

»Ist gut, Fran. Ich nehme sie nicht mit. Hab keine Angst. Es geht ihr gut, und sie hat Spaß am Hund und an der Katze, und alle sind lieb mit ihr. Wie will Benton sie holen?«

»Er sagt, du kannst sie gar nicht immer bei dir haben, kannst sie nicht wirklich als Geisel benutzen, und wenn du ohne sie weg bist, holt er sie einfach. Er nimmt noch jemand mit, sie sind zu zweit.«

»Weißt du, wann er kommt?«

»Er fliegt jetzt gleich, Pan Am von JFK, er ist am Mittag in San Francisco. Versprichst du, daß du nicht mehr da bist, wenn er kommt? Daß es keinen Ärger gibt, wenn er Gill mitnimmt?«

»Hab keine Angst, Braunauge. Es gibt keinen Grund, Angst zu haben. Es gibt keine Gefahr für Gill und keinen Ärger mit mir. Bald hast du Gill wieder, und wenn sie groß ist, erzählst du ihr die Geschichte von dem verrückten Kerl, der mit ihr nach San Francisco durchgebrannt ist, und sie erzählt ihren Freundinnen, daß mit ihr ein verrückter Kerl nach San Francisco durchgebrannt ist, als sie noch so klein war. He, Braunauge, nicht weinen.«

Sie legte auf. Georg schaltete die Kaffeemaschine ein und sah nach Jonathans neuem Bild. Gestern waren nur die Stämme eines dunklen Walds zu sehen gewesen und zwischen ihnen, grob hingehauen, die Umrisse eines Mannes, halb hockend und halb kniend, der einem kleinen Mädchen behutsam den Arm um die Schulter legt. Wie lange Jonathan gearbeitet haben mochte? Der Kopf des Mannes war fertig. Der Mund flüstert dem Mädchen etwas ins Ohr, die braunen Augen schauen voll Wärme und Humor, als wollten sie den Betrachter daran teilhaben lassen, daß das kleine Mädchen sich gleich über die geflüsterten Worte freuen, vergnügt das Gesicht verziehen und verschämt die Schultern hochziehen wird. Das kleine Mädchen war nach wie vor nur Umriß. Aber der Kopf des Mannes brachte es zum Leben.

Da hast du es also geschafft, Jonathan. Die Luft ist nicht

mehr dünn, und die Menschen sind nicht mehr erstarrt. Vielleicht verkaufen sich die Bilder vom Glück nicht so gut wie die des Grauens. Weil im Glück alle gleich sind, oder wie steht das bei Tolstoi, und man nur im Leiden individuell und interessant ist oder sich nur da so fühlt oder, ach, was weiß ich. Leuchtet mir auch nicht ein. Jedenfalls stehe ich vor dem neuen Bild und weiß, daß ich nicht zur Einsamkeit verurteilt und von der Kommunikation ausgeschlossen bin.

In der Küche hatte das Fauchen und Zischen aufgehört. Georg ging hinüber, der Kaffee war durch die Maschine gelaufen. Er schenkte sich ein und setzte sich an das obere Ende des langen Tischs. Sieben Leute passen an eine Seite, zählte er, das macht ein Essen mit sechzehn Personen. Er sah aus dem Fenster. Der Himmel war blau. Auf der Straße dröhnten die Trucks von nebenan. Warum klingen sie so verschieden? Warum dröhnt nicht ein Truck wie der andere? Wenn sie abends nebeneinander aufgereiht sind, sieht doch einer wie der andere aus.

Weich nicht aus, sondern denk nach. Warum kommt Benton? Was meint er, daß ich mit den Negativen hier in San Francisco mache? Vermutet er mich im Kontakt mit Gilman? Er kommt nicht, um mit mir zu reden. Das könnte er am Telefon haben oder jedenfalls versuchen. Er kommt auch kaum, um mit Gilman zu reden. Auch das kann er am Telefon haben. Vielleicht hat er's schon gehabt, und es hat ihm nicht gefallen. Kommt er wegen Gill? Blöde Frage. Selbst wenn ihm Gill am Herzen liegt oder Fran – er weiß, daß ich ihr nichts tue. Kaum daß Fran mich als Tiger ernst nimmt. Benton hält mich seit Anfang für einen Papiertiger.

Nein, das stimmt nicht. Benton weiß, daß ich für Gewalt nicht das Zeug habe. Aber ich habe ihn aufgespürt, ihn in seiner Tarnung als russischer oder polnischer Geheimdienst gestellt, mich nach dem Fehlschlag gewissermaßen neu formiert und bin jetzt dabei, ihn noch mal einzukreisen. Das sieht er, auch wenn er nicht weiß, was genau ich mache und plane. Es macht ihm angst. Es muß ihm erst recht angst machen, wenn er mit den Russen ins Geschäft kommen will.

Was würde ich an seiner Stelle machen?

Langsam stand Georg auf, ging wieder zurück in das große Zimmer, das er Jonathans Atelier nannte, suchte und fand die Zigaretten. Er zündete eine an und sog den Rauch tief ein. Er wartete auf den Schlag in Kehle und Brust, und der Schlag kam. Er nahm den nächsten Zug. Blicklos stand er vor Jonathans Bildern.

Benton will mich umbringen.

Er hat nichts dabei zu verlieren und alles zu gewinnen. Mag die Meldung in der ›New York Times‹ ihm zunächst auch nicht gepaßt haben – sie und die Aussagen der beiden Scheißkerle und der Umstand, daß ich mit Gill unterwegs bin, langen, um eine Geschichte zu bauen, bei der es als Heldentat erscheint, mich umzubringen. Allemal als Notwendigkeit. Und was immer ich für Benton bei Gilman an Schaden angerichtet habe – die Schadensbegrenzung geht leichter, wenn ich tot bin, als wenn ich lebe und reden kann.

Und was mache ich dagegen?

Abhauen? Komme ich überhaupt raus aus den USA? Und spürt Benton mich auch in Cucugnan oder Karlsruhe auf?

Georg studierte die Zigarette, die er zwischen Daumen, Zeige- und Mittelfinger der linken Hand hielt. Der Rauch strich an der Zigarette entlang und stieg in hastigen Arabesken auf. Pall Mall. In hoc signo vinces. Zwei Löwen halten das Wappen. Georg lachte auf.

Und Fran? Fran, die ich liebe, und niemand soll mich fragen, warum und wieso. Fran, mit der ich zusammensein will, auch wenn ich dabei einsam bleibe. Fran, die ich, als sei's nicht schon genug, auch noch in Gill zu lieben begonnen habe. Was wird mit Fran und mir, wenn ich abhaue?

Georg ging an Jonathans Schreibtisch, holte die Pistole heraus und wog sie in der Hand. Den gordischen Knoten durchhauen. Ich weiß gar nicht, wie man das Ding lädt und wie man damit schießt. Den Abzug drücken. Halte ich dabei die Schußhand mit der anderen Hand fest? Ziele ich über Kimme und Korn oder nach Gefühl? Und werden Pistolen nicht ge- und entsichert?

Jonathans Schlafzimmertür ging auf. »Hi, George.« Firn tappte verschlafen ins Badezimmer. Zum Glück hatte sie die Pistole nicht gesehen.

Dann fing der Tag an. Die Wasserspülung rauschte, Firn kam aus dem Badezimmer und holte für sich und Jonathan Kaffee, Jonathan duschte, Georg duschte, Gill schrie, Firn machte künstliche Milch warm und gab Gill die Flasche, Jonathan briet Eier mit Speck, sie frühstückten. Und die ganze Zeit fühlte sich Georg, als erlebe er diese Freuden des Alltags zum letztenmal. Den bitteren Kaffee, den heißen Strahl der Dusche auf dem Körper, den kräftigen Geschmack der Eier mit Speck, die Behaglichkeit, mit der man sich über nichtige Notwendigkeiten verständigt. Nach dem Frühstück schnallte Georg erstmals die Trage um, die ihm Fran ins Gepäck gepackt hatte, setzte Gill hinein und machte einen Spaziergang.

Benton will mich umbringen.

Georg spazierte den Hügel hinauf und zeigte Gill von oben die Hochhäuser der Stadt, die Autobahnen, die Brücken und die Bay. Sie schlief ein.

Wie bereite ich Firn und Jonathan darauf vor, daß heute nachmittag zwei kommen und Gill holen? »Übrigens Firn, heute nachmittag kommen zwei und wollen Gill holen. Vielleicht treten sie die Tür ein oder bedrohen dich und Jonathan oder spielen Polizisten – gib ihnen einfach Gill und mach dir keine Sorgen. Und danke für die Tage bei euch, hier ist euer Geld, ich bin jetzt weg.«

Georg ging zurück zum Haus. Was er dann machte – er hätte weder in dem Moment noch danach den Grund dafür angeben, eine ausschlaggebende Überlegung oder Empfindung benennen können. Es machte nicht klick in seinem Kopf. Auf dem Heimweg hatte ihn beschäftigt, wie er Firn und Jonathan besser auf Joes Besuch vorbereitet. Was er für Gill und für Joe daläßt, und was er mitnimmt. Wo er den Mietwagen abgibt und wie er von dort die Greyhound Bus-Station erreicht. Er hatte sogar die Busfahrt in irgendein Nirgendwo zu romantisieren und idealisieren angefangen. Aber als er zum Haus zurückkam, tat er nichts von alledem. Seine Hände und Füße taten es nicht und nicht sein Kopf. Nicht daß sie sich ihm verweigert hätten; mit der Vorstellung der Verweigerung verbindet sich die eines Widerstands, und von Widerstand konnte nicht die Rede sein. Er machte es eben anders, es machte es eben anders.

Raucher kennen das. Zwei Jahre haben sie nicht geraucht, sind über die Entzugssymptome längst hinweg, vermissen die Zigarette nur noch ganz selten, genießen ihre Existenz und Identität als Nichtraucher. Aber eines Tages sitzt der Nichtraucher-Raucher am Schreibtisch oder auf der Parkbank oder in der Abflughalle des Flughafens, und ohne ersichtlichen Grund, ohne daß er besonders im Streß oder besonders entspannt wäre, steht er auf, geht hinüber zum Automaten, zieht ein Päckchen und raucht wieder. Einfach so. Ähnlich können Beziehungen enden und anfangen. Und nach demselben Prinzip liest man die Speisekarte rauf und runter, entscheidet sich für das Seezungenfilet und bestellt Tournedos.

Georg rief bei Pan Am an und fragte, wann der erste Flug aus New York ankommt. Zehn Uhr. Das gab ihm knapp zwei Stunden. Er rief bei Gilman an und verlangte Buchanan.

»Mister Buchanan, vorgestern hat mein Vetter mit Ihnen gesprochen. Sie sind im Bild?« Georg bemühte sich um einen sächsischen Akzent und klang zwar nicht authentisch, aber hinreichend seltsam.

»Ich will verdammt sein, wenn...«

»Ich habe heute vormittag eine Verabredung im Flughafen von San Francisco. Der Anbieter kommt um zehn Uhr mit der Pan Am-Maschine aus New York. Bringen Sie Polizei mit. Ich werde verfolgt und werde um Schutz bitten.« Georg legte auf. Dann rief er im ›St. Francis‹ an und verlangte Zimmer 612. Das Telefon klingelte lange, und Georg teilte 612 in 2 mal 2 mal 3 mal 3 mal 17.

»Hallo?«

»Guten Morgen. Habe ich Sie geweckt?«

»Es gibt keinen Grund, warum Sie mich, wenn ich noch geschlafen haben sollte, nicht sollten wecken können.«

»Wissen Sie inzwischen mehr über den anderen Anbieter?«

»Ich hatte noch nicht…«

»Aber ich. Und ich lasse Ihnen die Negative für zwei Millionen. Ich weiß nicht, wieviel und wie sortiert Sie Geld mitgebracht haben. Packen Sie zwei Millionen in kleinen Scheinen in einen Aktenkoffer, und seien Sie um zehn Uhr auf dem Flughafen, Central Building, Abflüge. Ich gebe Ihnen die Dosen und fliege.«

10

Das Central Building liegt am Scheitel eines doppelstöckigen Straßenovals, in das am anderen Ende die Zufahrten der Autobahn einmünden. Es hat zwei Geschosse, auf dem unteren Straßenniveau eines für die ankommenden und auf dem oberen eines für die abfliegenden Passagiere. Unten ist nur der vordere Bereich frei zugänglich, hinter einer automatischen Schiebetür finden die Zollkontrollen der Ankommenden statt. Oben kann man weit nach hinten zum Beginn des breiten Gangs gehen, an dessen Ästen die Flugzeuge festmachen. Dabei blickt man durch Glas nach unten in die Zollhalle.

Georg war nach seinen Anrufen sofort losgefahren, hatte nahe dem Eingang einen Parkplatz gefunden und lief das Central Building ab. Bis er es kannte. Von oben kann ich Joe zuerst sehen. Aber da er aus New York kommt, muß er nicht durch den Zoll und geht rasch durch die Halle. Er kommt durch die Tür der Halle, bleibt dort, wo hinter roten Seilen die Abholenden warten, nicht stehen, sondern wendet sich entweder nach rechts, wo die Bänder das Gepäck transportieren, oder steuert zu einer Autovermietung oder zum Taxistand. Wenn das Flugzeug pünktlich ist, ist er frühestens um fünf nach zehn, spätestens um Viertel nach draußen. Von oben kann ich ihn also zuerst sehen. Oben findet sich der Professor ein, dem ich gesagt habe, daß ich abfliege. Unten wartet Buchanan auf eine Begegnung mit einem Ankommenden. Rauf und runter brauch ich jeweils eine knappe Minute. Von oben, wo man den Blick in die Halle hat, kann man nicht runter zu den Abholenden sehen und von unten nicht rauf.

Georg stand hinter den roten Seilen und schaute hoch. Durch einen kleinen Lichthof fiel der Blick auf die Kassetten eines gläsernen Gewölbes. Das obere Geschoß ruht auf dicken Säulen. Gewölbe, Säulen – Georg lächelte. Die Kathedrale bleibt mein Leitmotiv.

Er lächelte resigniert. Was ich mir da zurechtgelegt habe – der Professor hätte seine Freude an meinen Wenns und Danns. Wenn Joe mich umbringen will, dann will er es, weil ich ihm bei Gilman und vielleicht sogar bei den Russen gefährlich werden kann. Wenn er aber sieht, daß das Kind schon in den Brunnen gefallen ist, dann hat er alle Hände voll mit dem Kind und dem Brunnen zu tun, aber nicht mit mir. Dann ist die Entwicklung einfach über mich weggegangen. Dann ist Joe vielleicht wütend auf mich. Aber aus Wut bringt er mich nicht um.

So sah der Plan aus. Sich oben mit dem Professor zeigen, so daß Joe sie beide sieht, wenn er durch die Halle kommt. Dann mit dem Professor auf die Rolltreppe, die am Lichthof runterführt. Wenn Joe aus der Halle tritt und Buchanan sieht, von der Rolltreppe aus die ganzen vierzehn Dosen den beiden vor die Füße schmeißen. Dann den Professor die Treppe weiter- und runterrollen lassen und selbst hoch und weg. Sie sollen miteinander machen, was sie wollen. Joe, der Professor, Buchanan, die Polizei.

Um zehn vor zehn kam Buchanan. Er kam mit zwei Männern, kräftige Gestalten, ausdruckslose Gesichter, der Stoff, aus dem die Polizisten sind und die Ganoven. Georg sah sie vom oberen Ende der Rolltreppe. Buchanan gab Anweisungen, und die beiden verschwanden hinter zwei Säulen. Er selbst mischte sich unter die Abholenden hinter den roten Seilen. Ab und zu schaute er suchend umher, ohne zu zeigen, daß er suchend umherschaute.

Um fünf vor zehn kam der Professor. Derselbe vorsichtige Gang, derselbe blaue Anzug, das gleiche blau- und weißgestreifte Hemd, keine Krawatte. In der Hand hielt er ein Aktenköfferchen. »Sie fliegen mit Pan Am um zehn Uhr zwanzig nach London?«

Georg zuckte die Schultern. »Lassen Sie uns kurz dort hingehen«, er deutete mit dem Kopf zur Glasscheibe über der Zollhalle, »ich will Ihnen etwas zeigen.«

»Wo ist die Ware?«

Im Gehen griff Georg in beide Taschen und hielt beide Hände voll Dosen hoch. Er ging schnell. Auf dem Monitor stand hinter der Ankündigung des Pan-Am-Flugs von New York »arrived«.

Joe hatte den Rotschopf dabei. Klar, dachte Georg, der kennt mich am besten. Der Rotschopf trug zwei Reisetaschen. Joe redete und gestikulierte. Zwei gemütlich stapfende Zentner leutseliger Geschäftigkeit.

»Kennen Sie ihn?« Georg stieß den Professor an und zeigte auf Joe. Er wartete die Antwort des Professors nicht ab. Er schlug mit beiden Fäusten gegen die Glasscheibe. Vielleicht hätte der Schlag Joe nicht aufmerken und hochschauen lassen. Aber die Glasscheibe war gesichert, und durch den Schlag wurde ein schnarrender Klingelton ausgelöst und alle Köpfe in der Halle wandten sich nach oben. Georg sah das Staunen in Joes Gesicht.

»Was soll...« Der Professor packte Georgs Arm.

»Los«, rief Georg, und lief los, faßte die Hand des Professors, rannte, rempelte, sprang über Koffer, kurvte um Leute, rannte, zerrte den Professor, drängelte auf die Rolltreppe und die Rolltreppe hinunter. Er ließ die Hand des schnaufenden und schimpfenden Professors fahren und griff in den Taschen die Dosen. Buchanan kam in den Blick, die Tür zur Halle.

Bislang hatte sich das Treiben im Flughafen von Georg nicht stören lassen. Einer schlägt an die Scheibe und rennt mit einem anderen zur Treppe. Ein blinder Alarm, weil Flughafenvorschriften Glasscheibensicherungen verlangen. Gerenne und Gerempele, weil zwei in Eile sind, vielleicht Vater und Sohn, die die Mutter abholen. Na und?

Es geschah alles in einem Moment. Die Tür glitt auf, Joe trat aus der Halle, Georg warf. Der Wurf war gut, ein paar Dosen trafen Joe, die anderen schlugen dicht bei ihm auf. Joe sah auf die aufschlagenden und aufspringenden Dosen und dann in die Richtung, aus der der Wurf kam.

Der Schuß traf Joe in die Stirn. Georg sah, wie er stürzte, wie Buchanan sich drehte und noch mal zielte. Mit beiden Händen, fuhr es Georg durch den Kopf, man schießt mit beiden Händen. Er sah Buchanans Gesicht, die Augen, den hochgekniffenen Mund, die Mündung der Pistole. Jetzt wollte er sich ducken, aber da knallte schon der Schuß.

Leute schrien, rannten, suchten Deckung. Buchanan rief, aber Georg verstand nicht, was. Der Professor, der auf der Rolltreppe über ihm gestanden hatte, fiel auf ihn und rutschte an ihm nieder. Er brach über einer Frau zusammen, die neben Georg kauerte und jetzt auch schrie. Georg, in die Hocke mehr gedrängt als gegangen, hörte ihr kehliges Entsetzen dicht an seinem Ohr.

Dann sah er den kleinen Koffer. Er war der Hand des Professors entglitten. Die Rolltreppe stockte. Georg dachte nicht nach. Er griff den Koffer und hastete die Treppe hoch, geduckt, verbissen. Er trat auf Hände und stieß Rücken zur Seite. Am oberen Ende der Treppe schaffte er sich mit Armen und Schultern den Weg durch die Neugierigen, die sehen

wollten, was unten passierte. Sie waren in der Nähe des Licht-
hofs gewesen und hatten die Schüsse und Schreie gehört. Die
weiter weg standen und saßen, hatten nichts bemerkt. Ruhig
ging Georg durch ihr ruhiges Treiben hinaus.

Er fuhr nach San Francisco zurück. Er parkte am Ende der
24. Straße, nahm den Koffer aus dem Wagen und schlenderte
zur Bank am Wasser. Er setzte sich und stellte den Koffer
zwischen die Füße. Es war Ebbe; vor ihm ragten Steine, Au-
toreifen und ein Kühlschrank aus dem flachen Wasser.

Lange saß er einfach da und schaute dem Tanz der Son-
nensplitter auf den Wellen zu. Sein Kopf war leer. Natürlich
sah er schließlich in den Koffer. Und später, als Gill neben
ihm schlief, knipste er die kleine Lampe an und machte den
Koffer wieder auf. Es waren keine zwei Millionen. Es war
auch keine Million. Aber er zählte 382 460 Dollar. Es war ein
Durcheinander von Hunderter-, Fünfziger- und Zwanziger-
Noten, dazwischen die Krawatte mit den Gartenzwergen,
schon geknotet, nur noch überzustreifen und zuzuziehen.

Am nächsten Tag war die Zeitung voll von der Schießerei
am Flughafen. Georg las, daß Townsend Enterprises im russischen Auftrag Industriespionage bei Gilman betrieben hatte
und daß Benton zusammen mit einem russischen Agenten in
eine von Gilman gestellte Falle gegangen war. Benton hatte
sich den Weg freischießen wollen und war von Buchanan tödlich getroffen worden. Der russische Agent lag schwer ver-
wundet im Krankenhaus. Ein Bild zeigte Richard D. Buchanan Jr., Security Adviser bei Gilman, mit finsterem Blick.

Georg las die Zeitung am nächsten Morgen im Flughafen.
Er hatte die Sonnenbrille im Gesicht und Gill in der Trage,
und niemand musterte ihn sonderbar. Es war kurz vor zehn.
Gleich würde die Pan-Am-Maschine aus New York landen.
Fran hatte am Telefon gesagt, daß sie Gill holt und um ein
Uhr dreißig die Maschine zurück nach New York nimmt.
»Komm für immer!« Sie hatte gelacht. Aber dann hatte sie
nach dem Wetter gefragt. »Wird es abends kühl?«

Sie fuhren mit dem Auto nach Süden, nahmen in Mexiko ein Flugzeug nach Madrid und in Madrid eines nach Lissabon. Heute leben sie in einem Haus an der Küste. Gill ist fünf, und Fran erzählt ihr manchmal abends die Geschichte von dem verrückten Kerl, der mit ihr nach San Francisco durchgebrannt ist. Sie haben noch zwei Kinder. Georg übersetzt wieder, weil er nicht mehr nichts tun konnte.

»Warum hast du deine Geschichte eigentlich nicht selbst geschrieben?« Wir saßen unter den Sternen auf der Terrasse über dem Meer. Er hatte das Manuskript gelesen und mäkelte gerade an diesem und jenem herum.

»Fran wollte es nicht. Du wirst es seltsam finden, aber seit San Francisco haben wir über meine oder unsere Geschichte keine drei Sätze gesprochen. Fran weigert sich.« Er lachte. »Wenn ich davon anfange, sagt sie verächtlich: Vorgeschichte. Sie wollte nicht, daß ich Wochen um Wochen am Schreibtisch mit Vorgeschichte verbringe.«

Georg schenkte Wein nach, Alvarinho aus Monçao, leicht im Gaumen und schwer im Blut. Er lehnte sich zurück. Inzwischen war der Kopf fast kahl, die Falten auf der Stirn und um den Mund waren tiefe Furchen, und im Kinn klaffte die Kerbe. Aber er hatte eine gesunde Farbe, eine entspannte Haltung und zufriedene Augen. »Weißt du«, sagte er, »inzwischen sehe ich auch ein, daß Fran recht hat. Als ich dein Manuskript gelesen habe, war alles weit weg. Ein fernes Echo, und du weißt nicht, ob du selbst gerufen hast oder jemand anderes. Oder wie wenn du ein altes Photo von deinem früh verstorbenen Vater findest und genau weißt, daß es dein Vater ist, aber du hast ihn kaum gekannt. Als ich dir damals von den letzten Wochen in New York und in San Francisco erzählt habe und du auf die Idee kamst, alles aufzuschreiben, fand ich das gut. Ich dachte, beim Lesen würde es mir klarer werden, eine Struktur und ein Muster erkennen lassen, worin ich mich... Ach, ich weiß auch nicht mehr. Ich war damals ziemlich durcheinander. Aber was wir machen und was mit uns geschieht, können wir nicht wirklich klären, nicht einmal als unsere Geschichte aufbewahren. Früher oder später wird es ohnehin Vorgeschichte, und dann lieber früher.«

Damals – das war im Sommer nach seiner Rückkehr aus Amerika. Eines Abends klingelte es in meiner Wohnung in der Amselgasse. Ich saß am Schreibtisch, erwartete niemanden und drückte verwundert auf den Türöffner. Im Zeitalter des Telefons gibt es kaum noch unerwartete Gäste. Ich sah und hörte ins Treppenhaus hinunter und erkannte weder die Hand, die am Geländer höher wanderte, noch den Schritt. Als er eine Treppe tiefer auf dem Absatz in den Blick kam, war ich einfach erleichtert. Nach meinem Besuch in Cucugnan im September hatte ich außer dem kurzen Anruf aus New York, bei dem er dringend um Geld bat, nichts mehr von ihm gehört; und seit Jürgen den verschlossenen Umschlag geöffnet, mich angerufen und mir vorgelesen hatte, was Georg nach dem Gespräch mit dem Rotschopf an Wissen, Ahnungen und Befürchtungen aufgezeichnet hatte, war ich in Angst um ihn. Seine Eltern wußten nichts über ihn, bei Epps hatte er sich nicht mehr gemeldet und bei Larry und Helen, deren Adressen ich über Epps herausfand, auch nicht.

Wir umarmten uns. Ich holte Wein aus dem Keller, und er erzählte von New York und von San Francisco und von Fran, die in Lissabon auf ihn wartete. Als es draußen hell wurde, ich ihm das Bett gemacht hatte und er im Badezimmer war, stand ich mit einer letzten Zigarette am Fenster. War ich nur müde? Ich glaubte ihm sein Glück nicht. Oder neidete ich es ihm? Es gehe ihm toll, sagte er, Fran sei wunderbar und Gill ein Schatz und das Geld ein Segen. Er spielte den ganzen Abend mit seiner Sonnenbrille, drehte sie in den Händen, setzte sie auf, schob sie die Nase hinunter, ließ sie kurz auf der Nasenspitze sitzen und nahm sie wieder ab, kaute an den Bügeln und klappte sie zu und auf.

Er war nur kurz nach Heidelberg gekommen, wollte am nächsten Tag seine Eltern besuchen und am übernächsten wieder zurückfliegen. Er müsse vorsichtig sein, noch sei nicht genug Gras über die Sache gewachsen und sei man vielleicht hinter ihm her. Beim Frühstück sagte ich ihm, ich hätte Lust, seine Geschichte zu schreiben. Das gefiel ihm. Aber ich solle mir Zeit lassen, das Buch dürfe nicht bald erscheinen, und die Namen der Orte und der Personen müßten verfremdet werden. Er setzte die Sonnenbrille auf.

Dann vergingen die Jahre. Manchmal rief er an und einmal trafen wir uns in Frankfurt auf dem Flughafen. Die Aufzeichnungen zu seiner Geschichte blieben lange liegen. Als ich das Manuskript vor einem Jahr fertig hatte, konnte ich es ihm nicht schicken, weil er seine Adresse nie hatte sagen wollen. Bis vor kurzem wieder ein Anruf kam, bei dem er mich einlud.

Am Flughafen holte mich Fran ab. Ich erkannte sie nicht, aber sie mich; ich hatte sie in Cucugnan nach dem Fest nur kurz gesehen, kann mir Gesichter von Photos nicht merken und hatte sie mir anders vorgestellt. Vielleicht ist sie auch erst so geworden: matronenhaft. Wie er auch rundlicher und gemütlicher geworden ist.

Manchmal hatte ich mich beim Schreiben gefragt, ob ich die Geschichte einer Amour fou erzähle. Als ich die beiden miteinander erlebte, mit den Kindern, in Haus und Garten, beim Kochen und Essen und Abwaschen, dachte ich an die kleinen Brötchen, die Françoise im Leben hatte backen wollen. Ist Amour fou ein sehr leckeres kleines Brötchen?

Georg spielte wieder mit der Sonnenbrille, die er aufbehalten hatte, bis es dunkel war. »Da ist noch eine Sache, die mir in deinem Manuskript aufgefallen ist und die ich in der Wirklichkeit übersehen hatte. Nicht verstanden hatte. Du beschreibst das Gespräch zwischen Buchanan und mir und seine Zweifel, ob ich nicht mein Vetter bin. Dann fragt er mich, ob mein Vetter mein Onkel ist. So war's auch, ich habe mich wieder daran erinnert. Zunächst hat mich beim Lesen erstaunt, daß ich es dir erzählt hatte und du es dir gemerkt hast. Ein läppisches, absurdes Detail. Aber vielleicht ist es weder läppisch noch absurd. Ich hatte immer gedacht, Buchanan hätte Joe und den Professor erschossen, weil es ihm um Gilmans Sicherheit ging, weil er nicht wollte, daß es zu einer Gerichtsverhandlung und zu einem Skandal für Gilman kommt, weil er den Verräter Benton gehaßt hat, weil er schießwütig war – eines davon oder alles zusammen, jedenfalls in dieser Richtung. Und daß er eigentlich nicht den Professor treffen wollte, sondern mich.«

»Er sah dich und nahm das als Beweis, daß du der Mann vom russischen Geheimdienst bist, daß deine Vetternrolle nur eine Tarnung für die Kontaktaufnahme war und daß sonst kein Vetter existierte. Stimmte ja auch.«

»Aber ein Onkel existierte. Der Onkel, nach dem Buchanan mich gefragt hatte, ein Mann vom russischen Geheimdienst, nicht im Vettern-, sondern im Onkelalter. Der Professor.«

»Verstehe ich nicht.«

Georg sprang auf und lief auf der Terrasse hin und her. »Warum fragt mich Buchanan, ob mein Vetter mein Onkel ist? Weil er weiß, daß ein Mann vom russischen Geheimdienst im entsprechenden Alter existiert und mit der Hubschraubersache zu tun hat. Wenn er das nicht wüßte, hätte er keinen Grund zu fragen. Der einzige andere Grund könnte sein, daß er Sinn für absurde Komik hat, die Geschichte mit dem Vetter dumm findet und mir auf witzige Weise sagen will, wie dumm. Ich glaube das nicht. Klar war die Geschichte schwach und plump. Aber so dumm fand er sie nicht, und das letzte, was Buchanan ist, ist ein absurder Komiker. Also bleibt es dabei. Er wußte, daß ein Mann vom KGB im Onkelalter mit der Hubschraubersache zu tun hat. Woher wußte er das?« Georg blieb stehen und sah mich auffordernd an.

Jetzt begann auch ich zu begreifen. »Weil er...«

Georg antwortete selbst. »Genau, weil er ihn kannte. Er kannte ihn, weil nicht Joe, sondern er der andere Anbieter war. Die beiden müssen sich einmal getroffen haben und haben sich einander natürlich nicht vorgestellt, aber Buchanan hat den Professor wiedererkannt. Und er hat gewußt, daß der Professor ebenso ihn wiedererkennt.«

»Außerdem hat er gewußt, daß er und der Professor nicht die Verabredung hatten, von der du am Telefon gesprochen hast. Und egal wie du am Telefon geklungen hast – du warst jedenfalls nicht der Professor.«

»Also stimmte irgendwas nicht. Um rauszufinden was, kommt er an den Flughafen. Am Flughafen taucht Joe auf.«

»Und er vermutet, daß Joe hinter sein Angebot an die Russen gekommen ist und ihn hochgehen lassen will, und macht reinen Tisch. Kein Joe, kein Professor, keine Spuren und keine Beweise.«

Er stand da, die Hände in den Taschen und den Blick aufs Meer und sagte lange nichts. Dann redete er wieder. »Mich hat das ziemlich erschüttert. Nicht was Buchanan bei Gilman noch alles angerichtet haben mag, sondern wie leicht ich Entscheidendes übersehe und als Detail abtue.«

»Denkst du an etwas Bestimmtes?«

»Helen hat einmal gesagt...« Er drehte sich um und sah mich an. »Du kennst doch die Details und hast sie aufgeschrieben. Warum soll ich sie dir erzählen?« Er trat an den Tisch und hob das Glas. »Für Joe Benton.« Wir stießen an und tranken. Er schenkte nach und hob das Glas noch mal. »Für den namenlosen Professor, der mich lehren wollte, den gordischen Knoten zu durchhauen.«

Dann setzte er sich. »Ich habe die Geschichte von Alexander dem Großen und dem gordischen Knoten noch mal gelesen. Es war, wie der Professor erzählte. Viele hatten den Knoten aufzufieseln versucht, Alexander hat ihn mit dem Schwert durchhauen. Wer den Knoten löste, dem war die Herrschaft über Asien versprochen, und die Verheißung ist bei Alexander auch in Erfüllung gegangen. Allerdings ist er in Asien krank geworden und gestorben. Er hätte den Knoten eben doch aufdröseln sollen. Alle Knoten kann man aufdröseln. Weil man sie selbst schnürt.« Er lachte mich an. »Es gibt keine gordischen Knoten, nur gordische Schleifen.«

Bernhard Schlink
im Diogenes Verlag

Der Vorleser
Roman

Eine Überraschung des Autors Bernhard Schlink: Kein Kriminalroman, aber die fast kriminalistische Erforschung einer rätselhaften Liebe und bedrängenden Schuld.

»Ein Höhepunkt im deutschen Bücherherbst. Eine aufregende Fallgeschichte, so gezügelt wie Genuß gewährend erzählt. Das sollte man sich nicht entgehen lassen, weil es in der deutschen Literatur unserer Tage hohen Seltenheitswert besitzt.«
Tilman Krause/Tagesspiegel, Berlin

»Ein genuiner Schriftsteller kommt hier ans Licht. Nach drei spannenden Kriminalromanen ist dies Schlinks persönlichstes Buch.«
Michael Stolleis/FAZ

»Der beklemmende Roman einer grausamen Liebe. Ein Roman von solcher Sogkraft, daß man ihn, einmal begonnen, nicht aus der Hand legen wird.«
Hannes Hintermeier/AZ, München

»Die Überraschung des Herbstes. Ein bezwingendes Buch, weil eine Liebesgeschichte so erzählt wird, daß sie zur Geschichte der Geschichtswerdung des Dritten Reiches in der späten Bundesrepublik wird.«
Mechthild Küpper/Wochenpost, Berlin

Selbs Justiz
Zusammen mit Walter Popp
Roman

Privatdetektiv Gerhard Selb, 68, wird von einem Chemiekonzern beauftragt, einem ›Hacker‹ das

Handwerk zu legen, der das werkseigene Computersystem durcheinanderbringt. Bei der Lösung des Falles wird er mit seiner eigenen Vergangenheit als junger, schneidiger Nazi-Staatsanwalt konfrontiert und findet für die Ahndung zweier Morde, deren argloses Werkzeug er war, eine eigenwillige Lösung.

»Selb, eine, auch in ihren Widersprüchen, glaubwürdige Figur, aus deren Blickwinkel ein gesellschaftskritischer Krimi erzählt wird.«
Jürgen Kehrer/Stadtblatt, Münster

»Selb hat alle Anlagen, den großen englischen, amerikanischen und französischen Detektiven, von Philip Marlowe bis zu Maigret, Paroli zu bieten – auf seine ganz spezielle, deutsche, selbsche Art.«
Ditta Rudle/Wochenpresse, Wien

1992 verfilmt von Nico Hofmann unter dem Titel *Der Tod kam als Freund*, mit Martin Benrath und Hannelore Elsner in den Hauptrollen.

Die gordische Schleife
Roman

Georg Polger hat seine Anwaltskanzlei in Karlsruhe mit dem Leben als freier Übersetzer in Südfrankreich vertauscht und schlägt sich mehr schlecht als recht durch. Bis zu dem Tag, als er durch merkwürdige Zufälle Inhaber eines Übersetzungsbüros wird – Spezialgebiet: Konstruktionspläne für Kampfhubschrauber. Polger gerät in einen Strudel von Ereignissen, die ihn Freund und Feind nicht mehr voneinander unterscheiden lassen.

Ausgezeichnet mit dem Autorenpreis der Kriminalautorenvereinigung ›Syndikat‹ anläßlich der Criminale 1989 in Berlin.

Selbs Betrug

Roman

Privatdetektiv Gerhard Selb sucht im Auftrag eines
Vaters nach der Tochter, die von ihren Eltern nichts
mehr wissen will. Er findet sie, aber der, der nach ihr
suchen läßt, ist nicht ihr Vater, und es sind nicht ihre
Eltern, vor denen sie davonläuft.

»Ebenso wie *Selbs Justiz* und der 1988 erschienene
Band *Die gordische Schleife* bietet *Selbs Betrug* höch-
stes Lesevergnügen. Die Figur des Gerhard Selb kann
gut und gerne in einem Atemzug mit Krimi-Detekti-
ven wie Maj Sjöwalls und Per Wahlöös schwedischen
Ermittlern um Martin Beck, mit Manuel Vázquez
Montalbáns Katalane Pepe Carvalho und mit Jakob
Arjounis Deutsch-Türke Kemal Kayankaya genannt
werden.« *Thorsten Langscheid/Mannheimer Morgen*

»Es gibt wenige deutsche Krimiautoren, die so raffi-
nierte und sarkastische Plots schreiben wie Schlink
und ein so präzises, unangestrengt pointenreiches
Deutsch.« *Wilhelm Roth/Frankfurter Rundschau*

Selbs Betrug wurde von der Jury des Bochumer Krimi
Archivs mit dem Deutschen Krimi Preis 1993 ausgezeichnet.